W0343058

Dans sa maison

Yael van der Wouden

Dans sa maison

roman

Traduit de l'anglais
par Nathalie Bru

Flammarion

Titre original : *The Safekeep*
Éditeur original : Avid Reader Press,
une marque de Simon & Schuster, LLC.
© 2024 by Yael van der Wouden
Tous droits réservés.

Pour la traduction française :
© Éditions Flammarion, Paris, 2025
ISBN : 978-2-08-044170-6

À M. Nijstad, comme promis

PREMIÈRE PARTIE

Pays-Bas, 1961

1

Isabel découvrit un bout de céramique sous les racines d'une courge morte. Le printemps avait donné lieu à une gelée tardive, une semaine de neige fondue, et à présent – au seuil de l'été –, le potager se recroquevillait sur lui-même. Haricots, radis, chou-fleur : tout jaunissait et pourrissait. À genoux, équipée de gants de jardinage et coiffée d'un chapeau de paille, elle arrachait ce qui mourait. Le tesson transperça son gant.

Il n'y avait pas d'entaille et ça ne saignait pas. Le gant enlevé, Isabel étira la peau de sa paume et chercha la trace d'une blessure. Il n'y avait rien, sinon une douleur vive qui eut tôt fait de disparaître.

De retour à la maison, elle lava le bout de céramique et l'examina dans ses mains humides. Des fleurs bleues le long d'une bordure de deux centimètres et demi, et ce qui ressemblait à une patte de lièvre à l'endroit où l'objet s'était brisé. Cela provenait d'une assiette, qui avait fait partie d'un service entier – le préféré de sa mère : la belle vaisselle, celle qu'on sortait pour les fêtes, pour les invités. Du vivant de Mère, il était rangé dans une vitrine de la salle à manger et personne n'était autorisé à y toucher. Il y avait des années que Mère était morte mais les assiettes se trouvaient toujours dans le vaisselier, et personne ne s'en servait. Les rares fois où Isabel recevait la visite de ses frères, elle dressait la table avec la vaisselle de tous les jours et Hendrik essayait d'ouvrir la vitrine en disant : « Mais enfin Isa, quel intérêt y a-t-il à posséder de belles choses si on ne peut pas les toucher ? » À quoi Isabel répondait : « Elles ne sont pas faites pour être touchées mais pour être conservées. »

Le bout de porcelaine trouvé dans le jardin était un mystère, tout comme sa provenance et pourquoi il avait été enterré. Aucune pièce du service de Mère n'avait jamais manqué. Isabel avait beau le savoir, elle alla aussitôt vérifier. Tout était là : un ensemble d'assiettes plates et creuses, un petit pot à lait. Avec, au centre de chaque objet : une ronde de trois lièvres qui se couraient après.

Le lendemain, elle emporta le morceau dans le train pour La Haye, emballé dans du papier kraft. Lorsqu'elle arriva, elle vit Hendrik derrière le volant de sa voiture garée en face du restaurant : vitres baissées, il fumait. Il se frottait l'œil avec le pouce, manifestement en pleine conversation avec lui-même, tout à ses réflexions. Il avait les cheveux trop longs au goût d'Isabel. Elle se pencha vers lui et son *Bonsoir* le fit sursauter. Son coude heurta l'habitacle. « Bon Dieu, Isa ! » s'exclama-t-il.

Elle monta à côté de lui, son sac à main sur les genoux. Recrachant sa fumée dans un soupir, il lui fit trois bises – une sur chaque joue, puis une dernière pour faire bonne mesure.

« Tu es en avance, remarqua-t-elle.

— Joli chapeau. »

Elle porta la main à sa tête. « Oui. » Elle avait hésité au moment de partir : elle n'avait pas l'habitude de porter des chapeaux si grands. Ni ornés d'un ruban vert vif. « Bon, comment vas-tu ? fit-elle.

— Oh, tu sais… » Il se redressa en tapotant sa cigarette par-dessus la vitre pour en faire tomber la cendre. « Sebastian parle de rentrer chez lui. »

Isabel porta de nouveau la main à son chapeau, puis à sa nuque. Elle rajusta une épingle à cheveux. Hendrik avait téléphoné récemment pour lui en parler, oui : l'état de la mère de Sebastian s'aggravait, Sebastian voulait se rendre auprès d'elle. Sebastian tenait à ce qu'Hendrik l'accompagne. Isabel n'avait pas su quoi dire, alors elle s'était tue. Alors elle avait ignoré cette information et embrayé sur l'état du jardin, sur Neelke, la bonne, qu'elle soupçonnait d'être une voleuse, sur les visites perturbantes de Johan dont elle ne savait que faire, et sur une récente facture de garagiste. Après quoi Hendrik s'était empressé de raccrocher.

« Je crois que je vais devoir l'accompagner, continua-t-il sans la regarder. Je ne peux pas le laisser y aller seul, je ne peux pas…

— J'ai trouvé ça », le coupa-t-elle en extrayant le petit paquet de son sac. Elle déballa le bout de céramique et le posa dans le creux de sa paume pour le lui montrer. « C'était enterré dans le jardin. Sous une des courges. »

Hendrik la dévisagea un instant, perplexe. Puis, clignant des yeux, il lui prit l'objet et l'examina. Le retourna. « Une des assiettes de Mère ?

— On dirait, non ?

— Peut-être », dit-il, prudemment, avant de le lui rendre.

Sur le trottoir d'en face, un couple de promeneurs se disputait. La femme essayait de les faire taire, l'homme répliquait en haussant davantage le ton.

Sans reprendre son souffle, Isabel ajouta : « Je crois que Neelke…

— Isabel. » Hendrik se tourna vers elle, sa cigarette toujours à la main. L'habitacle entre eux s'emplit de fumée. « Il ne va plus y avoir une seule bonne dans toute la province si tu continues à les renvoyer toutes en nourrissant des idées farfelues de…

— Farfelues ! On m'a *volée*. Elles sont…

— Une fois, dit-il. C'est arrivé *une fois* et elle était si jeune, Isa, arrête. N'as-tu donc jamais été jeune ? » Comme elle avait détourné la tête, il se pencha pour croiser son regard. Il essayait à présent de la faire sourire : « Et moi, je n'ai jamais été jeune, moi ? »

Ils n'étaient pas vieux. Elle n'avait pas trente ans, et lui était plus jeune encore. Le plus jeune d'eux tous. Elle remit le bout de porcelaine dans le papier et le rangea dans son sac.

« Et qui te dit qu'il n'était pas enterré là depuis longtemps ? remarqua-t-il. Louis a peut-être cassé une assiette sans le faire exprès, il a paniqué et…

— Mère s'en serait rendu compte », assura Isabel.

Hendrik ne la prenait pas au sérieux. « Oui, bon, mais qui sait comment cette maison était tenue avant notre arrivée ?

— Comment ça, avant ?

— Avant qu'on emménage. Quelqu'un d'autre a pu casser une assiette. On n'en a toujours connu que cinq, non ? Où était passée la sixième ?

— Mais Hendrik, ce sont… Ce sont les assiettes de Mère !

— Non, non. La vaisselle, les fauteuils… dit-il en accompagnant ses propos d'un geste vague. Tout ça était déjà dans la maison. »

Isabel avait onze ans lorsqu'ils étaient partis s'installer dans l'est du pays et Louis – l'aîné – en avait treize. Hendrik était petit pour ses dix ans, un garçonnet mélancolique aux joues hâves. Jamais Isabel n'aurait imaginé qu'il se souvenait de grand-chose concernant ces premiers temps dans la maison. Ils parlaient surtout de ce qui avait précédé : de leur enfance à Amsterdam, de Père avant sa maladie, de l'odeur de la ville en décembre, d'un train électrique miniature qui tournait en rond.

Pourtant, il avait raison. Elle n'avait jamais vu les choses sous cet angle : ils s'étaient installés dans une maison qui avait été habitée, équipée. Presque tout était déjà là : les draps, les pots, les vases sur le bord des fenêtres.

— Mais c'était à Mère... » répéta-t-elle d'une voix moins assurée. Leur mère adorait les motifs lièvre. La maison en était pleine : des figurines de lièvres à côté des vases, des lièvres sur les carreaux au fond de la cheminée.

« Non, à Amsterdam, tu te souviens, nous avions les assiettes avec les jacinthes des bois. Je crois que celles-ci appartenaient à... cette femme à qui Oncle Karel était marié à l'époque, non ? Ce n'est pas elle qui nous avait préparé la maison ?

— Oncle Karel n'a jamais été marié, répondit Isabel.

— Si, brièvement. Une grande femme. Avec une tache de naissance sur la joue. Elle disait bonjour en yodlant.

— Non.

— Elle est restée un petit peu avec nous, avant l'arrivée de Mère. Tu ne te souviens vraiment pas ? »

Isabel ne se souvenait d'aucune femme. Elle ne se souvenait pas du jour de leur arrivée, ni de quiconque leur faisant visiter la maison, leur disant où s'installer, où dormir, pourquoi les lits étaient déjà faits, déjà...

« N'en fais pas une obsession, dit Hendrik. Isa ? S'il te plaît. »

Elle pinça la peau du dos de sa main puis cessa. S'éclaircit la gorge, toucha de nouveau son chapeau. « Eh bien, peut-être que Louis saura.

— C'est ça, lâcha Hendrik en souriant, comme si l'idée d'un Louis au courant de quelque chose était divertissante. Il vient avec une fille, je te l'ai dit ? »

Louis venait avec une fille à la plupart de leurs dîners. La dernière fois où ils n'avaient mangé que tous les trois, c'était par accident : sa compagne du jour lui avait fait faux bond. *Bon débarras*, avait songé Isabel avant de prendre conscience qu'en l'absence de gens qu'il connaissait peu, Louis n'avait en fait pas grand-chose à dire à son frère et à sa sœur. La soirée avait été longue et empruntée. Hendrik avait bu plus que de raison ; d'abord il avait parlé trop fort, puis il n'avait plus rien dit. Louis et elle avaient dû le ramener dans la voiture de Louis : avachi sur la banquette arrière, il avait vomi dans le caniveau devant chez lui. *Mon Dieu, qu'est-ce que vous lui avez fait ?* leur avait crié Sebastian, penché à la fenêtre en robe de chambre.

« Je n'ai réservé que pour trois », dit-elle à Hendrik. Une question de principe : Louis encore une fois avait oublié de la prévenir. Il ne l'avait pas appelée. Il ne l'appelait jamais.

« Je sais.

— Ça ne se fait pas. »

Hendrik acquiesça en marmonnant.

« C'est la même que la dernière fois ? Je ne l'aimais pas. Elle avait le cou trop large. »

Hendrik se mit à rire. Isa ne cherchait pas à être drôle. « Non, dit-il. Une nouvelle. » Le *tss* désapprobateur d'Isabel arracha à son frère un sourire pincé. « L'amour de sa vie, cette fois, à ce qu'il paraît.

— Ah tiens…

— Eh oui. » La cigarette était finie. Des gens entraient et sortaient du restaurant, guidés par un serveur en costume. « On y va ? fit Hendrik.

— Il n'est pas arrivé.

— Je sais. » Hendrik remonta la vitre. « Allons-y tout de même, d'accord ? »

Ils entrèrent. Louis les fit attendre encore une demi-heure, pendant laquelle Hendrik fuma trois cigarettes, vida deux bières, parla de choses et d'autres, avant de se redemander s'il devait accompagner Sebastian à Paris, pour aller voir sa mère malade. La durée du séjour était incertaine. Les médecins n'étaient pas très optimistes. Tout en parlant, il jetait vers Isabel des regards qui semblaient signifier que s'il avait conscience qu'elle n'avait pas envie de l'entendre, il avait besoin qu'elle lui dise d'y aller ou de ne pas y aller, qu'elle lui accorde d'une façon ou d'une autre sa bénédiction. Isabel en était incapable. « Fais comme tu veux », lui dit-elle. Elle avait un verre d'eau. Elle en but une gorgée.

« Tu t'en sortirais, demanda Hendrik, si je partais un moment ?

— Est-ce ainsi que tu crois que je vis ? Dans l'attente impatiente de ta prochaine visite ?

— Isabel !

— Toi aussi tu es parti, à présent. Tu n'habites plus à la maison, alors Paris ou ailleurs, vraiment.

Autant être... » Elle se ravisa avant de finir sa phrase. Elle n'était jamais allée à Paris. Elle savait que c'était loin. Elle savait aussi que lorsque leur mère à eux était souffrante, Hendrik n'avait qu'un train à prendre pour venir la voir, et qu'il l'avait rarement pris.

« N'en parlons plus », dit-il, la main sur le bras d'Isabel. Puis, d'une voix pleine d'entrain, il changea de sujet : « Ne parlons plus de ça pour l'instant, dis-moi plutôt quelque chose de nouveau, d'excitant. Dis-moi comment va ton homme, Isa, parle-moi de ça. »

La remarque prit Isabel au dépourvu. « Mon... quoi ?

— Oh, tu sais bien. Notre bon vieux voisin Johan. »

Ce fut comme si elle avait pris un coup – comme si on l'avait surprise dans une situation embarrassante : en train de révéler trop de peau, de couper la parole à quelqu'un. Ignorant la chaleur à la base de son cou, elle répondit d'un « Johan n'est certainement pas mon... »

Le regard d'Hendrik fut attiré par autre chose, à l'entrée : Louis venait d'arriver. En discussion houleuse avec le maître d'hôtel, il était penché plus que de raison au-dessus du comptoir de la réception, accompagnant ses mots de grands gestes. Sa nouvelle conquête se tenait en retrait d'un air gêné, un sourire hésitant collé à ses lèvres pincées. Elle avait les cheveux coupés au carré, d'un blond peroxydé agressif, une robe mal taillée : le corsage était trop étroit et les ourlets mal faits. Elle avait le visage très rouge. Elle était jolie selon la définition que les hommes se faisaient du terme.

« Seigneur », commenta Isabel, et Hendrik eut un rire étranglé. Louis choisit cet instant pour lever la tête et les désigner d'un mouvement du menton. Hendrik leur adressa un petit geste bonhomme. Quand le couple approcha, suivi par une quatrième chaise, Louis commença par un « Ils disaient qu'ils n'avaient pas assez de chaises, non mais vous vous rendez... !

— J'ai réservé pour trois », l'interrompit Isabel.

Louis s'assit avec un soupir, rajusta sa veste de smoking, pendant que la fille, toujours debout, mal à l'aise, exécutait une drôle de danse avec le serveur qui avait apporté la chaise supplémentaire : lui essayait de la caler sous ses fesses et elle, maladroite, ne comprenait pas.

« C'est un restaurant, dit Louis. Ils sont censés avoir des chaises en plus.

— Bonjour, Louis, bienvenue », intervint Hendrik. Un ange passa. Puis Louis laissa échapper un petit grognement frustré, avant de se relever. Il fit la bise à Isabel, serra la main d'Hendrik. Il dégageait une forte odeur de parfum. Ses cheveux gominés étaient plaqués vers l'arrière. Sa cravate était serrée contre sa pomme d'Adam.

« Bonjour, dit-il. Je vous présente Eva. »

La fille se leva pour leur serrer la main. Sa poitrine heurta le vase posé sur la table, qu'elle tenta de rattraper au vol avec un « oh non » gêné, avant de tirer sans le vouloir sur la nappe en se rasseyant. Tous les couverts tremblèrent.

« Enchanté, fit Hendrik.

— Oh, je suis si contente de vous rencontrer, tous les deux, dit-elle. Louis m'a tant parlé de vous et ça faisait un moment que je voulais qu'il nous présente, n'est-ce pas Louis ? Est-ce que je ne te disais pas à quel point j'avais...

— Si, confirma Louis sans lever les yeux du menu.

— Alors, vous vous connaissez depuis... » commença Hendrik.

Eva l'interrompit d'un « Oh, peu de temps mais on dirait que ça remonte à une éternité, hein, Louis ? Je n'arrête pas de dire, oui je n'arrête pas de dire que ça ne fait que quelques mois mais qu'on se connaissait forcément dans une vie antérieure car je suis sûre qu'on...

— On commande ? » la coupa Isabel en faisant signe à un serveur qui passait. Louis les avait fait attendre. Elle n'était pas habituée à dîner si tard, elle avait faim, ce qui l'irritait d'autant plus.

Eva, coupée dans son élan, ne se départit pas de son sourire. Elle devint encore plus rouge. « Tout de même... » dit-elle, mais elle laissa la phrase en suspens. Lorsque son tour vint de commander, elle en fit toute une histoire, se plaignit qu'elle ne connaissait pas la moitié des mots du menu. « Oh, tu n'as qu'à choisir pour moi mon cœur, dit-elle en se penchant vers Louis. Tu sais toujours si bien t'y prendre avec ces choses-là, de toute façon. »

Ils optèrent pour les Saint-Jacques. Comme Eva voulait savoir ce que c'était lorsque les assiettes arrivèrent, Hendrik intervint avant que son frère puisse répondre : « Voyons si vous pouvez deviner, tiens ! »

Eva sembla désarçonnée, mais elle se prêta au jeu avec douceur : une sorte de pomme de terre ?

L'espace d'un instant, ce fut le silence, puis Hendrik sursauta comme s'il venait de recevoir un coup de pied sous la table. Posant les coudes de part et d'autre de son assiette, il demanda à Eva ce qu'elle faisait dans la vie : étudiait-elle, travaillait-elle, ou se prélassait-elle joyeusement l'année durant ? Eva, écarlate de nouveau, s'accorda un temps de réflexion. Posant ses couverts, elle s'essuya les doigts sur sa serviette et vida son verre. Son deuxième, nota Isabel, peut-être même son troisième. « Eh bien… hésita Eva. Disons que… » Les mots ensuite se bousculèrent : « Oh, doit-on vraiment parler travail ? C'est tellement inintéressant. »

Le regard d'Isabel se porta plus loin, vers la fenêtre. On n'y voyait que le reflet de la salle de restaurant, comme un écho d'ombres muettes. « Vous ne semblez pas être le genre de fille qui puisse se payer le luxe de ne pas s'intéresser au sujet. »

Louis articula son nom, une seule fois : « Isabel. » Comme un coup de poignard.

Isabel le toisa sans s'excuser.

« Eva joue les modestes. Hein, Eva ? » Puis il répondit aussitôt à sa place : « Eva était dactylo pour Van Dongen. Elle a arrêté récemment, quand une… euh…

— Une tante, compléta Eva.

— Une tante, oui, lui a légué une somme d'argent, figurez-vous.

— C'est ça, confirma l'intéressée dans un souffle.

— Cette personne futée que nous avons là subvient donc tout à fait seule à ses besoins, Isabel. Je préfère ignorer ce que tu sous-entendais. »

Isabel se retrancha dans le silence. La conversation continua, hésitante et hachée. Hendrik attisait la tension, provoquait son auditoire avec des allusions qui passaient au-dessus de la tête d'Eva. Louis le remarqua, puis il l'ignora : à chaque nouvelle source d'agacement, il se tournait vers Eva et se radoucissait aussitôt, l'air larmoyant, la bouche pendante. Isabel trouvait que cette expression lui donnait l'air bête. Louis avait aussi amené une fille aux obsèques de leur mère, des années plus tôt. Elle était sur toutes les photos, et nul ne se souvenait de son nom. Pas même Louis, l'unique fois où Isabel le lui avait demandé, pour un album qu'elle réalisait.

Au moment de quitter le restaurant, Isabel s'excusa et disparut aux toilettes. Elle n'avait pas consommé beaucoup de vin – cela lui embrouillait l'esprit et la rendait méchante – mais le peu qu'elle avait bu, avec l'humidité de la soirée, l'enveloppait comme une fièvre. Elle mouilla une serviette en papier qu'elle appliqua contre son cou.

Précisément à cet instant, Eva apparut. Isabel jeta la serviette. Eva n'entra dans aucun des box : elle s'adossa aux lavabos, vacillante. Elle était plus ivre qu'Isabel. L'ourlet inégal de sa robe sautait encore davantage aux yeux. L'éclairage faisait chatoyer ses cheveux jaune d'œuf. Isabel eut l'impression qu'elle pouvait presque sentir le peroxyde.

« C'était une soirée charmante », dit Eva.

Isabel marmonna son approbation, tout en se lavant les mains.

« Je voulais vraiment vous rencontrer, vous savez. Vous en particulier. Louis m'a tant parlé de vous. Vous habitez la maison de famille, c'est ça ? Celle où vous avez tous les trois gran…

— Je ne vous avais pas invitée, ce soir. »

Eva, les mots encore au bord des lèvres, avait été coupée dans sa lancée. Un filet de transpiration luisait sous l'échancrure de son col. Précisément à cet instant, le simple fait de la regarder irritait Isabel. Tout en elle l'irritait : les coutures serrées de sa robe, les racines foncées de ses cheveux, ses sourcils maquillés. Comme c'était humiliant, se disait-elle, de voir aussi clair dans son jeu.

Eva se mit à rire. Un rire bref, sans humour. « Eh bien ! s'exclama-t-elle. Vous êtes franche, vous, au moins ! »

Isabel se sécha les mains. « Je ne veux pas être impolie, mentit-elle. Mais bientôt, vous ne serez plus là. » Elle s'assura que le message était clair : « Il va se lasser et je n'entendrai plus jamais parler de vous. »

Cela n'eut pas l'effet escompté. « Oh, fit Eva en penchant la tête de côté. On verra. » Son timbre de voix avait changé, ce n'était plus la fille qui gloussait nerveusement à chaque échange dans la conversation, plus la fille qui s'excusait – *oh mais qu'est-ce que je suis gourde, pardon pardon* – en renversant un verre ou en faisant grincer un couteau au fond de l'assiette.

Isabel aperçut un éclair indéfinissable dans son expression – comme si quelque chose en elle s'était fissuré – mais si vite dissipé qu'elle ignorait si elle l'avait imaginé. S'il avait vraiment été là.

Isabel s'avança vers la porte. Eva ne bougea pas, la regarda partir, le regard fixe. Pénétrant. Dehors, l'air était chaud et humide à la fois, une brume moite. La mer qui s'enfonçait dans les rues, avec une odeur de sel. Louis demanda : « Où est Eva ? » Et Isabel rétorqua : « Pourquoi ? Elle est sous ma responsabilité maintenant ? »

Hendrik passa son bras sous le sien. Elle s'accrocha à lui. Louis s'indigna : « Tu as été odieuse ce soir. Odieuse avec elle. »

Hendrik eut un grognement désapprobateur.

Louis s'avança, tâchant de ne pas élever la voix. « Que faudra-t-il pour que vous deux… »

Mais Eva était de retour parmi eux. Elle ajustait son chapeau. Un chapeau très rouge. Elle avait remis du rouge à lèvres. C'était frappant, à présent, combien elle était petite par rapport à eux : tous les trois étaient grands, longilignes. « Qu'est-ce que j'ai manqué ? » lança-t-elle, et la voix était de retour : plus aiguë, chantante. Elle semblait trouver que ça l'adoucissait. À tort, songea Isabel. Vraiment à tort.

Louis, tout sucre tout miel, se détourna d'eux. « Rien, dit-il. Que pourrait-il bien se produire, si tu n'es pas là ? »

Elle aimait ça. Ses joues rosirent, elle se blottit contre lui, avant d'insister presque aussitôt pour que la soirée ne s'achève pas si vite – non, décidément, elle ne pouvait pas s'achever si vite ! « Venez donc boire un verre, oh s'il vous plaît, vous ne pouvez pas refuser !

— Chez… Louis ? » demanda Hendrik.

Louis occupait une petite chambre spartiate en location dans un appartement au premier étage d'un immeuble à proximité de son lieu de travail. L'endroit était vieillot et mal entretenu, avec une douche pleine de moisissures, et il avait pour colocataire un petit homme soupçonneux au front lourd qui portait des lunettes à monture métallique. Mais son employeur payait le loyer, et Louis était souvent absent. Isabel ne venait que si elle devait passer le prendre ou le déposer.

« Oh, quel endroit sinistre c'était, non ? Mais je l'ai aidé à redécorer, n'est-ce pas mon cœur ? Et c'est vraiment très joli à présent, il faut que vous veniez, au moins pour voir ça !

— Vous avez aidé Louis à *redécorer* ? » Hendrik prononça le mot comme dans une publicité. Eva ne releva pas, elle se contenta de confirmer, avec enthousiasme. Isabel ne voulait pas y aller. La soirée avait assez duré. Elle l'annonça, mentionna les horaires de train, la nuit qui tombait, mais Hendrik se pencha vers elle et murmura, un sourire en coin : *Oh, allez, tu ne veux pas voir ses décorations ?*

Ce fut donc décidé : ils y allaient. Pour un seul verre, un seul. « Oh, bien sûr, un seul », assura Hendrik.

C'était un peu plus bas sur le boulevard. Louis habitait le quartier. Rien ne pouvait expliquer leur retard au restaurant, sinon que sa copine et lui avaient traîné dans l'appartement, et traîné pour quoi faire ? Une réponse vint à l'esprit d'Isabel, une réponse désagréable et nette : un flash, l'image d'un lit. Les choses que les gens faisaient ensemble seuls dans les chambres. Elle se détourna de cette vision, au propre comme au figuré, et fit face à la mer. Le soleil couchant n'était plus qu'une flaque de lumière lointaine derrière une nappe de gris. La mer remontait vers la terre, déferlait, refluait, puis déferlait encore.

Puis Eva se tut et, se calant sur le pas d'Isabel, annonça qu'elle avait besoin de s'éloigner un peu des « garçons » – un mot qu'on aurait dit censé marquer leur complicité. Isabel grimaça. Elles tournèrent dans la rue de Louis. Le vent ne soufflait pas, ici. Des immeubles plus hauts, de petits jardins. Eva commença à jacasser à mi-voix, comme si elle avait tout oublié des propos qu'Isabel lui avaient tenus au restaurant. Elle ne disait pas grand-chose, livrait ses commentaires sur les jardins, faisant sonner ses affirmations comme des questions : n'étaient-ils pas jolis ces bégonias en fleurs ? Oh, n'aimerait-on pas avoir un jardin à soi ? La question semblait avoir été adressée à Isabel, mais ça n'était qu'une impression car aussitôt, dans un soupir distrait, elle ajouta : « Mais je ne saurais sans doute pas du tout l'entretenir, n'est-ce pas ? Je serais nulle en jardinage, tout ce que j'essaierais de planter finirait par mourir, j'en suis sûre.

— Dans ce cas, ne prenez pas de jardin », dit Isabel. Eva se pinça les lèvres.

À l'étage, comme ils pénétraient dans la chambre de Louis, Hendrik serra fort le bras d'Isabel : un message. À voix haute, en revanche, il se contenta de couiner un « Oh, comme c'est mignon ! »

C'était kitsch. Eva avait suspendu au plafond des tissus rouges vaporeux qui enveloppaient le lit façon baldaquin et en avait drapé les autres meubles de la pièce : la commode, la chaise. Il y avait trop de tapis par terre, les uns sur les autres. Sur les murs, elle avait accroché plusieurs peintures maladroites de visages abstraits.

« Ils sont jolis, hein ? C'est un ami à moi qui les a peints. Un génie méconnu, vous ne trouvez pas ? »

Hendrik serra plus fort le bras d'Isabel en acquiesçant joyeusement : « Tout à fait ! Tout à fait ! »

Il n'y avait pas vraiment d'endroit où s'asseoir. Louis prit le fauteuil. Hendrik et Isabel s'assirent sur le bord du lit. Eva alla chercher un tabouret dans la cuisine, puis les boissons, servies dans des verres assortis. Et tous restèrent là, dans un silence tendu. Eva, de nouveau, avait les joues cramoisies. Louis feuilletait un livre qu'il avait abandonné par terre au pied du fauteuil. Puis Eva s'exclama : « Musique ! » avant de se lever pour mettre un disque. Le son était trop fort, elle dut retourner le baisser. Puis, une fois rassise, elle commença par un :

« Donc Louis m'a dit que vous avez tous les trois grandi dans…

— Vous vivez ici maintenant ? l'interrompit Hendrik en balayant la pièce du regard. Dans cette chambre ? Avec Louis ?

— Oh, je… »

Et Louis la coupa : « On cherche quelque chose. »

Hendrik insista : « *Ensemble ?* »

Alors Louis rétorqua : « Oui, ensemble, et alors ? C'est le comble ça, qui crois-tu que tu es pour… »

Hendrik l'interrompit sèchement. « Et ton "c'est le comble", il veut dire quoi ?

— Pas si fort, fit Isabel en fixant la cloison.

— Maurice n'est pas là, Isa, souffla Louis, tu es sauvée de tout embarras. » Sans vouloir répondre à la remarque, Isabel tenait à ne pas se laisser faire, alors elle asséna un « Je n'aime pas ce type » auquel Eva répliqua par un « Ah bon ? »

Tous les regards se braquèrent sur Isabel. « Non, je ne l'aime pas, répéta-t-elle.

— Oh ? Et pourquoi ça ?

— Je ne l'aime pas, c'est tout. » Isabel n'était pas habituée à devoir se justifier sur ce genre de chose. À la maison, dans les boutiques, lors de ses conversations téléphoniques hebdomadaires avec Hendrik, elle avait rarement droit à des questions. Qui donc lui en aurait posé ?

« Il se comporte… étrangement », dit-elle.

Eva la dévisagea avec une drôle de lueur dans le regard. De nouveau cet éclair. Le temps d'une demi-seconde, elle avait redressé le dos. « Comment ça, *étrangement* ? demanda-t-elle.

— Il rôde. »

Un jour où elle attendait Louis dans le couloir, Maurice était resté là, avec elle : les yeux rivés sur une portion du mur juste au-dessus de l'épaule d'Isabel.

« Il *rôde* ? répéta Eva comme si elle entendait le mot pour la première fois.

— On se fiche de Maurice, arrêtez », intervint Louis, d'une voix plus forte qu'elles deux, ce qui fit ciller Isabel. Elle inspira, détourna le regard. Redressa le dos à son tour. Eva retourna bidouiller la musique. Elle n'était plus rouge. La peau de sa nuque contrastait avec le jaune de ses cheveux.

Lorsqu'Hendrik et Isabel s'en allèrent, elle était de nouveau falote et mièvre : debout à côté de la porte, tout contre Louis, un bras autour de sa taille, elle agitait la main. « Merci d'être venus ! Merci, merci ! À bientôt ! »

Avant ça, lorsqu'elle s'était penchée vers elle pour lui dire au revoir, elle avait un bref instant pris appui sur la taille d'Isabel. Elle avait refermé les doigts dessus, d'un geste rapide mais plein d'assurance. Isabel sentait toujours le poids de ce contact sur sa peau tandis qu'ils descendaient le boulevard ; elle posa la main dessus. Annonça à Hendrik : « Cette fille ne me plaît pas. »

Hendrik rit à gorge déployée. « Ah bon ? Je n'avais pas remarqué.

— Non, je... commença-t-elle, en mettant de l'ordre dans ses pensées. Non, je veux dire... Il y a quelque chose qui cloche, je crois qu'elle...

— Mon Dieu, cette mousseline ! » ricana Hendrik, les lèvres serrées sur une cigarette qu'il essayait d'allumer contre le vent marin. La nuit était à présent complètement tombée. La mer sifflait sur la place en contrebas. « J'ai cru que j'allais me mettre à *pleurer*, et Louis qui l'a laissée faire... et ces tapis ! Je n'en reviens pas. Comment peut-il survivre à cela ? Comment peut-il...

— Attends », fit Isabel, mais d'une voix si faible qu'elle fut emportée par le vent. Hendrik n'entendit pas. Il continua, énumérant les moments : et quand elle... ! Et Isabel a-t-elle vu quand elle... !

Isabel songeait aux yeux d'Eva qui s'étaient brièvement écarquillés avec son *Ah bon ?* Et aussi au mouvement de ses narines. À la courbe de son dos. À ces doigts qui lui avaient agrippé la taille pour lui dire au revoir. À Louis qui s'affaissait un peu sur lui-même lorsqu'elle le touchait. *N'en fais pas une obsession*, avait dit Hendrik tout à l'heure. Il disait cela au moins une fois à chacune de leurs rencontres. Au téléphone aussi, et dans ses lettres : il ne fallait pas faire une obsession de l'argent, pas faire une obsession de la façon dont la bonne faisait les vitres, ni de Johan et de ses intentions, pas faire une obsession de la façon qu'avait Eva de la regarder, de poser la main sur sa taille – les doigts en éventail.

Isabel pinçait la peau du dos de sa main. Tout en parlant, Hendrik le remarqua, l'interrompit d'un geste, et prit cette main dans la sienne. Il avait la démarche vacillante, instable. La voiture n'était plus très loin.

« Je vais te ramener, dit-elle.

— Nooon. » Il posa la tête contre son épaule. « Je vais bien.

— Je te ramène.

— Isa, dit-il. Ton train ! Les horaires !

— J'irai à la gare en tramway.

— Ma sœur », dit-il en essayant de l'étreindre, ses bras enserrant les coudes d'Isabel. Elle n'aimait pas ce genre de geste, de ceux qui empêchent de bouger, et il le savait, il en était tout à fait conscient : il appuyait, il serrait. Il était ivre. « *Och*, ma sœur, ma sœur, ma sœur ! » Elle tenta de se libérer. Il rit encore, puis la lâcha.

Elle le raccompagna chez lui. Il voulut la convaincre de monter, de venir saluer Sebastian, de prendre un dernier verre pour clore la soirée. Elle n'avait pas vu Sebastian depuis des lustres. Il dit tout cela les yeux larmoyants, avec douceur et sérieux. Les doigts qui la tenaient par le poignet serraient fort. En haut, il y avait de la lumière : Sebastian avait attendu Hendrik.

Elle dit qu'elle allait rentrer. Hendrik acquiesça plusieurs fois, avec une grimace qui ressemblait presque à un sourire. Il promit d'appeler. Promit de venir avec Sebas, à un moment ou à un autre de l'été, avant de peut-être partir pour Paris : ils pourraient rester quelques jours. Aller se baigner quelque part. Faire une virée, ici ou là. Cela faisait si longtemps, répéta-t-il comme pour lui-même, qu'Isabel n'avait pas vu Sebastian.

Dans le train qui la ramenait à Zwolle, elle sortit le petit paquet et le déballa. Examina le tesson qu'elle avait trouvé. La porcelaine était fine. Bleu, blanc, bleu. Les lumières du train clignotaient à chaque à-coup sur les rails. À son arrivée, la maison l'accueillit avec soulagement. *Te voilà enfin*, disait la faible lueur dans la cuisine, laissée allumée pour le réconfort. *Je t'attendais*, ferrailla la clé dans la serrure de la porte. Dans le vestibule, le froid n'avait pas cédé, mais à l'étage, Neelke avait laissé quelques braises dans la cheminée. Isabel s'accroupit et tendit les mains vers la chaleur.

Elle essaya de se rappeler sa première nuit dans la maison : elle était jeune, effrayée et des sirènes gémissaient dans un lointain obscur. Elle essayait de se rappeler ce qui était déjà là – quels objets, quelles formes, quels vases, quels tableaux, quelles broderies aux ourlets de quels draps. Rien ne lui revenait.

Sinon le coup frappé contre la porte, le petit pied glacé d'Hendrik sous les couvertures et l'impression d'avoir un poing coincé au fond de la gorge.

Une fenêtre claqua à l'autre bout du couloir. Isabel sursauta et se précipita vers l'endroit d'où le bruit était venu : l'ancienne chambre à coucher de sa mère – elle l'avait aérée plus tôt dans la journée. Et elle avait laissé la fenêtre ouverte. Tout allait bien, rien n'avait été cassé, seul un cadre posé sur la table de chevet avait basculé sur sa vitre. La photo datait de ce premier été après la guerre. Sa mère, grêle dans une jupe longue, assise sur un banc dans le jardin, les deux sapins s'élançant fièrement vers le ciel derrière elle. Le dos droit, elle fixait l'objectif.

Isabel remit la photo à sa place.

2

Isabel passa le dimanche matin à l'église, dans l'odeur du vernis et des vieux rideaux. Le lundi matin, le soleil tapait fort et embrassait tout. Elle s'occupa du jardin. Les lilas avaient besoin qu'on les taille, les rosiers grimpants qu'on les attache, et Isabel fouilla le sol à la recherche d'autres objets tranchants. Mais elle ne trouva que de la terre. L'après-midi, elle rendit visite à l'avocat pour sa pension, mardi elle honora un rendez-vous avec le tapissier pour le fauteuil, mercredi elle s'occupa des courses pour lesquelles elle ne faisait pas confiance à Neelke, et jeudi elle prit le thé chez les Van den Berg parce que Johan était de passage en ville – si elle allait à sa rencontre, ça évitait que ce ne soit lui qui vienne. Elle préférait que les choses se passent ainsi : elle se garait devant chez sa mère, passait les saluer courtoisement, se voyait proposer un café avant le dîner. Si elle agissait autrement, Johan en profiterait. Il se présenterait à sa porte à l'improviste, entrerait sans y être invité, s'attarderait chez elle, poserait les yeux partout, puis les doigts, en même temps que des questions sur sa vie. Dans l'encadrement des portes, il s'approcherait d'elle.

Elle ne savait pas quoi faire lorsqu'il se comportait ainsi. Elle était prise tout à la fois de vertiges et de légères nausées, mais Hendrik lui avait dit que ce n'étaient que les nerfs, et tout à fait normal. Chez les Van den Berg, dans la salle à manger, Johan posa sa main chaude sur celle d'Isabel sous la table, dissimulée sous le rabat de la nappe. Elle la sentait sur son genou, tandis que la mère du jeune homme demandait à Isabel si elle avait entendu ce qui était arrivé aux Huijers. La bonne qu'ils avaient en semaine avait été surprise en train de voler, depuis quelque temps des objets manquaient à l'appel, mais… « Oh, seulement de petites choses, une cuillère, une assiette, jusqu'à ce que bien sûr, un matin, Mme Huijers ne trouve plus son plus beau collier à son réveil. Figurez-vous qu'ils ont fini par surprendre la fille. Ils ont vidé son sac avant qu'elle s'en aille. Et devinez quoi ? Tout un tiroir d'argenterie en est tombé : couteaux, fourchettes, et… »

La main de Johan glissait le long de la cuisse d'Isabel. Le tissu de sa robe se froissait, remontait. Elle se leva, fila aux toilettes. La maison, jadis une ferme, sentait toujours la paille. La mère de Johan ne cultivait rien sur ses terres, mais elle possédait une jolie roseraie derrière la maison. Isabel redressa sa robe, tira sur ses bas. Lorsqu'elle revint à la table, elle était plus calme, ses mains ne tremblaient plus.

Elle resta dîner puis le temps se gâta : de gros nuages impétueux et grondants, du vent, un jeune arbre au bout du pré qui ployait fortement. Isabel annonça qu'elle devait rentrer avant la pluie. La mère de Johan désapprouva, s'inquiéta, insista pour qu'Isabel attende que ça se calme, ou passe la nuit sur place – les chambres ne manquaient pas. Johan acquiesça avec enthousiasme. Il se léchait la lèvre inférieure.

Isabel insista, il fallait qu'elle rentre.

Alors qu'elle conduisait, la pluie commença à tomber. Malgré l'ardeur des essuie-glaces à balayer le pare-brise, elle voyait à peine devant elle. Les débris soulevés par l'orage cognaient contre la voiture. La route était boueuse et, par moments, les pneus chassaient, mais elle n'était plus très loin de chez elle. Entre les arbres, l'horizon était à présent totalement noir.

En arrivant, elle trouva la voiture de Louis garée dans l'allée de gravier. Le salon était éclairé. Isabel dénicha un journal dans la boîte à gants et s'en servit de parapluie. Elle se mit à courir mais quand elle entra enfin, elle était déjà trempée. Deux manteaux étaient accrochés sur le portemanteau, dont l'un appartenant à Louis. Avec un chapeau rouge vif suspendu à un crochet.

« Louis ! » appela-t-elle. La cage d'escalier était plongée dans la pénombre, tout comme le vestibule. Un filet de lumière filtrait sous une porte fermée

– par-delà le salon, la salle à manger. Elle les trouva tous les deux assis à la table de sa mère, Eva avec un verre de porto, Louis désignant un à un les divers tableaux représentant de vieux membres de la famille – il se moquait d'eux. Faisait rire Eva.

Isabel tenait toujours à la main le journal mouillé qui gouttait sur le plancher. « Louis », dit-elle. Tous les deux remarquèrent alors sa présence et ce fut le silence – le rire d'Eva se calma, la main de Louis se figea en plein geste –, puis Louis se leva et s'avança en disant :

« Oh tu es de retour, super, fantastique, on t'attendait, tu vois...

— Qu'est-ce que vous faites ? » demanda Isabel, par quoi elle voulait dire : « Qu'est-ce que vous fichez là ? »

La bonne humeur de Louis se dissipa. Il posa la main sur le dossier d'une chaise. Il avait manifestement espéré la trouver de meilleure composition et devait à présent revoir son approche. Louis ne venait que deux fois par an : à Pâques, et pour se rendre sur la tombe de sa mère, le jour de l'anniversaire de sa mort. Le cimetière se trouvait dans les faubourgs de Zwolle, à une vingtaine de minutes de route.

Leur mère était morte en septembre. On n'était que fin mai.

« Vous avez une jolie maison, Isabel », dit Eva. Le porto lui avait taché la bouche. Des frisottis de cheveux desséchés par la décoloration dépassaient des barrettes. Elle portait une autre robe mais celle-ci était tout aussi mal cousue. Le tissu donnait l'impression d'avoir été découpé dans un dessus-de-lit. Isabel voulait qu'elle parte.

« Bon, en fait », commença Louis, avant qu'Eva l'interrompe d'un « Mon cœur, tu veux que… » mais d'un geste, Louis la fit taire et dit : « Non, non, simplement…

— Qu'est-ce que vous racontez ? » s'agaça Isabel en les regardant l'un après l'autre. La pluie battait fort contre les vitres. Louis la prit par le coude et tenta de l'emmener vers la cuisine, mais Isabel se dégagea, un œil toujours sur Eva. « Arrête, dis-moi juste ce que…

— S'il te plaît, fit Louis en désignant du menton la porte de la cuisine. Un instant, Isabel, juste un… »

Elle le suivit, mais refusa qu'il la touche lorsqu'il essaya de nouveau. La pluie refroidissait vite sur sa peau, à travers le tissu alourdi, et Louis et son amie n'avaient fait de feu dans aucune des cheminées. La cuisine était plus fraîche que le reste de la maison. Il fallait descendre quelques marches pour y accéder, et le plafond était assez haut pour suspendre le gibier. Plus personne n'y suspendait quoi que ce soit désormais, mais le support était toujours en place : de grosses tiges de métal, une série de cordes et des leviers.

Au-dessus, une vieille table ronde et un tableau représentant la maison accroché au manteau de cheminée. Isabel jeta le journal mouillé, alla essorer sa tresse au-dessus de l'évier. Louis ferma doucement la porte derrière eux.

« Je vais devoir m'absenter quelque temps, Isabel, commença-t-il, la main toujours sur la poignée. Nelis était censé superviser la conférence de Brighton, mais sa femme vient d'accoucher, il a demandé si quelqu'un pouvait s'y rendre à sa place et c'est... une opportunité, vois-tu, une belle opportunité, je ne sais pas depuis combien de temps je...

— D'accord. » Elle voulait qu'il en vienne aux faits. « Pourquoi es-tu là ?

— Eva », dit-il en baissant la voix. Il essayait de chuchoter.

Isabel s'adossa à l'évier. « Non, dit-elle.

— Elle ne peut quand même pas passer tout ce temps seule dans ma chambre ? Pas avec Maurice comme colocataire ! Et...

— Qu'elle aille chez des amis. Ou dans sa propre famille.

— Elle n'en a pas.

— Pas d'amis ? » Le ton était clair : Eva semblait être le genre de personne à avoir un tas d'amis, mais aux yeux d'Isabel, cela ne jouait pas en sa faveur. Isabel n'avait jamais fait confiance à l'amitié.

« Pas de famille », corrigea Louis.

Il chuchotait encore, mais pas Isabel.

« Ce ne sont pas mes affaires, dit-elle.

— Ce ne serait que l'espace de, quoi ? quelques semaines, un mois tout au plus, et tu es seule ici, Isa, toutes ces pièces, pour quoi ? Tout cet espace, pour quoi faire ? Pourquoi ne peut-elle pas rester ? Et qui sait ? Ça te ferait peut-être du bien, pour une fois, d'avoir quelqu'un pour...

— C'est *ma* maison », le coupa-t-elle, et aussitôt elle sut qu'elle aurait dû s'abstenir, tout comme Louis qui la laissa à peine terminer sa phrase avant de lui lancer un « Tu es sûre, Isabel ? ». Il recula d'un pas. « *Ta* maison ? »

Le cœur d'Isabel tambourinait dans sa poitrine. Elle détourna le regard. Oncle Karel avait promis à Louis que la maison serait à lui si un jour il la voulait. Entre les lignes il fallait lire : s'il la voulait pour y élever des enfants. Isabel n'avait jamais eu de raison de s'inquiéter : Louis n'avait jamais semblé enclin à fonder une famille, ni à revendiquer les lieux. Il en était toujours resté si loin qu'au fil des ans, Isabel avait fini par se convaincre qu'ils la laisseraient vivre là. Ses frères. Son oncle. Ils n'avaient pas le choix de toute façon, car où irait-elle, sinon ? Elle n'avait rien d'autre au monde. Rien que ces sols propres et ces lits au carré. Cela lui suffisait. Si elle pouvait la garder, cela lui suffirait.

Elle se redressa de toute sa hauteur. « Eh bien, dans les faits, c'est moi qui vis ici, Louis, moi qui m'assure que tout est en ordre, qui nettoie, qui... Alors j'ai droit à, c'est moi qui ai droit à... » Elle avait la voix plus hésitante qu'elle ne l'aurait voulu.

Louis s'adoucit et s'assit à la table. « Écoute. En fait, elle t'apprécie vraiment, Isa. Depuis que vous vous êtes rencontrées, elle ne parle presque que de toi. Tu lui as fait une forte impression, tu sais. En fait, c'est elle qui a suggéré...

— Oh, elle ?

— Arrête un peu. » Il jeta un coup d'œil vers la porte, se remit à chuchoter. « Elle est très timide, tu sais. Ne l'embarrasse pas. Ça ne lui fait pas plaisir de se trouver dans cette position, d'avoir à, à... de devoir tant compter sur...

— Elle te fait marcher », répliqua Isabel. L'idée n'avait même pas transité par son cerveau. Maintenant que c'était dit, elle se voyait contrainte de s'approprier les mots, d'en faire sa conviction.

« Pardon ? » fit Louis.

Et aussitôt Isabel lui décocha un :

« Qui est-elle, Louis ? Qui est-elle, d'où sort-elle, la connais-tu au moins ? Depuis combien de temps ? Qui peut dire qu'elle est vraiment celle qu'elle prétend être, qu'elle n'essaie pas de...

— Ne parle pas si fort ! » Puis : « N'essaie pas de quoi ? » Il la dévisageait, perplexe. Maintenant qu'elle avait été interrompue, Isabel ne savait plus comment conclure. Elle avait le souffle court, et lui se contentait de la regarder. Le silence dura. Puis il dit : « Tu es seule depuis trop longtemps. Ça fait trop longtemps que tu n'as personne.

— Je ne suis *pas* seule.

— La bonne ne compte pas, dit-il. Saluer le boulanger deux fois par semaine ne compte pas. »

Elle sentait ses joues s'empourprer. Elle ne pouvait rien répondre, tout ce qu'elle pourrait dire viendrait forcément confirmer cette image affreuse qu'il avait d'elle : parfois elle allait prendre le thé chez les Van der Berg. Parfois, elle parlait à Hendrik au téléphone. Des moments brefs, trop brefs pour quelqu'un qui vivait avec les autres, qui travaillait, fréquentait des bars, dont les petites amies décoraient l'appartement. Suspendaient des mousselines, pour lui faire plaisir.

« Et donc quoi ? dit-elle. Je dois jouer les hôtelières de toutes les filles que tu ramènes à la maison, simplement parce que tu crois que j'ai besoin de…

— Pas toutes les filles », insista-t-il, comme si c'était important. Isabel le dévisagea, espéra qu'il n'allait pas développer. C'est néanmoins ce qu'il fit : « Je l'aime, Isa. Vraiment. Je crois que je…

— Seigneur… » l'interrompit-elle en se détournant, la paume de la main entre ses yeux. Le début d'une migraine. Ils se turent un instant. Puis Louis ajouta :

« Ce ne sera pas si long.

— Combien de temps ?

— Écoute, il faut que je m'y mette, que j'organise… peu importe. Un petit moment, en fait, si je donne satisfaction et qu'ils me demandent de finaliser les négociations ; ils ont… ils ont sacrément misé sur moi, Isabel. Une promotion serait, ça pourrait déboucher sur…

— Quand seras-tu de retour ? » insista Isabel.

Il déglutit. « Juillet.

— Le 1er juillet.

— Isabel.

— Le 1er juillet.

— Disons la première semaine de juillet, oui.

— Seigneur », répéta-t-elle. Un mois. Même Hendrik, lorsqu'il venait, ne restait jamais plus de quelques jours.

Louis se leva, remit la chaise à sa place. Le vent poussait fort contre les fenêtres. « Tu seras sympa avec elle, fit Louis.

— Je ne serai rien du tout », dit Isabel, et lorsqu'elle lui jeta un regard en coin, elle vit qu'il en avait assez. Assez de la conversation, et de sa compagnie, alors il la laissa là. Il allait passer la nuit ici, puis s'en irait le lendemain matin, rejoindrait la côte et serait sur le ferry avant la fin de la journée.

Isabel s'attarda dans la cuisine. Elle alluma un petit feu, approcha une chaise et s'installa pour se sécher. Elle entendit qu'on conversait à voix basse dans la salle à manger, puis il y eut un gloussement et des *chuts* joueurs. Des pas qui montaient à l'étage puis redescendaient. Une fois sèche, Isabel inspecta les placards, les meubles, les tiroirs afin de s'assurer que rien ne manquait. Une petite cuillère avait peut-être disparu, mais elle n'était plus sûre de savoir combien ils en possédaient. Elle les compta : douze. Les disposa sur la table, des plus grandes aux plus petites. Et c'est alors qu'Eva passa une tête dans la pièce, la main sur le chambranle :

« Je voulais simplement vous remercier. Ça me fait vraiment plaisir de pouvoir rester. Vous ne vous imaginez pas à quel point. »

Encore cette voix. Isabel leva la tête et la fixa sans ciller. « Ce n'était pas mon idée, dit-elle.

— Non, je sais. » Eva sourit, comme si la remarque était positive. Aimable. Comme si elle était en train de discuter avec quelqu'un d'autre, quelqu'un d'engageant. « Il fait bon ici, dites donc ! Génial. Que faites-vous ? Vous astiquez les cuillères, au milieu de la nuit ?

— Non, dit Isabel sans plus d'explications.

— Bon, fit Eva. Bon, eh bien bonne nuit, alors, Isabel. Je peux t'appeler Isa ? Comme Louis ? Comme si nous étions sœurs ? C'est presque ce que nous sommes, non ? »

Isabel ne répondit rien. Tournant le dos à la porte, elle rassembla ses cuillères et les rangea dans le tiroir. Eva finit par s'en aller. Elle s'éclipsa avec un « Bonne nuit » moins assuré, cette fois. *On verra*, avait-elle dit au restaurant et ce faisant, l'espace d'un bref instant, elle était devenue quelqu'un d'autre. Quelqu'un à qui Isabel ne parvenait pas à penser autrement que de manière détournée, vague. Comme à un petit grain de sable dans sa routine.

Elle attendit que les bruits de pas à l'étage s'évanouissent, avant de monter à son tour. Le couloir était plongé dans la pénombre, mais un filet de lumière filtrait sous l'une des portes : celle de l'ancienne chambre de sa mère. Derrière, les deux amants discutaient et riaient doucement.

Sous la douche, les gestes d'Isabel étaient gauches, elle dut s'y reprendre à plusieurs fois pour refaire sa tresse, puis elle se glissa sous les draps, furieuse. Le conduit de cheminée du rez-de-chaussée qui traversait sa chambre réchauffait un peu la pièce. Mais elle grelottait. Elle demeura éveillée longtemps, l'oreille tendue vers les sons qui lui parvenaient du bout du couloir. Elle crut entendre fredonner, puis un hoquet. Elle eut chaud, puis froid. La maison finit par plonger dans le silence, et il n'y eut plus rien à écouter que la tempête en train de se calmer.

Elle se réveilla tôt, épuisée, le dos de la main rouge d'avoir été trop pincé.

C'était l'oncle Karel qui leur avait trouvé la maison pendant l'hiver 1944. La guerre touchait à sa fin et la famine avait gagné tout l'ouest des Pays-Bas. Isabel et ses frères avaient été envoyés à l'est les premiers : sur un bateau chargé d'enfants de leur âge serrés les uns contre les autres – des enfants qu'ils ne connaissaient pas, qui toussaient comme on livre un secret, derrière le col de leur manteau. Une fillette avait montré à Isabel le contenu de sa valise : une poupée, une paire de chaussures, une fourchette et une assiette. Elle avait raconté que sa famille d'accueil la nourrissait mais qu'ils ne possédaient pas assez de fourchettes. Isabel s'était dit qu'elle fabulait et elle n'appréciait pas qu'on lui raconte des histoires. « N'importe quoi, avait-elle grommelé, en colère, qui pourrait manquer de fourchettes ? » puis elle n'avait plus adressé la parole à la fille de tout le voyage.

L'oncle Karel était venu chercher Louis, Isabel et Hendrik au port. Il faisait un froid de loup. Ils avaient dû attendre longtemps à côté de la voiture que le soldat allemand aux mains gantées qui leur avait pris sans ménagement leurs papiers ait fini de les interroger. L'oncle Karel répondait à toutes ses questions avec jovialité et assentiment, tout sourire.

Mère était restée à Amsterdam, venir lui était impossible, la traversée n'était autorisée qu'aux enfants. Une semaine après leur arrivée, Isabel, onze ans, lui écrivit une lettre :

Ma chère mère,

Louis t'a écrit cette semaine mais j'ai vu sa lettre qui consistait seulement en quelques lignes rédigées d'une écriture très maladroite et j'ai peur que tu n'aies pu les déchiffrer et que tu les aies trouvées sans intérêt. La maison est grande, bien plus grande que la nôtre à Amsterdam et nous l'aimons tous beaucoup. Comme nous sommes trois, chacun a son palier (Hendrik dit que ça lui est égal de dormir dans la cuisine où il fait chaud. En haut, il peut faire très froid le soir ils ont dit hier à la radio que la température était descendue à -1,3 °C). Seras-tu là pour Noël ? Louis dit que je ne devrais pas te demander de venir parce que ce n'est pas encore permis mais ce serait vraiment bien si tu pouvais faire le déplacement. Nous avons trouvé une malle pleine de jouets dans le grenier et Oncle Karel a dit que c'était saint Nicolas qui l'avait laissée là pour nous.

Un des jouets est un lièvre en peluche, qu'il m'a autorisée à garder. Quelqu'un a dessiné un cheval sur le mur derrière ma penderie. J'essaie de rédiger un journal, comme le Premier ministre nous l'a conseillé mais je ne sais pas trop quoi dire dedans.

La maison se compose ainsi (j'écris tout en marchant afin que tu puisses te la représenter précisément) : tu entres et c'est le vestibule où l'on suspend les manteaux, puis il y a un escalier et deux portes (le bureau à droite, le salon à gauche). Dans le salon, il y a un immense miroir au-dessus de la cheminée qui donne l'impression que tout est en double. Puis il y a la salle à manger et ensuite la cuisine, à laquelle j'accède en descendant deux marches. Elle est vieille elle a des plafonds très hauts et elle sent l'huile ce que je n'aime pas trop mais la cheminée est très grande et c'est là qu'on fait du feu parce qu'Oncle Karel dit qu'il n'y a pas assez de bois pour faire plus d'un feu à la fois mais ce n'est pas une belle pièce. Je vais en sortir maintenant. Nous avons dîné tous les soirs dans la salle à manger. Nous avons mangé des pommes de terre, du chou-fleur et une fois de la viande : une tranche chacun !

Le jardin est grand et il fait tout le tour de la maison. Tout a été recouvert de neige pendant la nuit. Louis dit qu'on jouera au badminton au printemps si nous sommes toujours là au printemps. Quand viendras-tu ? J'ai entendu 5 avions aujourd'hui et j'en ai vu 1. Hier soir, Oncle Karel m'a dit que j'avais le visage trop dur pour une petite fille et qu'il fallait que je m'exerce devant le miroir pour avoir l'air plus avenante et éviter de devenir une vieille fille aigrie. Hendrik pleure toutes les nuits et nous empêche de dormir. Cela met Louis très en colère mais pas moi. Il y a une fille de la ferme à côté qui est venue demander à manger et je lui ai dit que je ne savais pas où l'on conservait la nourriture alors elle m'a dit que son père était mort parce qu'il était parti dans les bois et qu'il a été tué d'une balle dans la tête par un Allemand. C'est horrible ! lui ai-je dit. Je m'en suis voulu de ne pas lui avoir donné à manger. En même temps, je ne crois pas que ce soit une bonne idée d'aller traîner dans les bois. Je t'ai choisi la plus belle chambre. C'est la plus grande et elle donne sur deux sapins couverts de neige ; je me souviens que tu m'as dit un jour que c'étaient tes arbres préférés et c'est pour cela que je t'ai choisi cette chambre.

Écris vite, viens vite !

Ta fille (Isabel).

Sa mère avait conservé cette lettre sous clé dans le tiroir du secrétaire de sa chambre avec les autres et les pages confuses du journal de guerre qu'Isabel avait essayé de tenir un temps. Cette dernière les y avait retrouvés un an après son décès. Elle avait vingt-deux ans et c'était l'été. Alors qu'elle s'était assoupie sur une chaise longue dans le jardin, elle avait pris un coup de soleil sur les tibias. Assise à côté du secrétaire, tandis que la peau de ses jambes éprouvait la rugosité des fibres du tapis, elle avait lu chaque lettre qu'elle et ses frères avaient adressée à leur mère. Celles d'Hendrik tenaient pour la plupart sur une page, des demandes décousues qu'on vienne le chercher. Louis racontait dans leurs moindres détails les événements de la semaine et rêvait de s'enrôler pour devenir pilote d'avion. Elle lut un passage de son journal, datant d'un mardi d'octobre 1945 : *J'ai compté toutes les marches de la maison et il y en a soixante-quatre. Hendrik s'est enfermé à clé dans la salle de bains et il refuse de sortir, c'est très agaçant.*

Isabel, à même le sol et lettres en main, avait la mâchoire si tendue qu'elle dut s'aider de ses doigts pour la débloquer.

La guerre était consignée dans sa mémoire de manière brouillonne, dans le désordre. En 1939, un lundi, son père fit une chute dans l'escalier. Le vendredi, il saigna du nez dans un costume trois pièces et mourut avant que le mois s'achève. L'année 1943 fut celle où Vera, la star de l'école, la surnomma *Isa Pue-du-bec*, entraînant avec elle le reste de la classe. En 1941, Louis reçut un petit train pour son anniversaire, il avait un moteur et tournait en rond inlassablement. Des bombes tombaient sur Rotterdam. Les camions roulaient sur les pavés descellés de la Sarphatistraat où elle accompagnait sa mère acheter des pickles. Elle allait à l'école puis rentrait à pied. Des bombes tombaient sur Amsterdam.

Leurs années dans l'Est après la guerre demeurent plus vives : le chaos dans les gares, des gens aux visages émaciés errant pieds nus dans les rues. Des trous d'obus se remplissant d'eau, des bunkers verdis par la mousse. Des inconnus se présentant au bout de l'allée de leur nouvelle maison pour quémander du charbon, ou de quoi manger. Une fois, par une soirée glaciale, alors qu'Isabel avait treize ans, ils étaient à table et on frappa avec insistance de grands coups contre la porte. On était en 1946 et la guerre était terminée mais la mère d'Isabel s'empressa de fermer toutes les fenêtres, *Montez*, ordonna-t-elle, et Isabel et ses frères obéirent, laissant la nourriture refroidir dans leur assiette. Par la fenêtre de la chambre, ils virent une femme en colère s'acharner en hurlant contre portes et fenêtres. Ses cris étaient inintelligibles, désespérés. Elle était accompagnée d'une jeune femme totalement passive, qui se contentait de rester là à côté d'elle, les bras croisés et la tête basse. *Que veulent-elles ?* avait chuchoté Isabel à Louis. Et Louis, qui regardait toujours dans l'obscurité dehors, avait simplement répondu : *Nos affaires.* Un jour, un homme tomba à genoux et se mit à rire de manière incontrôlable au beau milieu d'une rue commerçante. La police vint le chercher. Isabel assista à la scène depuis l'intérieur d'un magasin. Elle avait quinze ans la première fois qu'elle entendit parler des camps. Alors qu'elle se trouvait dans une salle de classe avec des camarades, attendant l'arrivée du professeur, l'une des filles avait dit : *Ils nous traitent plus mal que des Juifs ici*, et une autre avait ajouté : *Mon Dieu, mais qu'ils nous gazent, qu'on en finisse.*

Après la guerre, ils gardèrent la maison d'Oncle Karel et ne retournèrent jamais à Amsterdam. Leur mère assurait que c'était mieux pour eux : la verdure, la terre. Tout cet espace. Privé des nombreux amis qu'il avait laissés en ville, Louis ne lui pardonna jamais cette décision. Hendrik, pour sa part, semblait s'en ficher. C'était un enfant malheureux, où qu'il soit. Il pleurait souvent, se cachait beaucoup. Quant à Isabel, ce déménagement à l'est ne la dérangeait pas. Elle n'avait d'amis nulle part, ni en ville ni à la campagne. Tout le monde s'en inquiétait, faisait toute une histoire du fait qu'elle passait son temps confinée dans sa chambre, pourtant ça n'était pas si terrible. Elle lisait, elle allait marcher dans la campagne, Hendrik et elle imaginaient les vies des gens qui passaient en voiture. Puis quand Louis déménagea l'existence devint plus tranquille, et lorsqu'Hendrik s'enfuit elle le devint plus encore. Les pièces étaient vides et tristes. Mère tomba malade. Mère mourut. Isabel, qui venait tout juste d'avoir vingt ans, donna des ordres aux bonnes de la maison : il fallait changer les draps, faire les vitres. Le dîner serait servi à dix-huit heures.

Le lendemain des obsèques, l'air était d'un éclat nébuleux : de la brume au-dessus des prairies, les hautes herbes nimbées de violet. Un plat de sandwichs était toujours posé sur la table de la salle à manger, recouvert d'un torchon. Des mouches voletaient tout autour. Il n'y avait personne dans la maison, mis à part Isabel. Louis était parti la veille au soir et Hendrik, qui refusait de pénétrer entre ces murs, avait réservé un bed & breakfast proche de la ville. Il était venu accompagné d'un homme qui l'avait attendu devant le cimetière avec un parapluie.

Isabel n'avait jamais connu pareille solitude, de celles qui s'installent sans promesse de disparaître. Il n'y avait personne, à présent, plus personne pour franchir le seuil à l'improviste, plus personne non plus pour ouvrir et refermer un tiroir dans la pièce d'à côté. Et, au-dehors, des prairies et des champs, encore des champs. Isabel s'assit à côté de la fenêtre avec une tasse de thé et sentit s'insinuer lentement en elle une terreur fracassante : Mère était morte si vite, si facilement, sans qu'Isabel ait eu son mot à dire. Son oncle pourrait donc mourir à son tour, tout aussi soudainement. Louis allait hériter de la maison, et décider de se marier, ne plus vouloir d'elle ici – n'importe quoi pouvait se produire n'importe quand sans qu'elle ait jamais son mot à dire. Elle appartenait à cette maison dans le sens où elle n'avait rien d'autre, nulle autre vie que cet endroit qui, en soi, ne lui appartenait pas.

Le thé refroidissait. Elle venait de décider d'aborder la question avec Oncle Karel : celle de savoir ce qui allait advenir d'elle et de la maison. Celle de savoir si, peut-être, elle pouvait espérer obtenir une forme de contrôle sur l'acte de propriété, quelque chose, une promesse, la certitude d'être en sécurité. Par une triste soirée d'hiver, Oncle Karel vint dîner. Assis à la grande table dans son pullover distendu couvert de pellicules, il se pencha vers elle : « Tu comprends bien, Isabel, qu'à présent que ta mère n'est plus là, tu vas devoir te prendre en charge. Te trouver une vie sociale. » Il s'essuya les lèvres avec une serviette. « Ne sois pas un fardeau pour tes frères, ils doivent aussi faire leur vie. Tu ne peux pas trop en demander. Et moi non plus, je ne pourrai pas être là, j'ai mes affaires, tu comprends. Je ne cherche pas à être dur. Ainsi va la vie, c'est tout, et il faut bien que quelqu'un te le dise. » Il acquiesçait d'un hochement de tête afin qu'elle l'imite, mais Isabel n'en fit rien. Elle le regardait, immobile. « Compris ? » dit-il.

Elle le fixa jusqu'à ce qu'il n'insiste plus.

« Compris », dit-elle. Elle déglutit, puis se leva et emporta la vaisselle afin qu'il ne remarque pas son souffle court, ses mains tremblantes.

Puis il partit, et de nouveau il n'y eut plus qu'elle. Elle et les murs. Les portes, les fenêtres. Elle fit le tour de la maison et ferma tout, verrouilla tout, tira volets et rideaux, tout ce dont elle pouvait se recouvrir comme d'une cape. L'espace d'un instant, d'un instant bref et plein de colère, elle se dit : *Qu'il essaie. Qu'il essaie de me traîner hors d'ici pour voir.* Elle se vit agrippée aux murs, prenant racine.

Elle s'y tenait prête, cette première année. Chaque fois que Louis rencontrait une fille, chaque fois qu'il passait la voir, elle s'y attendait : elle s'attendait à ce qu'il balaie la maison d'un regard et dise *Je crois qu'en fait, je suis prêt à ce qu'elle me revienne.* Mais il ne le faisait jamais. Il ne paraissait même pas faire attention aux lieux : il s'asseyait dans les pièces comme n'importe où ailleurs, regardait dehors comme il l'aurait fait par n'importe quelle fenêtre. Il semblait que pour lui la maison n'avait pas d'âme : juste de vulgaires murs, un vulgaire toit.

Ils éprouvèrent une sorte de soulagement. Ils ne parlaient jamais de tout cela, du fait qu'Isabel n'était pas partie, du fait qu'elle vivait dans la maison, mais il arrivait à Isabel de s'interroger. De se demander s'il faisait exprès de rester silencieux sur le sujet – peut-être voulait-il qu'elle lui revienne, qu'elle la garde. Un an s'écoula, puis deux. Puis trois. La maison demeurait celle d'Isabel. La maison continuerait de l'être.

Une fois par an, le jour du décès de sa mère, Isabel utilisait exceptionnellement l'une de ses assiettes pour son petit-déjeuner. Un bout de fromage affiné entre deux tranches de pain. Les lièvres apparaissaient par fragments sous son repas : une queue, un pied, une oreille. Lorsqu'elle avait terminé, elle lavait l'assiette, la séchait et la remettait à sa place, dans la vitrine, sous clé.

3

Eva prenait de la place, elle était bruyante et agitée ; une abeille coincée dans une pièce aux fenêtres fermées. Elle tripotait tout, parlait de ce qu'elle touchait, posait des questions – *Ce tableau, il représente le Veluwe ? Ce vase était à votre mère ?* –, rôdait dans les jardins, une cigarette à la main, posait les doigts sur les pétales des arbustes en fleurs, les troncs des arbres. Isabel l'évitait. Isabel l'observait depuis une fenêtre à l'étage. Isabel enfonçait les ongles dans la chair de ses poignets et contrôlait sa respiration.

Neelke, la bonne, arriva lundi au petit matin. Isabel s'empressa de la faire entrer et de lui confier une liste de tâches. Ce fut d'abord un soulagement de s'occuper de cela, d'accueillir une autre présence, plus familière, dans la maison, une distraction pour oublier un peu l'agaçante Eva. Puis Neelke alla remplir un seau d'eau savonneuse et cette impression de soulagement disparut. Il y avait deux personnes à présent. Deux personnes dont Isabel devait se soucier, chez elle, tout en craignant d'en voir arriver une troisième : Johan, qui, en son jour de congé, remonterait l'allée de son pas lent, les mains dans les poches, Johan et la façon qu'il avait de se pencher vers elle pour lui lâcher un dégoulinant *Je t'ai manqué ?*

Neelke avait dix-huit ans. Elle portait des robes d'été, avait des lèvres charnues et pincées qu'elle triturait souvent lorsqu'elle était nerveuse ou qu'elle réfléchissait. Elle était la plus jeune sœur d'une prénommée Silke avec qui Isabel était allée en classe. Jadis Isabel avait apprécié Silke, car elle était plus calme que les autres filles et la plupart du temps accompagnée d'un livre. Isabel lui pardonnait que ce ne soient que des romans, et de surcroît des romans d'amour. En troisième année, elles avaient fait un temps le chemin à bicyclette ensemble après l'école, le plus souvent sans un mot. La queue-de-cheval haute de Silke battait au vent, elle plissait les yeux dans les bourrasques. Un jour, Isabel l'avait invitée chez elle : elles pourraient lire dans sa chambre, ensemble. Silke avait accepté. Mais ce jour-là, Louis était à la maison. Comme il écoutait une pièce radiophonique dans la cuisine, Silke trouva toutes les excuses pour s'y s'attarder : voulait-il bien lui servir un verre d'eau ? Allait-il se faire un thé ? Si oui, pouvait-elle en avoir un elle aussi ? Louis écoutait-il toujours cette émission ? S'y connaissait-il en stations de radio ? Il avait l'air tellement intelligent.

Connaissait-il son frère à elle ? Lui aussi avait obtenu son diplôme l'an dernier.

Louis répondait aux questions sans jamais regarder franchement Silke.

Et pour finir, lorsqu'elles montèrent dans la chambre d'Isabel, Silke ne voulut parler que de Louis. Isabel lui ayant répondu que ce n'était « pas du tout intéressant de parler de mon frère », Silke enchaîna sur tous les garçons de leur classe : celui avec les beaux cheveux, celui avec le regard doux, celui qui serait sans doute plus grand que les autres. On aurait dit qu'elle les aimait tous, même ceux qu'Isabel avait jugés avec une absolue certitude insipides ou laids. Sur chacun d'eux, Silke avait une gentillesse à prononcer en soupirant.

Cela s'était terminé par une dispute. Isabel s'était énervée et avait dit : « Tu n'as donc pas d'autre sujet de conversation que les garçons ? » À quoi, cramoisie, Silke avait rétorqué, le souffle coupé : « Eh bien moi au moins, je parle, je ne suis pas bizarre et ennuyeuse ! » Et quand Silke avait dévalé l'escalier, Isabel l'avait suivie. Et quand Silke avait tendu le bras pour attraper son manteau derrière son amie, Isabel l'avait mordue. Il était là, ce bras, sous son nez, la manche relevée jusqu'au coude. La peau de Silke avait l'air douce, pareille à la chair d'une amande. Pas de taches de rousseur, seulement le velouté du duvet doré. Elle venait de se montrer terriblement désagréable avec Isabel. Elle l'avait traitée de *bizarre*. Dans sa chambre, elle avait prononcé le prénom de Louis un nombre incalculable de fois, vraiment *incalculable*. Le cri que Silke avait poussé lorsqu'Isabel l'avait mordue avait duré ; à croire qu'elle allait en mourir. La bouche d'Isabel avait laissé une trace de bave sur sa peau.

Il restait encore deux années d'études à Isabel avant d'être dîplomée. Deux interminables années. Silke avait raconté à *tout le monde* ce qui s'était produit. Certains garçons aboyaient sur Isabel à la pause déjeuner, les filles l'évitaient en montrant leur dégoût.

Le jour où elle s'était présentée pour la place, Neelke portait un cardigan tricoté par-dessus sa robe, elle tenait le bout de ses manches entre ses doigts repliés, les bras bien couverts jusqu'au-delà des poignets. Elle souriait sans ouvrir la bouche. Avant de partir, elle s'était attardée sur le seuil, le regard bas. « Vous étiez dans la même classe que Silke, non ? » Neelke la vouvoyait : une marque de déférence, de modestie. Elle ressemblait énormément à la Silke de l'époque.

Isabel avait confirmé d'un simple *oui*, sans rien trouver à ajouter. Elle lui avait offert le poste avec une satisfaction grisante – comme une victoire. Cela n'avait pas duré. Déjà, à la fin de la première semaine, Isabel vérifiait qu'il ne restait pas de traces sur les vitres. Elle relavait la vaisselle là où elle croyait repérer une tache, verrouillait sa boîte à bijoux, comptait les bagues de sa mère.

Eva se réveilla plus tôt qu'à l'accoutumée. Il était cependant déjà très tard. Pour Isabel, les habitudes de cette femme étaient une extension naturelle de sa personnalité : elle était bruyante durant la nuit, parlait dans son sommeil, puis faisait la grasse matinée, grignotait à longueur de journée, sans jamais faire de repas, finissait rarement son assiette. Elle laissait traîner ses affaires puis oubliait ce qu'elle en avait fait et les cherchait partout bruyamment. Il arrivait qu'on ne la trouve plus nulle part pendant quelque temps. Il arrivait aussi qu'elle soit partout à la fois. Son parfum empestait dans toute la maison.

Isabel était encore attablée quand Eva apparut, un foulard dans les cheveux. Elle avait les yeux bouffis de sommeil, la peau sèche autour de la bouche. Elle était en robe de chambre. Elle se sortit une assiette, se servit du café. « Vous êtes en avance », commenta Isabel. Eva émit un marmonnement interrogatif.

En haut, Neelke faisait les vitres.

« Vous êtes en avance », répéta Isabel. C'était une critique, à présent.

Eva se découpa quelques tranches de fromage. De concombre, de tomate. « Il faisait trop jour dans la chambre. Quelqu'un faisait… du bruit en marchant. Je n'arrivais pas à dormir. » Elle avait la voix rauque.

« Neelke est venue changer les draps aujourd'hui. » Puis, en faisant tomber les miettes de ses doigts, Isabel lâcha : « Je crois que c'est le moment idéal pour déplacer vos affaires. »

Eva leva les yeux vers elle. « Déplacer mes…

— Vous n'allez pas vous installer dans la chambre de Mère.

— De votre mère ?

— Il y a une chambre d'amis au deuxième étage. J'ai laissé les fenêtres ouvertes, elle a été bien aérée. Neelke vous montrera où…

— Pardon, fit Eva dans un souffle contrit. Mais pourquoi est-ce que je devrais en changer ? »

Isabel avait décidé de ne pas s'expliquer. « Comme je vous l'ai dit. Vous n'allez pas vous installer dans la chambre de Mère.

— C'est là que Louis et moi avons dormi.

— Eh bien, Louis est absent, et il n'habite pas ici.

— Mais c'est sa maison. » Puis, d'un ton volontairement plus gentil : « Autant que la vôtre. »

Isabel ne cilla pas. Elle posa la fourchette dans son assiette, les mains bien sagement sur ses cuisses. Eva la regarda avec un sourire intrigué et un haussement de sourcils. Lesquels étaient bruns.

Isabel se leva d'un bond et alla chercher son blouson sur le crochet près de la porte de derrière. « Il n'y a rien à discuter. Faites-le, c'est tout, dit-elle en arrangeant son col. Je serai absente aujourd'hui. Ne traînez pas dans les pattes de Neelke, elle a du travail. Mais… » Elle hésita. Eva la considéra d'un air interrogateur. Son foulard avait glissé, révélant une implantation de cheveux en cœur. Isabel s'éclaircit la gorge. « Ne la laissez pas fureter, dit-elle.

— Fureter ? La bonne ? Vous croyez qu'elle…

— Je ne crois rien. Je le dis, c'est tout. Si… si vous remarquez quoi que ce soit, si elle, si elle prend quelque chose qui d'après vous ne lui appartient pas, contentez-vous de…

— *Oh !* » fit Eva en riant. Elle plaqua la main sur sa bouche comme si ça lui avait échappé.

Isabel la regardait sans desserrer les mâchoires, alors Eva ajouta : « Oh, Louis avait simplement mentionné… » mais Isabel n'avait pas envie d'entendre la suite. Elle quitta la pièce tandis qu'Eva disait : « Isabel, non, je… » et ferma la porte d'entrée derrière elle, avant de traverser le parterre de gravier. Elle prit la voiture pour aller en ville. Passa chez le boucher pour la commande du lendemain, choisit un tissu pour les nouveaux rideaux du bureau, puis se rendit à Assen voir une vieille amie de sa mère. *Tante*[1] Rian n'avait pas d'enfant, elle habitait une grande maison à l'intérieur entièrement marron. Elle réutilisait le marc de café pour une deuxième cafetière. De temps à autre, elle brisait les silences en disant : « Oh, vous m'adoriez quand vous étiez enfants, tes frères et toi. »

Aujourd'hui, assise sur le canapé, Isabel écoutait Rian parler d'un problème avec une vieille voisine, concernant un plat à four dont elle soutenait qu'il lui avait été offert avant la guerre. La vieille voisine voulait le récupérer et Rian trouvait cela épuisant, d'insister encore ainsi, quinze ans après les faits. Isabel

1. En français dans le texte (*N.d.T.*)

n'écoutait que d'une oreille. Elle s'inquiétait du châle en soie qu'elle avait laissé sur un cintre dans l'entrée : elle aurait dû le plier et le ranger dans sa boîte à bijoux, celle qui était équipée d'une serrure. Dans la voiture, sur le chemin du retour, les images du moment où Louis avait dit au revoir à Eva étaient engluées dans son esprit à la manière d'une plume au bout d'un doigt emmiellé : Eva appuyée contre le chambranle et Louis qui, penché vers elle, l'embrassait à pleine bouche tout en malaxant son sein d'une main, puis lui murmurait quelque chose à l'oreille avant de l'embrasser de nouveau. Isabel avait aperçu le bout de sa langue entre leurs bouches. Eva n'avait pas cessé de sourire. Ses mains voyageaient sur les flancs de Louis : de haut en bas. En haut, en bas.

Isabel les observait accroupie sur le palier du premier étage, entre les balustres de la rampe. Louis murmurait : « Tu vas être sage ? » Et Eva répondait, elle aussi dans un murmure : « Oui, incroyablement sage. »

Après son départ, Eva était restée là un instant à regarder le mur d'un œil vide. Son sourire avait disparu. Sa bouche, encore gonflée par le baiser, était restée entrouverte. Elle avait l'air éteinte. Et puis, comme d'un claquement d'élastique, elle était de retour dans son corps et contournait l'escalier. Apercevant Isabel sur le palier, elle avait sursauté. « Oh mon Dieu ! avait-elle ri, une main sur son cœur. Vous m'avez fait peur ! »

Isabel rentra de chez Rian en début de soirée, les bras chargés de sacs en papier kraft pleins de provisions. Le châle était posé à l'endroit où Isabel l'avait laissé, accroché à la patère. La bicyclette de Neelke n'était plus dehors : elle était rentrée chez elle.

La maison sentait le propre. Elle fut traversée par une brise légère : les fenêtres étaient restées ouvertes. Isabel trouva Eva dans le salon, sur le canapé, en train de feuilleter un catalogue Bijenkorf. La radio était allumée. Eva portait un pantalon à taille haute et s'était fait des couettes. Quant à ses jambes, elle les avait repliées sous elle. Le dessous de ses chaussettes était crasseux. On aurait dit une enfant, ou qu'elle faisait en sorte de ressembler à une enfant. Levant les yeux vers Isabel, elle sourit. Lentement.

« Bonjour ! dit-elle en posant le magazine. Besoin d'aide ?

— Non », répondit Isabel en rajustant les provisions dans ses bras.

Elle venait à peine de prendre conscience qu'elle était entrée dans la pièce et qu'elle s'était arrêtée, figée là : immobile, elle fixait Eva. « Vous avez passé une bonne journée ? » s'enquit cette dernière. Et Isabel demanda : « À quelle heure Neelke est-elle partie ? » Alors Eva se pencha en avant et dit :

« Oh, elle est vraiment adorable, vous ne trouvez pas ? Et tellement timide. Quand je lui ai proposé de l'aider à peler les patates, elle était affolée à l'idée que vous...

— Vous l'avez *aidée* ?

— Eh bien… » fit Eva en s'adossant contre le dossier. Elle dégagea une jambe de sous ses fesses. « Oui, pourquoi pas ? Je suis là. Je n'ai pas grand-chose à faire. »

À la radio, une chanson entraînante commençait. Ce n'était pas une station qu'Isabel écoutait. « Ce n'est pas vous que je paie pour peler des patates, c'est elle.

— Oh, enfin, Isabel ! » La voix était exaspérée, comme si Isabel se montrait ridicule, comme s'il s'agissait d'une récurrence entre elles deux – Isabel se montrant ridicule, et Eva devant l'endurer.

Isabel quitta la pièce sans attendre. Elle fila à la cuisine, ranger les provisions. Eva la suivit, en traînant littéralement des pieds. « Vous n'aimez vraiment pas Neelke ? »

Isabel lustra les pommes une à une avec une serviette avant de les poser dans la corbeille. « *Vous*, en revanche, si.

— Que voulez-vous dire ? » Eva s'était adoucie. Isabel ne répondit rien. Elle lustra une autre pomme, qu'elle posa dans la corbeille. Une chaleur lui envahit la nuque. Eva descendit la volée de marches pour la rejoindre dans la cuisine. Elle répéta sa question : « Isabel. Que voulez-vous dire ? »

Isabel voyait tout à fait quelle fille Eva avait été à l'école : forte en gueule, joyeuse, adorée. Pas forcément méchante, mais du genre à glousser avec les autres pour une raison inconnue, en désignant quelqu'un. Du genre à soupirer pour les garçons aux beaux cheveux, pour les garçons aux yeux tendres. Elle ne lui aurait pas prêté attention, pas d'une façon positive.

« Je l'ai surveillée, vous savez, dit Eva. Comme vous me l'aviez demandé. »

Isabel rangea le savon sous l'évier. Elle dut pousser les bouteilles et les paquets qu'il y avait pour lui trouver une place. Eva continua : « C'est juste une enfant. Inoffensive. »

Isabel rangea les haricots verts dans le tiroir à légumes.

« Oh ! Qu'est-ce que c'est ? » fit Eva en s'avançant vers le manteau de cheminée pour y attraper le morceau de l'assiette de Mère. Isabel l'avait posé là, faute de savoir que faire d'une miette de souvenir. Le jeter aurait été impossible. Le ranger dans la vitrine avec le reste du service aussi. Eva fit tourner la petite chose dans ses mains, l'examina. « C'est censé être quel animal ? demanda-t-elle sans lever la tête. Un lapin ?

— Ne touchez pas à ça, dit Isabel. Reposez-le. »

Eva se tourna vers elle, amusée, semblait-il, d'avoir suscité une telle réaction. D'avoir trouvé quelque chose. Isabel s'avança vers elle d'un pas déterminé et lui prit le morceau des mains pour le remettre à sa place. Comme il fallait, en équilibre contre le mur. Eva la regardait faire, sans commenter. Sans reculer non plus. Elle sentait le café. Le savon pour les mains. Isabel jeta un regard furtif dans sa direction.

Eva était plus proche que ce à quoi elle s'attendait. Si petite aussi. Et cette façon qu'elle avait de *regarder*.

Le cœur d'Isabel s'affola. Un papillon de nuit sous un dôme de verre.

Puis Eva annonça : « Louis a appelé, tout à l'heure. »

Isabel recula, lissa sa jupe : « Ah bon ? Il vient déjà vous chercher ? »

C'était sans doute son travail qui payait, s'il pouvait appeler de l'étranger. Elle tourna le dos à Eva. Elle espérait que la chaleur dans sa nuque ne se voyait pas trop.

« Non. Il voulait simplement savoir comment j'allais. Il m'a demandé si vous étiez gentille avec moi. Si vous parveniez à vous tenir. »

Isabel se figea.

« Je lui ai dit que vous étiez adorable », ajouta Eva.

Isabel ne savait pas si c'était de l'humour. Elle posa le regard sur Eva, puis le détourna, avant de s'en aller – en soufflant et en soupirant. Sa jupe rêche contre la peau de ses jambes, elle traversa la maison à grands pas, gravit l'escalier et disparut dans sa chambre. Avant de changer d'avis et de ressortir, perdue sur le palier. Elle se tenait droite, coudes au corps.

Une brise traversa une pièce, puis une autre. La porte de la chambre de sa mère grinça. Des draps propres, le rideau en dentelle battant dans le vent, le grand cadre de lit, le vieux secrétaire et la chemise de nuit d'Eva, tissu de soie plié au pied du lit. Deux de ses jupes étaient posées sur le dossier du fauteuil et tous ses flacons de parfum alignés sur le plateau du secrétaire ouvert, où était renversé le contenu d'une trousse à maquillage. Avec aussi un carnet à reliure en cuir et un stylo en guise de marque-page.

Isabel s'en approcha. Il avait l'air de servir. Un journal intime, peut-être. Où Eva consignait les…

« C'est à moi », prévint Eva. Elle se tenait sur le seuil. Isabel, le carnet à la main, s'apprêtait à l'ouvrir. Vite, elle le reposa, et dit : « Je vous ai dit d'emporter vos affaires dans la chambre d'amis.

— Je sais, répondit Eva. J'en ai parlé à Louis. Il m'a dit que ce n'était pas la peine.

— Louis n'habite pas ici.

— C'est si important, Isabel ? C'est… Je sais que c'est la chambre de votre mère, à qui vous teniez beaucoup, bien sûr, mais l'endroit est… » Elle eut un geste affecté : un profond soupir, en signe de compassion. « Mince. Ne souffres-tu donc jamais de la solitude, Isa ? Sans personne avec qui échanger dans cette grande maison ? » Elle prenait de nouveau cette voix : plus aiguë, plus tendue. Une actrice dans une mauvaise pièce de théâtre.

« Isabel. Pas Isa, corrigea Isabel. Appelez-moi Isabel. »

Eva eut un sourire doux. « Isabel, dit-elle.

— Ce n'est pas votre chambre.

— Bien sûr que non.

— Déménagez vos affaires dans la chambre d'amis.

— Je vais dormir ici pour l'instant, Isabel. Ce n'est que pour peu de temps, n'est-ce pas ? Je ne suis qu'une invitée. Je ne… je ne te prends rien. Tu le sais, pas vrai ? Je ne fais que passer. » Elle fit un pas dans la pièce, puis un second. « Tu le sais bien, non ? »

Le cœur d'Isabel fit un bond, elle le sentait qui cognait jusque dans ses tympans. Lorsqu'Eva s'avança et tendit une main vers elle, Isabel crut qu'elle voulait la toucher, lui faire quelque chose, poser la main sur sa taille de nouveau et serrer. Titubant, elle recula d'un pas, heurta la chaise, mais Eva voulait seulement son carnet. « Oh ! » fit cette dernière quand la chaise chancela. Sans toutefois basculer.

Eva prit le carnet et, prestement, le glissa dans le tiroir du secrétaire, qu'elle referma, avant de donner un tour de clé.

C'était le tiroir où Mère conservait jadis les lettres de ses enfants.

De retour dans sa chambre, Isabel claqua la porte derrière elle. Elle regarda autour d'elle, dans tous ses états. Son chemisier était soudain trop étroit et sa jupe collait à sa peau. Elle avait le souffle court. Ses doigts s'engourdissaient. Elle alla fouiller dans sa penderie et s'empara d'un maillot de corps blanc qu'elle se fourra dans la bouche. Tant qu'elle put. Puis mordit. Serra les dents. La mâchoire tendue, les yeux rougis. Assise au pied du lit, elle respira par le nez.

Quand elle le sortit de sa bouche, le vêtement était froissé, trempé de bave. Isabel se vit dans le miroir de la commode : le visage empourpré, la bouche crispée par la violence du geste. On aurait dit qu'elle avait pleuré.

Neelke avait laissé le dîner – un gratin – dans le four. Isabel mangea dans le bureau, seule.

Cette nuit-là, elle ne parvint pas à dormir. La maison craquait. La maison craquait toujours. Dans la chambre d'en face, Eva faisait manifestement un cauchemar : elle soufflait et marmonnait. Cela finit par s'arrêter et un silence enveloppa la maison. Puis Isabel crut entendre des pas, mais lorsqu'elle alla voir, le couloir était plongé dans le noir et toutes les portes étaient fermées. Nul bruit, que le silence. Elle retourna se coucher, se laissa sombrer dans un demi-sommeil moite avant d'être réveillée en sursaut par un coup frappé contre la porte. Elle se redressa aussitôt sans trop savoir : était-ce dans son rêve, ou au-dehors ? Avait-on frappé fort, ou discrètement ?

Elle avait toujours une lampe de poche à côté du lit. Son halo vif, projeté au sol, guida ses pas dans l'escalier. Il n'y avait personne à la porte d'entrée, ni à la porte de derrière. Seul le jardin, tout de bleus et de gris, encore pris dans sa torpeur, semblait la contempler. Un vent léger tira sur l'ourlet de sa chemise de nuit. Les branches du lilas se balançaient comme des bras. Dans la cuisine, Isabel alluma un petit feu pour lutter contre le froid mordant de la nuit et mit la radio, le volume au minimum. Elle se servit un verre d'eau. Assise à côté de la fenêtre, elle se concentra sur sa respiration. Un seul oiseau accueillait de son gazouillis la première lueur de l'aube.

Isabel sortit les cuillères du tiroir et les disposa devant elle comme elle l'avait fait plus tôt, dans le même ordre : de la plus grande à la plus petite. Elles s'alignaient à la perfection. Elle les compta – onze ; puis les recompta – onze.

Elle souffla avec véhémence et compta une nouvelle fois – onze.

Il en manquait une. Une cuillère manquait à l'appel. Elle ouvrit le placard, délogea le tiroir et regarda partout où une cuillère aurait pu tomber. Toujours onze.

Onze.

Je l'ai surveillée, avait dit Eva. *Ce n'est qu'une enfant*, avait-elle ajouté.

Inoffensive.

Le lendemain matin, Isabel l'attendait : elle avait dressé son couvert. Lorsqu'Eva entra, l'air ensommeillé, Isabel suivit chacun de ses gestes, droite comme un I sur sa chaise, le yeux secs. Quand Eva s'approcha du tiroir, Isabel dit « Pas besoin » en désignant la table : tout était déjà prêt.

Eva regarda autour d'elle, confuse un instant. « Oh », dit-elle. Puis « Merci » d'une voix hésitante. Elle s'assit, contempla la table ainsi dressée. Le verre de lait. « Est-ce que Neelke vient, aujourd'hui ?

— Non, dit Isabel.

— D'accord, fit Eva.

— Aujourd'hui, il n'y a que nous deux. »

Eva leva les yeux. « Pas de courses à faire ?

— Non, je serai là. Toute la journée. » Elle désigna la table du menton. « Mangez, dit-elle, comme un ordre. C'est pour vous. »

4

Isabel avait lancé le compte à rebours : une semaine s'était écoulée, trois étaient encore à venir. Elle envoya à Louis un petit mot listant les dépenses supplémentaires liées au séjour d'Eva. Elle appela Johan et lui annonça qu'elle serait trop prise, cette semaine, pour une visite, à quoi celui-ci répondit d'un *Oh, allez, Isabel, viens donc*, comme si elle jouait. Elle assura qu'elle ne pouvait pas, qu'elle avait du monde à la maison.

« Du monde ? s'enquit-il, toujours de cette même voix dégoulinante, en étirant les mots. Devrais-je craindre que mon Isabel me soit volée ? »

Une nausée, pareille à un mal de mer. Les nerfs, disait Hendrik. Elle raccrocha et, assise à côté du téléphone, dressa un inventaire dans un carnet : divisa la maison en étages, puis les étages en pièces, et pour chacune dessina trois colonnes – les objets, leur nombre, leur place. La page ainsi pleine, elle l'arracha, continua au dos, d'une écriture serrée afin que tout y tienne. Elle plia plusieurs fois le papier et le rangea dans sa poche. Parfois, elle posait les doigts dessus : pas pour l'en sortir, ni pour vérifier quoi que ce soit, simplement pour le toucher.

Eva vint la trouver dans le jardin et lui demanda si elle pouvait emprunter l'une des bicyclettes du cabanon.

« Pourquoi ? » demanda Isabel. À genoux par terre, elle arrachait la rhubarbe et la glissait dans son panier.

« Je songeais à aller en ville.

— Qu'avez-vous à y faire ?

— Oh, je n'en sais rien. Manger une glace, poster une lettre. » Eva posa le bout d'un doigt sur un bouton de rhododendron violet. « Et ce sera sympa de changer de décor un moment, je crois vraiment que je n'étais jamais restée si longtemps dans un si petit endroit – la maison est grande, bien sûr, mais ce que je veux dire c'est que… » Elle ne termina pas sa phrase. « Voulez-vous m'accompagner ? »

Isabel avait une mèche de cheveux collée sur la joue. Elle la sentait. Il faisait chaud ce jour-là et elle transpirait. « Non », dit-elle. Puis, presque aussitôt : « Vous pouvez prendre la vieille bicyclette d'Hendrik. Mais elle sera trop grande.

— Ça m'est égal.

— Il faudra faire des revers à votre pantalon, précisa Isabel. La chaîne va salir l'ourlet. »

Eva lui adressa un regard vide. Celui-ci dura un instant de trop, un instant trop silencieux, alors

Isabel ajouta : « Vous ne connaissez même pas la route. »

Eva, qui s'était laissé emporter par on ne sait quelles considérations, sortit brusquement de sa torpeur et dit : « Oh, je me débrouillerai. Vous pouvez me donner des indications. Puis je me renseignerai en route.

— La roue de la bicyclette est branlante.

— Ça ira », assura-t-elle, puis elle resta là encore un peu. Elle ne montrait aucun signe d'impatience. C'était tout juste si elle donnait l'impression de bouger.

Une perle de sueur roula sur la joue d'Isabel jusqu'à son cou. Eva la suivit lentement des yeux, avant qu'Isabel ne l'essuie d'un geste. Elle coupa les feuilles d'une dernière tige de rhubarbe puis se redressa pour accompagner Eva jusqu'au cabanon. Elle gardait les bras le long du corps, elle ne voulait pas qu'Eva voie les auréoles de sueur, ou le tissu de son chemisier collé contre son dos. Eva extirpa du cabanon la vieille bicyclette d'Hendrik. Cela faisait des années qu'elle n'avait pas servi ; elle était si rouillée qu'un nuage de poussière s'éleva de la selle lorsqu'Eva tapa dessus. Elle était en effet trop grande pour elle : elle dut s'y reprendre à plusieurs fois pour monter dessus, et lorsqu'elle s'élança, ses orteils touchaient à peine les pédales. Saluant Isabel d'un geste, elle s'éloigna dans l'allée de gravier. « Je serai bientôt de retour ! » cria-t-elle. Un petit sac en lin pendait à son épaule. Elle avait relevé ses cheveux en une courte queue-de-cheval. Elle avait maquillé ses lèvres du même rouge à arrêter les cœurs que le soir où elles s'étaient connues.

Isabel la regarda disparaître derrière le bosquet avant de courir dans la maison et de gravir l'escalier. Dans la chambre de Mère, c'était la pagaille – les draps étaient froissés, les vêtements en tas. Flacons, tubes, fards. Un jour, lorsqu'Isabel avait douze ans, sa mère avait trouvé un tas de collants ensanglantés qu'Isabel avait fourrés sous son lit, pagaille qui lui avait valu deux coups sur les poignets en guise de punition. C'était la première fois qu'Isabel avait ses règles, et elle s'était crue au seuil de la mort : personne ne lui avait jamais parlé du sang. Personne ne lui avait dit quoi faire de la pagaille. Mère n'avait aucune patience pour la pagaille.

Isabel s'avança vers le secrétaire et se baissa pour essayer de l'ouvrir : verrouillé. Le tiroir aussi : verrouillé. La clé avait disparu. Isabel retourna quelques objets en espérant la trouver, mais sans succès. Elle parcourut rapidement une lettre que Louis lui avait écrite plus tôt dans l'année, manifestement peu après leur rencontre. C'était un piètre écrivain, il voulait entrer dans les détails de la beauté d'Eva, mais lorsqu'il s'agissait de décrire une partie ou une autre de son être, il semblait incapable de trouver un autre mot qu'*heerlijk*. Délicieux. Son visage délicieux. Sa voix délicieuse. La délicieuse façon qu'elle avait de presser des seins délicieux contre…

Isabel reposa la lettre. Sur la table de chevet, sur le côté du cadre contenant la photo de Mère, Eva avait coincé une autre photo. Celle d'une femme en train de lire. Cheveux sombres et grand sourire, les yeux levés au-dessus du livre. Elle aussi se prélassait dans un jardin. Dans un fauteuil, en robe blanche, l'une de ses chaussures suspendue à son pied seulement par le gros orteil. La photo, un peu floue, avait été prise à la volée. N'y figurait aucun nom, aucune date. Elle ressemblait à une version plus dure d'Eva : les yeux plus enfoncés, les joues plus prononcées. Jolie, tout de même. Une parente.

C'était une évidence, mais Isabel n'y avait jamais songé : Eva venait forcément de quelque part. Elle avait été une enfant, édentée et titubante. Isabel tira sur la photo pour la déloger. Elle en suivit la bordure dentelée du bout des doigts en essayant d'imaginer, avant de brusquement s'interrompre. Elle avait de la boue sous les ongles et les genoux tachés de terre : elle avait emporté le jardin à l'intérieur. Elle jeta le cliché jauni sur la table de chevet et s'en alla. Dans le silence de la maison vide, elle essaya de retrouver son calme. Un insecte se cogna contre la vitre, une fois, deux fois. Trois fois. Elle avait passé toute la semaine depuis l'arrivée d'Eva à vouloir retrouver ce calme, à vouloir en remplir son ventre creux. Elle voulait qu'Eva s'en aille, si ardemment qu'elle se sentait capable d'exploser, de l'attraper par la peau du cou et de la traîner dehors – puis de verrouiller les portes derrière elle.

Mais elle était sur les nerfs, à présent. Eva n'était pas partie, elle s'était juste absentée. Elle allait revenir, d'un instant à l'autre. Isabel se lava les mains et changea de vêtements. Elle déplia son inventaire et inspecta la maison, pièce par pièce, afin de s'assurer qu'il ne manquait rien. Une boîte à crayons avait disparu. La veille, Neelke avait passé le chiffon dans le bureau. Isabel en prit note. Dans la salle à manger, sa feuille sur la table, elle se mit à réfléchir. L'horloge de parquet, avec le tic-tac de son balancier, semblait lui faire la nique. Sur le mur opposé, il y avait un tableau d'un paysage. Une dune se parant de violet, un horizon de pins agités par le vent. C'était, comme Eva l'avait deviné, le Veluwe.

Isabel prit la voiture pour se rendre en ville et se gara derrière l'église. Le menton légèrement relevé, elle se dirigea vers Nieuwe Markt et le bureau de poste. Elle avait griffonné à la va-vite quelques mots à une cousine à Bruxelles sur une carte postale. Des semaines qu'elle voulait lui écrire.

C'était une journée tranquille, le bâtiment était presque désert. Le haut plafond renvoyait l'écho de conversations paisibles. Un homme traversait le hall en poussant un chariot plein de courrier. Isabel fit peser sa lettre, puis demanda à la guichetière – comme si elle venait d'y penser – si par hasard elle avait vu passer une jeune femme, quelque temps plus tôt. Petite, les cheveux décolorés.

La femme aux yeux larmoyants y réfléchit un instant. « Peut-être, dit-elle. Froukje ? Du nom de Froukje ?

— Non. Merci », dit Isabel avant de se racler la gorge et de sortir.

Quand elle rentra à la maison, la vieille bicyclette d'Hendrik était garée près de l'allée de gravier, sur le bord de la pelouse. Eva se trouvait à l'intérieur : dans la cuisine, assise à la table, elle écrivait dans son carnet noir. En mangeant une poire. Le jus coulait sur le dos de sa main. Remarquant la présence d'Isabel, elle retourna prestement le carnet. Elle s'essuya la main dans un torchon. Son rouge à lèvres s'était effacé.

« Vous étiez partie », remarqua-t-elle, et étant donné le ton de sa voix, Isabel se demanda le temps d'une seconde si Eva ne l'avait pas aperçue dans sa voiture, si elle ne l'avait pas vue entrer puis sortir de la poste en coup de vent. Cachée au coin d'une rue, peut-être, en train de ricaner intérieurement, parce qu'elle savait, et elle allait à présent se moquer d'Isabel qui…

Isabel effleura le dossier d'une chaise, avant d'interrompre aussitôt son geste.

« Oui », dit-elle.

Il y avait une autre poire, au milieu de la table, droite comme une statue. « Je vous en ai pris une aussi », dit Eva.

Une seule. Pas un sachet entier de poires, ou d'autres fruits pour la corbeille. Simplement ces deux-là : une pour elle, une pour Isabel. Et Isabel voulut lui dire *Je n'en veux pas.* Au lieu de quoi elle dit « Merci ». Et prit la poire. La glissa dans sa poche.

Eva avait l'air amusée. « Vous n'allez pas la manger ?

— Plus tard », répondit Isabel qui partit se réfugier à l'étage après une série de gestes avortés. Dans sa chambre, elle s'assit au bord du lit, la poire dans le creux de ses mains. Si elle la mangeait tout de suite, elle allait devoir descendre jeter les pépins, le trognon. Si elle la gardait pour plus tard, Eva pourrait passer devant la porte et la surprendre en train de croquer dedans. Elle ne voulait pas qu'Eva la surprenne ainsi. Elle pouvait la jeter. Ouvrir la fenêtre et la jeter.

C'était un fruit lourd et juteux, bien mûr. Dès qu'elle y planta les dents, du jus coula sur sa jupe. Ça ne se verrait pas : le tissu était marron, à carreaux. Il était impossible de la manger sans faire de bruit, sans qu'on l'entende mastiquer. Isabel dévora tout : la chair, la tige, les pépins, le trognon, tout. Elle s'assura qu'il n'en restait rien, comme si on ne lui en avait jamais fait cadeau.

Elle avait du jus partout sur les bras. Autour de la bouche. Elle dut aller se laver le visage à la bassine.

La tache de fruit sur sa jupe resta toute la journée, caresse écœurante contre le dos de sa main.

Un chandelier en argent disparut à son tour. Il y en avait deux, une paire peu engageante, vieille et trapue. Qui avait appartenu à sa mère. Rangés tout au fond du placard, qu'on ne sortait de temps à autre que pour les polir. Il en manquait un. C'était le soir lorsqu'Isabel s'en aperçut. Elle fouilla dans la cuisine, dans la salle à manger en songeant *Je savais bien que j'avais raison, je le savais...*

Elle le trouva sous un meuble de rangement, comme s'il avait été posé sur la table, dont il était tombé pour rouler jusque-là, loin des regards.

Qui l'aurait sorti ? se demanda Isabel, aussitôt convaincue qu'elle savait déjà.

Eva était en bas, elle écrivait une lettre. Isabel s'installa loin d'elle, assise de sorte à pouvoir l'observer. Neelke, en haut, faisait le ménage dans la salle de bains. De temps à autre, Eva jetait un œil vers Isabel pour voir si celle-ci la regardait, et quand c'était le cas, Eva baissait aussitôt les yeux, en rougissant. Puis, au beau milieu d'une phrase, Eva leva la tête et s'exclama, sans la regarder :

« Tu sais que tu n'as pas à... » Puis elle s'interrompit. Isabel attendit qu'elle finisse sa phrase. Elle n'en fit rien.

« Je n'ai pas à quoi ? demanda Isabel.

— Rien.

— Qu'est-ce que je n'ai pas à faire, Eva ? »

Eva ferma la bouche. La façon dont elle venait de prononcer ce prénom avait fait tout drôle à Isabel, comme s'il était mal placé. « Peu importe, peu importe », dit Eva en pliant sa lettre, avant de sortir dans le jardin. Isabel se tourna dans son fauteuil : elle voyait encore Eva par la fenêtre. Qui jetait un regard par-dessus son épaule avant de s'engager dans la longue allée. Arrivée au bout, elle s'arrêta. S'attarda. Resta là, immobile. *Quelque chose cloche*, songea Isabel. Il lui fallut un instant pour comprendre : Eva tremblait. Ses épaules, ses bras. Sans équivoque possible, elle tremblait terriblement. Puis elle se plia en deux, les mains sur les genoux, avant de s'accroupir ; Isabel se leva alors de son fauteuil et s'approcha de la fenêtre afin d'écarter le rideau davantage et…

Elle riait. Eva riait. Une main sur le sol pour ne pas tomber. Sans pouvoir s'arrêter.

Isabel eut un mouvement de recul. Elle éprouvait comme une sensation de déjà-vu, comme si ça n'était pas la première fois qu'elle assistait à cette scène, comme si elle la connaissait déjà. Et pourtant non. Eva n'avait aucune raison de rire. Aucune à part pour se moquer d'Isabel.

Elle se détourna de la fenêtre. L'instant d'après, Eva n'était plus là. Elle disparut des heures, et le soir commençait à tomber lorsqu'elle revint – poussiéreuse et la peau rosie par le soleil. Elle entra sans bruit, mal à l'aise, et tandis qu'elle se déchaussait dans le vestibule, Isabel vint la trouver. « Vous ne pouvez pas juste vous en aller comme ça. »

Eva ne leva pas la tête. « Ah bon ?

— Et si… » commença Isabel, sans savoir comment terminer. L'image d'Eva en train de rire au bout de l'allée, les grimaces de son visage, venaient brusquement de lui revenir avec clarté.

Elle avait l'air normal, à présent. Fatiguée. Les cheveux en bataille, plein de frisottis. On aurait dit qu'elle détaillait Isabel – sa façon de serrer les poings, bras le long du corps, de la surplomber de toute sa hauteur. Elle la toisa de haut en bas, puis de bas en haut.

« Vous étiez inquiète ? »

Isabel n'aimait pas qu'on la regarde. Elle se raidit. « Je n'étais pas inquiète, non. Ce n'est pas… poli, de la part d'une invitée, de simplement… »

Eva esquissa le plus infime des sourires, un sourire triste. « Je vais faire un brin de toilette. On dîne à quelle heure ? »

Isabel mit un peu de temps à lui répondre : « Dans une heure. »

Eva monta. Neelke avait préparé de la purée accompagnée de *slavinkjes* de porc et de haricots verts. Isabel dînait parfois avec Eva dans la salle à manger. Au début, Eva était pleine d'enthousiasme pendant ces dîners, elle avait passé toute une soirée à mitrailler Isabel de questions, une enfant demandant sans arrêt *Qu'est-ce que ça veut dire, qu'est-ce que ça veut dire ?* Que faisait Hendrik dans la vie, et qu'est-ce ça voulait dire ? Que faisait leur père, et ça, qu'est-ce que ça voulait dire ? Et quand avaient-ils déménagé ? Et quelle était la matière préférée d'Isabel à l'école ? Et avait-elle des amies en ville ? Un petit ami, un *liefje* ? Est-ce qu'elle voulait un jour…

Soit Isabel ne répondait rien, soit elle répondait de manière si molle qu'Eva abandonna son interrogatoire. L'idée qu'Eva puisse être au courant pour Johan lui donnait la nausée, il y avait là quelque chose de répugnant, quelque chose de dégoûtant. Ce premier dîner s'acheva dans un long silence. Une fois, Eva demanda : « Il n'y a rien que tu veuilles savoir sur moi ? » À quoi Isabel répondit : « Non. »

Après ça, les dîners ne furent plus que des moments austères. Eva, de temps en temps, par habitude ou par désespoir, laissait fuser une question dans le silence. *En quelle année la maison a-t-elle été construite, le sais-tu ?* À quoi Isabel répondait : *Aucune idée.*

Ce soir, il régnait un silence plus grand encore. Eva déchiqueta sa viande, en mangea la moitié et joua avec le reste dans son assiette.

Isabel la regardait faire. « C'est irrespectueux. »

Eva posa sa fourchette. Elle sembla réfléchir à quelque chose. Puis elle dit : « Il n'y a donc jamais rien qui te rende joyeuse, Isabel ?

— Qu'est-ce que c'est que cette question ?

— Une question simple », rétorqua Eva. Elle semblait résignée.

Isabel laissa échapper un bref soupir. Elle avait une réponse coincée au fond de la gorge – elle allait le dire, elle le savait. Si elle ne se retenait pas tout de suite, elle le dirait. Elle mâcha sa pomme de terre et avala, mais les mots sortirent quand même. Malgré elle. « Qu'est-ce que cela peut bien faire, ce qui me rend joyeuse. Quelle drôle de question, ce qui me rend joyeuse. Et qui êtes-vous pour penser que je ne suis jamais… Pour partir du principe que…

— Oh, eh bien alors, dis-moi ! » fit Eva en se penchant vers elle. Quelque chose s'illumina un instant, comme si Isabel lui avait offert un doigt et qu'elle voulait maintenant le bras. « Dis-le-moi si je me trompe, vraiment, dis-moi ce qui…

— Sottises », coupa Isabel, et elle emporta son assiette dans la cuisine. Elle resta devant le plan de travail, les bras croisés. Il y avait une fissure dans la céramique de l'évier, réparée l'hiver précédent, d'un enduit de couleur différente : une ligne grise en forme d'éclair. Elle fit rouler le mot *joie* dans sa tête comme une insulte. Elle ne connaissait personne qui évoquait ce sujet, qui évoquait la joie, sinon pour plaisanter. Hendrik disait *Quelle joie !* lorsque la queue était particulièrement longue à la banque ; Rian disait *Que m'apportes-tu de joyeux aujourd'hui*, en la pressant d'entrer pour lui raconter l'impolitesse d'un voisin et celle d'une femme au magasin.

Sa mère l'appelait parfois ma joie. *Geluk*. Quelle joie tu es. Lorsqu'elle était enfant, à l'heure du coucher, sa mère assise à côté d'elle laissait courir le bout du doigt de son front jusqu'à son menton. Elle faisait ça inlassablement, en murmurant *Allez hop*[1] *!* chaque

1. En français dans le texte (*N.d.T.*)

fois qu'elle descendait le long du nez d'Isabel. Comme si c'était un toboggan. Elle ne s'interrompait qu'une fois Isabel endormie.

Un jour, au cours de leur premier hiver ici, Hendrik s'était endormi dans ses bras. Elle lui lisait un livre sur le canapé et il s'était endormi. Ayant pris froid dehors, il avait un peu de fièvre et les joues rouges et bouffies. Isabel, qui le tenait contre elle, pouvait sentir son cœur battre dans sa poitrine. Il avait dix ans. Elle voulait le sceller dans quelque chose, le couvrir de métal dur, elle et lui, tous les deux : cachés, oubliés, sous terre. Les avions sifflaient au-dessus de leur tête et personne n'aurait pu les atteindre. Elle se dit que c'était peut-être de la joie, ou quelque chose qui y ressemblait. Quelque chose qui ressemblait autant à de la tristesse qu'à de l'amour. Quand elle avait vingt-deux ans, l'année suivant le décès de leur mère, elle avait pris une chienne, Haasje. *Petit lièvre.* La bête n'était pas très maligne, elle chassait tout jusque dans l'eau, quitte à se mettre en danger. Elle faisait rire Isabel, quand si peu d'autres choses y parvenaient. Puis Haasje était morte, elle aussi, âgée de quelques années à peine. Trop jeune, pour une chienne. Elle avait eu une tumeur. Qu'était la joie, de toute façon ? À quoi rimait un bonheur qui laissait derrière lui un cratère trois fois plus grand que son impact ? Ceux qui parlaient de la joie, savaient-ils ce que ça signifiait de dormir et de rêver seulement bercée par le sifflement des avions, par les coups frappés contre la porte et aux fenêtres, puis de trouver une main sur sa gorge à son réveil – sa main à soi, sur sa gorge à soi ? Savaient-ils ce que ça faisait de ne pas parler pendant des jours, de n'avoir été touchée par personne, de ne jamais avoir connu ça, de ne jamais avoir senti, malgré son envie, le contact d'une autre peau contre la sienne, et que savaient-ils de la vie dans une maison qui ne faisait que se vider ? Des animaux qui mouraient, des pères et des mères qui mouraient, et de ce que ça faisait de trouver un impact de balle dans l'écorce des arbres juste sous des cœurs gravés autour de noms de gens qui n'étaient pas là, et la lèvre en sang d'un frère, et elle – hein ? – que savait-elle, que pouvait-elle *possiblement* savoir de ce que…

Un dé de son nécessaire de couture. Isabel n'arrivait pas à le retrouver. C'était un si petit objet, il pouvait avoir disparu n'importe où – avoir roulé sous le lit, fini au fond d'une poche, puis dans les canalisations après une lessive.

Cela ne prouvait rien. Ça n'était qu'un dé. Cela ne prouvait rien…

Isabel la surprit dans le bureau. Eva sortait quelque chose d'un tiroir, quelque chose de brillant. Isabel entra d'un pas décidé et la porte alla s'écraser avec fracas contre le mur. Une figurine tomba, un vase vacilla sur l'étagère du haut. Toutes les deux se tournèrent vers l'endroit d'où provenait le bruit, levèrent les yeux et fixèrent le vase jusqu'à ce qu'il ne bouge plus. Puis, jetant un regard derrière elle, Isabel entraperçut un mouvement : Eva cherchant à dissimuler sa main, à la glisser dans sa poche. S'approchant d'elle, elle lui saisit fermement le poignet.

« Isa… ! »

Mais Isabel leva le bras plus haut, le secoua pour essayer de lui faire lâcher ce qu'elle tenait. « Ah ! » Eva trébucha, retrouva son équilibre en posant une main sur le bureau derrière elle. Isabel était tellement plus grande. Eva leva les yeux, cramoisie. Les os de son poignet avaient l'air fragiles, comme ça, écrasés par la poigne de main d'Isabel.

Elles demeurèrent ainsi un instant. L'haleine bégayante d'Eva toute proche, le cœur d'Isabel comme un déferlement dans ses oreilles. Leurs genoux se heurtaient. Eva refusait de lâcher ce qu'elle tenait. Alors Isabel lui prit la main, elle la lui prit, la retourna et la força à s'ouvrir. Eva commença à dire : « Ça n'est que ma… »

Une boucle d'oreille. Une boucle d'oreille dorée en toc. Isabel ne la reconnaissait pas : elle n'était pas à elle, ni à sa mère. Neelke, se dit-elle dans tous ses états, n'avait pas les oreilles percées. Elle leva les yeux et vit… l'autre boucle, pendue à la goutte de chair tendre au bas du lobe d'Eva. Un soleil de fin de journée peignait la pièce d'une lumière rasante qui soulignait le duvet couleur pêche sur la lèvre supérieure d'Eva, le lobe percé. On aurait dit la chair d'une amande.

« Ma boucle d'oreille, dit Eva, doucement, hors d'haleine. Je l'ai laissée tomber. Je la cherchais. »

La vision d'Isabel devint floue, puis nette. Sous la lèvre pleine d'Eva, sa dent de travers. Isabel s'écarta, lâcha Eva. Ses doigts avaient laissé une marque rouge à l'endroit où elle l'avait tenue – et elle l'avait tenue, très fort.

Eva avait le souffle court. Elle dévisagea Isabel, faillit parler, bégaya d'abord avant d'articuler : « Que croyais-tu que je faisais ? Pensais-tu que... je volais quelque chose ? »

Isabel avait soudain la bouche sèche. Elle était si certaine. Elle s'était dit : *Ça y est, je te tiens.* Proche d'Eva au point qu'elle sentait la chaleur de son corps, elle s'était dit : *Ça y est, je te tiens.* Elle avait imaginé la suite en flashs imprécis : la police devant la maison, l'expression choquée de Louis, Hendrik disant *Oh, Isa, tu l'avais bien cernée, ça ne t'avait vraiment pas échappé qu'elle...*

Eva remettait sa boucle d'oreille, glissait la tige de métal à travers la chair, à travers la fente. Elle fixa le fermoir, les yeux sur Isabel. Sur son visage... son nez. Son menton. Elle avait dû percevoir quelque chose dans la réaction d'Isabel, parce que dans un souffle, elle lui dit : « Oh, tu es très protectrice, n'est-ce pas ? De cette famille, de cette maison. De Louis. Je comprends. Moi aussi, il y a des choses qui... Et ça te va bien, tu sais. C'est très noble, en un sens, je crois, mais, Isabel... » Elle l'examinait à présent, à la recherche de quelque chose. « Tu t'inquiètes trop. Tu ne devrais pas tant t'inquiéter. Quel danger est-ce que je peux représenter, hein ? Menue comme je suis. » Un sourire doux, à présent, et elle avança une main vers elle : pendant leur lutte, une mèche s'était échappée du chignon d'Isabel – elle lui tombait sur le front, devant les yeux. Eva l'écarta, la coinça derrière l'oreille d'Isabel. Ses doigts étaient plus froids que la pièce, ses ongles coupés court. « Ma douce Isabel. Que pourrais-je te faire ? »

Isabel s'écarta d'un bond. Ces mots, elle avait l'impression qu'ils lui avaient été criés à travers la pièce, pas chuchotés dans l'espace étroit qui les séparait. *Elle sait*, songea-t-elle, paniquée, puis : *Quoi ? Elle sait quoi ?* Isabel n'avait pas la réponse.

Dans sa chambre, Isabel s'installa devant sa commode. À hauteur de la fenêtre ouverte, un nuage d'insectes tournoyait dans le soleil couchant. Dans le miroir, Isabel essaya de voir ce qu'Eva avait vu. Elle retira la mèche de derrière son oreille, la replaça devant son œil. Puis, d'un geste lent, elle la repoussa, la lissa vers l'arrière. Elle effleura sa joue, effleura le coin de sa grande bouche. Posa les doigts sur ses lèvres, en poussa deux à l'intérieur, sur sa langue, sur la tranche de ses dents ; une porte claqua au rez-de-chaussée et elle se leva, sécha ses doigts dans sa jupe et déglutit trois fois. Elle sentait encore le goût de sa peau sur sa langue. Elle remit ses vêtements en place, laissa courir son regard de la fenêtre au mur, puis au lit.

Elle sait, se dit-elle de nouveau, et elle rougit de l'intérieur, mortifiée, prise d'un frisson de honte dû à quelque chose qu'elle ne pouvait pas nommer. Elle plongea la tête dehors, dans la fraîcheur du soir, avec l'espoir que l'air l'emporterait loin d'elle.

Cette nuit-là, elle se réveilla la bouche encore pleine de la bourbe chaude d'un rêve : une flaque de chaleur au creux de son ventre, une main qui la tirait, la bouffée d'une haleine dans le creux de son cou. Elle pensa que quelqu'un s'était introduit dans sa chambre, mais il n'y avait personne. Seulement elle.

5

Puis, au fil des jours : un couteau à génoise au manche gravé, disparu. Un carreau décoratif, un coupe-papier, un rond de serviette, disparus.

La matinée dominicale était interminable. Assise sur un banc de l'église, au milieu des fidèles qui marmonnaient un chant en chœur, Isabel avait le regard perdu quelque part dans l'air flou entre le piano et la chaire. Devant elle : une grande croix en bois. Tout autour : les vitraux. De la poussière en suspension. Dans deux semaines, Louis serait de retour. La veille, Isabel, prise d'une crise d'anxiété, avait sorti tout le service en porcelaine de la vitrine pour l'étaler sur la table. Elle avait versé de l'eau savonneuse dans un bol et, munie d'un chiffon humide, avait dépoussiéré chaque pièce, une à une. Les lièvres tournaient en rond, inlassablement, et Eva l'avait rejointe, elle était restée plantée là, à la regarder. Quelque chose d'autre l'avait conduite à la cuisine, mais Isabel et son torchon l'avaient visiblement distraite de sa mission. Isabel ne lui avait pas adressé la parole. Eva ne s'en était pas formalisée. Au bout d'un moment, elle avait simplement laissé échapper un « Ah ».

Isabel essuyait avec précaution l'anse d'un pot à lait.

« Tu fais ça avec tant de soin », avait remarqué Eva. C'était sorti d'une voix douce.

Isabel tenait le pot en équilibre dans le creux de sa paume. La nuit avait rendu l'espace entre elles deux étrange, feutré. Isabel avait croisé le regard d'Eva et dit : « C'est précieux, une maison. »

D'abord, Eva n'avait rien répondu. Elle observait la façon dont Isabel tenait le petit objet, dans un torchon, dans sa main. Il y avait quelque chose de brumeux dans son regard. Sa bouche était entrouverte, sa langue saillait entre ses dents. Isabel la voyait, et elle ne voulait pas la voir.

« Oui, avait dit Eva après un instant, dans une inspiration. Oui. »

Le pasteur parlait de saint Augustin et ses poires. Quelque chose sur la jeunesse dans un verger, sur le fait de voler pour la beauté du geste, sur la séduction et la désobéissance. Un léger goût de poire envahit la gorge d'Isabel. Le pasteur, penché sur ses notes à la chaire, citait saint Augustin : « *Elle était abjecte, et je l'ai aimée ; j'ai aimé ma dépravation, j'ai aimé ma déchéance.* Et donc, si l'on considère notre propre… »

Isabel se sentit soudain comme oppressée. Elle dut quitter le banc, obliger les gens à se lever. *Excusez-moi,* disait-elle, à deux doigts de s'évanouir. Mais elle ne s'évanouit pas. Dehors, les mains contre le mur, elle tenta de se calmer.

Eva prit l'habitude de passer les après-midis dans le jardin à bronzer. L'endroit qu'elle préférait se trouvait près de la haie, préservé de l'ombre des sapins, où elle traînait sa chaise longue et s'installait en maillot de bain deux pièces, lunettes de soleil sur le nez. Sa peau brunissait et se couvrait de taches de rousseur, ses mains étaient plus foncées encore. Et cela faisait ressortir ses ongles roses. Isabel le remarquait lorsqu'Eva attrapait quelque chose sur la table, lorsqu'elle tenait un stylo pour griffonner dans son carnet.

Neelke jura qu'elle n'avait rien pris. Elle offrit à Isabel un plaidoyer larmoyant : *Pourquoi aurais-je pris quoi que ce soit ? Pourquoi ? Nous avons tout ce qu'il nous faut à la maison.* Isabel répondit : *Pour le vendre, pour le mettre en gage, je ne sais pas pourquoi un voleur vole, à vous de me le dire.* Et Neelke gémit *Non, non, non, non !* Elle se mit à pleurer, à sangloter, et c'est à ce moment-là qu'Eva entra, accompagnée d'une odeur de crème solaire. Déroutée par la scène, elle demanda : « Qu'est-ce que… » Avant de se tourner aussitôt vers Isabel : « Isabel, que lui avez-vous dit ?

— Ce ne sont pas vos affaires », rétorqua Isabel. Alors Eva se tourna vers Neelke avec un « Mon petit chou, qu'est-ce que…

— Il faut que je parte », l'interrompit Neelke, qui n'avait pourtant accompli que la moitié de ses tâches journalières. Isabel et Eva la regardèrent s'en aller, par la fenêtre elles la regardèrent courir en poussant sa bicyclette, les yeux toujours pleins de larmes, toujours en train de s'essuyer les joues.

« Soyez plus gentille avec elle », pesta Eva et Isabel songea, *pourquoi ?* Tout cela, elle le raconta ensuite à Hendrik dans un petit café d'Utrecht, à mi-distance entre chez elle et chez lui – elle venait pour sa part de l'est, et lui de l'ouest. Hendrik avait les gestes lents et l'air heureux, ce jour-là – il ne tapait pas du pied impatiemment sous la table, ne marmonnait rien dans sa barbe. Il passait une bonne semaine. Il n'avait pas encore parlé de la mère de Sebastian, ni de la santé de cette dernière.

« Neelke ne te vole rien », dit-il. Il avait posé la main sur le haut de sa tasse, ses doigts formant comme une cage au-dessus du café. « Et Eva est simplement une fille que Louis a ramassée quelque part. Ce n'est pas un mystère.

— Mais… la cuillère. Le…

— Il arrive qu'on ne range pas les choses au bon endroit. Cela arrive tout le temps quand on vit avec d'autres gens. Seigneur, sur quel sujet crois-tu que portent la moitié de mes disputes avec Sebastian ? » Il glissait sous la table ses longues jambes lorsque quelqu'un voulait passer, puis les dépliait de nouveau – il s'étalait. « Arrête ça », dit-il en attrapant les doigts d'Isabel qui pinçait la peau du dos de son autre main.

— Je ne vis pas avec d'autres gens », dit-elle. Ce qui sous-entendait : *contrairement à toi.* Contrairement à Hendrik et Sebastian. Cela faisait sept ans et elle évitait toujours de le dire, de l'admettre – Hendrik et la personne avec qui il vivait. La personne avec qui...

« Je sais. Mais pour l'instant, si. Pour l'instant. » Voyant la tête qu'elle faisait, il s'excusa en riant. « Oh, pas pour longtemps, Isa. Elle sera partie plus vite que tu ne le penses. »

Isabel ne trouva aucun réconfort à cette idée. Ils allèrent se promener le long des canaux de la ville. Au bord de l'eau, un homme sculptait un corps dans une bûche. Près de lui, un saule ployait sous le rideau de ses fleurs.

« Comment va Johan ? » s'enquit Hendrik, et Isabel répondit : « Oh arrête, arrête », mais la question la troubla aussitôt : Johan avait appelé, quelques jours plus tôt, et il s'était plaint d'avoir été abandonné, de ne plus voir sa petite amie. Il l'avait invitée à dîner. En tête à tête, cette fois. Pas chez sa mère, ni chez elle, mais dans un restaurant en ville. Un restaurant où Isabel n'était jamais allée, ce qui était déjà en soi contrariant – un nouvel endroit, des inconnus partout.

Dans les rues d'Utrecht le soleil avait ouvert grand ses bras. Des bateaux passaient au ralenti, une idylle. Isabel avait hâte que l'excursion se termine : elle imaginait la maison abandonnée à la seule présence d'Eva, les pièces pleines d'objets qui ne lui appartenaient pas et qu'elle était en train de toucher, d'emporter ; de ranger dans le secrétaire de Mère, verrouillé. Pour en faire quelque chose, dont Isabel ne savait rien, mais *quelque chose*, pour en faire…

« Arrête », répéta Hendrik, en lui prenant la main.

La première chose qu'elle entendit en pénétrant dans la maison fut la voix d'Eva dans la pièce voisine. Isabel accrochait son chapeau, sa veste quand retentit un éclat de rire franc, suivi d'un gloussement, « Arrête… arrête ! Non, je suis sérieuse, tu ne peux pas, je ne te laisserai pas faire, il va falloir que tu attendes d'être là et… »

Eva était dans le salon, au téléphone. Isabel s'attarda à côté de la porte et tendit l'oreille. Il y eut un silence : à l'autre bout du fil, Louis parlait. Puis Eva prit une inspiration, baissa la voix et dit :

« Oui. » Puis : « Oui, bien sûr. » Un autre long silence. « … Moi aussi, oui. » « Oh, mon chéri… » Ce mot, *mon chéri, mijn lief*, Eva le prononça dans un soupir. La mère d'Isabel le lui chuchotait souvent pendant les orages ou dans les nuits sans lumière, ou lorsqu'Isabel souffrait sans pouvoir en désigner la cause – lorsqu'elle était jeune, qu'elle se sentait vide et voulait donner des coups de poing dans quelque chose, mordre, hurler. Lorsqu'elle voulait qu'on l'étreigne. *Mon ange. Mon ange. Tout va bien, chut, ma chérie.*

Posant le front contre le papier peint, Isabel coula un regard dans la fente entre la porte et le chambranle, au niveau des gonds. Eva était assise sur l'accoudoir du fauteuil, le combiné contre l'oreille. Elle s'était attaché les cheveux. En faisant sa coloration, elle avait oublié des mèches à la base du cou, et il y avait là quelques boucles châtain clair. La dernière vertèbre de son dos saillait au-dessus du col de son chemisier. De son visage, Isabel ne voyait que la courbe de la joue, esquissant la forme d'un sourire.

Peut-être Louis était-il vraiment amoureux d'elle. Et peut-être Eva était-elle amoureuse de lui. Peut-être que tout cela était vrai et qu'Hendrik avait raison. Le cœur d'Isabel se serra, lui comprima la poitrine. Eva raccrocha, mais resta assise là, le dos rond. Son sourire disparut, lentement. Elle porta la main à sa joue et la laissa là. Prit une profonde inspiration.

Isabel, cachée de l'autre côté de la porte, en prit une avec elle.

Un coquetier jaune, un presse-papier, un livre d'enfants.

Cet après-midi-là, Isabel alla rendre visite à Oncle Karel. Ils s'assirent à la table du jardin et y restèrent longtemps, pour une conversation entrecoupée de silences : il dressa la liste de tout ce qui avait beaucoup augmenté depuis la dernière fois qu'ils s'étaient vus, puis se tut. Isabel mentionna plusieurs réparations qui avaient été récemment nécessaires dans la maison, puis se tut. Et la conversation continua à l'avenant. Quand elle retourna à sa voiture, les premières lueurs du crépuscule faisaient rougir le ciel turquoise. Un léger vent se leva qui, en agitant les feuilles, réveilla le bavardage des arbres le long de la route. Les frondaisons étaient abondantes, en cette fin de printemps. Et si fières.

En arrivant chez elle, Isabel trouva Eva et Neelke dans la cuisine, en train de partager une bouteille de vin. Neelke aurait dû être depuis longtemps partie, elle n'était pas censée rester si tard. La radio beuglait, réglée sur une station à la mode qui diffusait des chansons aux rythmes endiablés, avec des guitares. Neelke avait remonté les pans de sa jupe sur ses cuisses, et elle était assise une jambe repliée sous elle. Elle avait les épaules brunies par le soleil. Elle était à côté d'Eva, les cheveux lâchés, et Eva, penchée vers elle, les poussait dans un sens, puis dans l'autre : *Tu pourrais les porter comme ça*, disait-elle, *ou bien comme ça. Mais si tu les coupes à cette longueur, tu pourrais...*

L'intérieur de la bouche d'Eva avait pris la couleur violette du vin. Elle portait le cardigan de Neelke. Elle dit quelque chose, qui déclencha chez toutes les deux un éclat de rire sonore, et le cœur d'Isabel ne fit qu'un tour et ce tour la poussa vers l'avant : en bas des deux marches, dans la pièce. Elle se sentit devenir rouge de colère en disant : « Qu'est-ce que c'est que ça ? Pourquoi Neelke est-elle toujours là ? Qu'est-ce que vous... toutes les deux, qu'est-ce que... »

Neelke sursauta, voulut se lever mais la main d'Eva l'en empêcha, se ferma sur son bras. Eva se retourna pour faire face à Isabel, sans lâcher le coude de Neelke. « Bonsoir Isabel, dit-elle. Tu as passé une bonne soirée ?

— Qu'est-ce que c'est que ça ? » Même ses oreilles étaient en feu, à présent. Elle voulait se saisir du verre à vin sur la table et le jeter contre le mur. « Qu'est-ce qu'elle fait là ? » dit-elle en désignant Neelke du menton. De nouveau, Neelke voulut se relever, mais de nouveau, elle en fut empêchée.

« C'est moi qui l'ai invitée, dit Eva.

— *Invitée* ?

— Viens donc te joindre à nous, Isabel, non ? Assieds-toi. Viens. Il y a du vin, il y a...

— Je sais qu'il y a du vin. C'est mon vin. » Elle respirait fort et par le nez – sa respiration était hachée, trépidante. « C'est ma cuisine. C'est ma...

— Maison, oui, on le sait, la coupa Eva. On le sait. C'est ta maison. » Elle avait un air de défi, le port de tête haut, les yeux rivés sur Isabel. Des yeux qu'elle s'était maquillés aujourd'hui, un long trait de khôl sur ses paupières, du mascara sur ses cils. Elle tenait toujours Neelke par le bras.

« Lâchez-la.

— Je vais m'en aller, dit Neelke.

— Non, tu restes, répliqua Eva.

— Lâchez-la, je vous dis.

— Oh, je crois que... je crois que je devrais... Eva, s'il te plaît, je... »

Un bref instant, Eva – qui fixait Isabel d'un regard dur – détourna le regard et vit Neelke : malheureuse, elle essayait de se dégager. « Tu ne devrais pas la laisser t'effrayer comme ça », murmura-t-elle avant de la lâcher. Elle retira le cardigan et le rendit à Neelke, qui le prit en tremblant, rassembla ses affaires, son sac. Neelke avait, à un moment donné, retiré ses chaussures. Elle les remit en hâte.

« Elle ne va pas te renvoyer, lui dit Eva.

— Ah bon ? s'exclama Isabel.

— Non. » Eva la fusilla du regard. Elle redressa le dos. « Non. »

La porte faillit sortir de ses gonds : Neelke l'avait laissée se rabattre derrière elle en se précipitant dehors, vacillante. Eva se leva de sa chaise – qui racla violemment le sol – et Isabel, déterminée, fit un autre pas dans sa direction. Elles s'invectivèrent de concert : « … saouler la *bonne* sous *mon* toit pendant que… ! » et « … comme un tyran, comme si personne n'avait le droit de *respirer* quand tu… ! »

Puis elles se turent.

« Je deviens *folle*, dit Eva et, sur un autre ton, moins colérique, plus las : Je suis *prisonnière* de cette maison, je n'ai rien à faire et toi… tu me suis partout, tu refuses de me laisser seule et tu ne me *parles* même pas. La seule qui me regarde vraiment, c'est une fille de dix-huit ans !

— Et à qui est-ce la faute ? Qui a décidé de te faire venir ici ? De t'*installer* ici, de…

— Qu'est-ce que ça change ? s'exclama-t-elle en riant, sardoniquement. Contre qui es-tu si en colère, Isabel ? Moi ? Louis ? »

Isabel serrait les poings, bras tendus le long du corps. « La bonne n'est pas ta camarade de jeu. Neelke a un travail, elle est là pour…

— Seigneur, m'écoutes-tu au moins ? Non. Tu n'écoutes pas. »

Isabel poussa un grognement indigné. *Tu n'écoutes pas.* Eva avait dit ça comme si Isabel pouvait ne pas l'écouter, comme si elle avait le choix d'entendre ou pas le son de la voix d'Eva. Tous les jours, elle était contrainte de l'écouter. Tout en Eva, toujours, dans cette maison, était trop imposant pour qu'on puisse y échapper : le soleil dans ses cheveux, son rire, sa voix qui montait dans les aigus quand elle se livrait à *cette comédie*, ses terreurs nocturnes – quand elle soufflait et s'agitait dans l'obscurité, si bruyante qu'Isabel l'entendait à travers deux portes fermées. Isabel était *obligée* d'écouter, même si elle aurait aimé ne pas le faire, aurait aimé…

« C'est ma *vie*, gronda-t-elle. Tu *comprends* ? C'est ma…

— Et quelle vie ! Tu dois *tellement* t'ennuyer. Isabel, je n'en peux plus d'ennui et je ne suis *là* que depuis quoi, une minute ? Oh, si seulement tu me laissais… laisse-moi entrer, et puis nous… nous pourrions discuter, faire des promenades, ce serait bien, non ? Ce ne serait pas mieux, vraiment mieux ? » Les joues d'Eva étaient deux pommes charnues et tavelées. Tout en parlant, elle contourna la table et s'avança vers Isabel. Elle portait une jupe et un chemisier ample. Le tissu glissa : l'élastique serré de son soutien-gorge lui cisaillait la chair. Il était rose.

« Je ne peux pas imaginer pire », dit Isabel.

Eva s'arrêta. Elle respira plusieurs fois, rapidement, en gonflant la poitrine. « Pourquoi es-tu si *déterminée* à me détester ? »

Une main invisible dans le dos d'Isabel la poussait vers l'avant. *Avance*, disait-elle. *Vas-y*. Isabel résistait. Elle dit : « Tu as tort. Je… »

Les traits d'Eva faillirent se détendre.

« Il n'y a nulle détermination, dit Isabel. Je ne t'aime pas, sans avoir à faire d'effort. »

En réaction, Eva laissa échapper un cri, comme si elle avait pris un coup dans le ventre. Peut-être un signe d'amusement, peut-être un signe de frustration. L'émotion la submergea par vagues successives. « D'accord », fit-elle, avant de lever les yeux vers le plafond, vers le support à gibier. Elle battit des paupières, rapidement, en se raclant la gorge. « D'accord », répéta-t-elle, avant de contourner Isabel pour sortir de la pièce. Isabel la saisit par le coude – ce geste lui avait échappé.

Toutes les deux posèrent le regard sur la main d'Isabel, sur ses doigts qui s'enfonçaient dans la chair d'Eva. Elle serrait fort.

« Lâche-moi », dit Eva, d'une voix dure maintenant.

Isabel la lâcha.

La pièce était bondée, la pièce était vide. Eva avait disparu. Sur la table : une bouteille de vin à moitié bue, les verres, un bol de cacahuètes, décortiquées, un bol de coques. Elle avait pioché dans le service de Mère : on apercevait sur le bord les pattes des trois lièvres.

Dans le creux de la main d'Isabel, il y avait toujours la chaleur du bras d'Eva.

Johan vint chercher Isabel en voiture. Elle s'était habillée chic, selon l'idée qu'elle se faisait du chic : une robe à fleurs moutarde, bien repassée, avec des boutons de nacre, ses cheveux ramenés vers l'arrière avec des épingles. Sa mère lui avait jadis appris comment se faire un chignon convenable ; c'était ainsi qu'elle le décrivait, *netjes*. Convenable. Tous les cheveux d'Isabel, rassemblés sans en oublier un seul entre les mains de sa mère, puis tordus, et tordus encore, la peau du crâne pincée. Partagés en leur milieu par une raie sévère, les traits tendus qui faisaient saillir son visage : de grands yeux d'insecte, pâles et gris. Une grande bouche. Et le nez, plus droit que droit. Enfant, elle avait rêvé d'avoir le bout du nez retroussé, et elle essayait de le plier devant le miroir, espérant qu'il se maintiendrait comme cela.

Isabel n'aimait pas se regarder dans un miroir trop longtemps. Il la mettait mal à l'aise, son reflet. Elle avait sur la beauté des idées très arrêtées qu'elle ne retrouvait pas chez elle : la douceur d'un visage, l'épaisseur d'une chevelure. Elle avait son opinion sur ce que cela signifiait, de trop se soucier de la beauté. De la *vouloir*, de la *chercher*, sur soi-même. Sur les autres. Et cette opinion n'était pas reluisante.

Johan, cependant, était plutôt bel homme. Il avait fait de son mieux, ce soir : une chemise propre et une belle veste, un pantalon qu'elle ne lui avait jamais vu jusqu'ici. Des chaussures qu'elle n'avait jamais vues non plus. Il avait lissé ses cheveux couleur sable vers l'arrière avec un produit. Son nez à lui était retroussé, et il emportait dans le mouvement sa lèvre supérieure, révélant ses grandes dents de devant. Ses parents connaissaient Oncle Karel et ils vivaient non loin, et quand Mère était encore en vie, quand ils étaient tous encore jeunes, la famille venait de temps en temps dîner. Johan s'entendait bien avec Louis, mais il ne s'entendait pas avec Hendrik, et cette animosité paraissait sans équivoque. Johan n'avait pas du tout remarqué Isabel jusqu'à il y a un an environ. Il s'était trouvé qu'en se rendant chez les Van den Berg à bicyclette, Isabel avait essuyé une averse et elle avait dû lâcher ses cheveux en arrivant, pour leur permettre de sécher. Johan l'avait regardée s'asseoir près du feu et les démêler avec les doigts. Il fumait devant la porte-fenêtre ouverte qui donnait sur le jardin. Il tombait encore des cordes dehors. Il ne pouvait pas s'empêcher de contempler Isabel.

« Ça te va bien, dit-il, profitant d'un moment où sa mère avait quitté la pièce.

— Quoi ? » Elle avait rétorqué cela sèchement : il la rendait nerveuse. Elle savait qu'il allait lui dire quelque chose. Elle s'était attendue à une moquerie.

« Tu es jolie, dit-il. Un petit chat noyé.

— Pardon ? » Elle avait frissonné. Elle avait encore froid et sa robe lui collait inconfortablement à la peau. Elle avait croisé les bras sur sa poitrine. Il avait ri comme si elle avait dit quelque chose de drôle. Il était venu souvent, par la suite, lorsqu'elle était là. Parfois, quand il venait la voir chez elle, il apportait quelque chose de la part de sa mère : une boîte de biscuits, des conserves, un chapeau qui lui avait appartenu mais qu'elle ne portait plus et dont elle avait pensé qu'il pourrait plaire à Isabel.

Il rechignait toujours à partir. Il semblait ne jamais sentir quand elle voulait qu'il parte, il restait là, accoudé au montant de la porte, à lui poser des questions stupides. Avait-elle fait le pain elle-même ? S'occupait-elle, elle-même, de l'entretien de la maison ? Isabel répondait que non, bien sûr que non, pour qui la prenait-il ? Elle achetait son pain et elle avait une bonne, et tout en disant cela, elle faisait de son mieux pour que leurs regards ne se croisent pas.

Et puis il y avait eu ces fois où il l'avait touchée. Une fois, lorsqu'il l'avait embrassée dans le cou, elle s'était sentie parcourue d'un frisson pareil à une nausée. Elle l'avait mentionné à Hendrik, l'esprit rendu vaporeux par plusieurs verres de vin. Hendrik s'était exclamé : *Oh, il n'y a rien de mal, c'est bien !* Et Isabel s'était étonnée, *Ah bon ?* À quoi Hendrik avait déclaré : *C'est à ça que l'on sait si on aime quelqu'un. Si l'on tremble, qu'on est incapable de réfléchir et qu'on se dit qu'on va vomir s'il continue à s'approcher.*

Johan régla la radio sur une station diffusant des slows. « J'adore cette chanson », commenta-t-il.

Isabel ne l'avait jamais entendue. Faisant mine du contraire, elle fredonna comme si elle la connaissait. Depuis la soirée dans la cuisine, Eva ne disait plus rien et l'évitait. On aurait dit qu'on avait retiré de la peinture de son visage, plus pâle, à présent. Une fois, lorsqu'Isabel était entrée dans la pièce où elle se trouvait, Eva en était sortie aussitôt en emportant son livre. Une autre fois, lors d'un dîner tendu, Isabel avait par inadvertance heurté le pied d'Eva sous la table et celle-ci avait levé les yeux, avant de détourner le regard, si bien qu'il n'était resté à Isabel que l'écho de son : *Tu me suis partout, tu refuses de me laisser seule…*

C'était un vendredi soir et il y avait beaucoup de bruit dans le restaurant. Pendant les premières minutes, Isabel s'était montrée distraite parce qu'elle essayait de comprendre la localisation de la cuisine par rapport aux toilettes et des toilettes par rapport à l'entrée. « Pourquoi donc regardes-tu ainsi partout ? » s'enquit Johan, qui donnait l'impression de trouver cela divertissant. Isabel se racla la gorge et répondit « Pardon ! » Elle porta la main à sa nuque afin de s'assurer que les épingles à cheveux étaient toujours bien en place : c'était le cas. « Où est la carte ? » demanda-t-elle, et Johan tira sur le menu coincé sous le coude d'Isabel. Cela aussi, ça l'amusa : « Tu es drôle », dit-il. Non, elle ne l'était vraiment pas.

Il parlait beaucoup. De tout, aurait-on dit : de lui, oui, de son travail, d'un collègue qui s'appelait Willy, et du bateau de Willy, baptisé *Marcella*, des raisons pour lesquelles Delft valait mieux que Tilburg. Quand leurs plats arrivèrent, il parla de leurs plats. Il n'aimait pas : pourquoi faisaient-il tant de chichis avec les pommes de terres, avec la viande ? Il aimait les bons gros plats maison, voilà ce qu'il aimait, et Isabel viendrait manger, un de ces jours, à la saison des pommes de terre *opperdoezer*, parce que sa mère cuisinait le *meilleur*...

Il commanda du vin. Prit soin de préciser : *D'habitude je préfère la bière, mais pour toi...* Elle but. Il lui fit du pied sous la table et elle songea à Hendrik lui disant *Ce n'est pas mal, c'est bien.* Il y avait vraiment du bruit dans le restaurant. Elle but encore un peu. Il se leva pour aller aux toilettes et quand il effleura la peau nue de sa nuque en passant derrière elle, le ventre d'Isabel se noua. Elle fit mine de s'essuyer la bouche avec sa serviette pour éviter son contact. Elle n'avait pas prononcé plus d'une phrase entière, ce soir. Pendant son absence, elle contempla sa chaise vide, la trace de sauce dans son assiette. Elle s'imagina contemplant sa chaise vide plus souvent, chez elle, ou bien chez lui. S'imagina attendant qu'il rentre du travail et lui raconte Willy et son bateau. Willy et son bateau, tous les jours. Le vin la rendait vaseuse, fatiguée. Elle buvait rarement autant, aussi vite, et tout ce bruit, quand même, cette chaleur, et le gras qui laissait une trace luisante sur sa grosse lèvre inférieure lorsqu'il parlait, elle…

S'il tente de m'embrasser, songea-t-elle dans la voiture en rentrant, *je le laisserai faire.*

Les vitres ouvertes faisaient du bien, mais pas les à-coups de la voiture. Il remit la radio. Répéta : « Oh, j'aime vraiment cette chanson. » Puis, posant une main sur le genou d'Isabel, les yeux sur la route sombre devant eux : « Quelle chance j'ai, non ? Chaque fois que je mets la radio, il y a une chanson que j'aime. »

Elle baissa les paupières et offrit son visage à l'air frais du soir. Ça sentait l'herbe, l'eau. Les grillons chantaient. C'était la troisième semaine de juin. Johan laissa sa main remonter à l'intérieur de la cuisse d'Isabel, emportant ce faisant le bas de la robe. Ses gros doigts s'enfonçaient dans la chair. « Et toi, Isabel, dit-il, tu as de la chance ? »

Isabel l'interrompit dans son geste, saisit la main qui avait saisi sa cuisse. Elle ouvrit les yeux. Il lui jeta un regard de côté, se lécha les lèvres, alors elle écarta la main de sa jambe – elle la tint, maladroitement, dans la sienne, leurs doigts enlacés. Il serra, sourit. Isabel fut prise de nausée. Hendrik disait que c'était une bonne chose.

Devant chez elle, il descendit de la voiture avec elle et l'accompagna jusqu'à la porte. Vaseuse, elle vacilla une fois, et il posa une main dans le creux de son dos pour la rattraper, puis laissa sa main là. Sur le seuil, il lui dit : « Tu t'es bien amusée, n'est-ce pas ? »

Il y avait un peu de lumière à l'intérieur. Tout semblait paisible, immobile, comme si la maison s'était endormie en laissant par inadvertance une lampe allumée. Isabel, une main sur le chambranle de la porte, avait oublié ce que Johan venait de lui demander. Il sembla se rendre compte, à cet instant, qu'elle avait un peu trop bu : il rit doucement, secoua la tête. Avança, plus près. Il était à peine plus grand qu'Isabel, mais il avait l'air de l'être davantage, à présent. Il passa un doigt replié sous l'œil d'Isabel, sur sa joue. Elle sentait le vin dans son haleine, savait que la sienne aussi avait cette odeur. Elle tremblait tout entière, sans pouvoir se contrôler. Le chambranle de la porte s'enfonçait dans son dos. Elle ne voyait que le battement blond des cils de Johan, la façon dont son nez tirait son arc de Cupidon vers le haut, lui entrouvrait les lèvres. Comme le souffle de Johan s'insinuait à l'intérieur de sa bouche, avec un petit bruit, elle détourna le visage. Il embrassa finalement sa joue. Sa mâchoire, son cou.

Plaquant une main sur la poitrine de Johan, elle le repoussa. Il recula à peine, posa sur elle des yeux embrumés. Les pupilles dilatées. Il essaya de nouveau de l'embrasser. Elle l'empêcha d'approcher, cette fois, et dit : « Bonne nuit, Johan. » Elle avait la voix étranglée, mal assurée. Il ne parvenait toujours pas à fixer son regard.

« Bonne nuit », dit-il, en essayant de l'embrasser encore. Elle répondit par un son qui ressemblait à un *non*, qui ressemblait à un rire. Elle le repoussa davantage.

« Isabel, dit-il.

— Merci pour le dîner. » Elle tira son sac devant elle. Fit mine de chercher quelque chose à l'intérieur, pour se donner une contenance. Vérifia ses épingles à cheveux, sa coiffure. Mit un pied dans la maison. Johan vacilla vers l'arrière, fourra les mains dans ses poches, avant de se mettre à rire : d'abord un petit rire étonné, et puis, comme s'il venait de comprendre quelque chose, un rire plus sonore, de consentement, accompagné d'un : « D'accord, Isabel. D'accord.

— Au revoir, dit-elle avant de commencer à fermer la porte.

— On remettra ça ? Bientôt ? » lança-t-il.

Elle lui adressa un vague signe de tête approbateur, et écouta la porte se fermer dans un *clic*. Elle resta là, dans le noir, les yeux sur la vitre dépolie : le temps qu'il retourne à sa voiture, que les phares balaient l'allée, que les pneus crissent sur le gravier, emmenant Johan loin d'ici. La maison replongea dans le silence. Le verre était frais contre le front d'Isabel. Elle déglutit plusieurs fois : elle avait la bouche sèche, de vin et de poussière.

Elle alla à la cuisine se chercher un verre d'eau. Ses talons claquaient sur le parquet ; un son à la fois étrange et familier. Sa mère portait ce genre de talons. Isabel se déchaussa tout en marchant, ôta son chapeau, posa son sac dans la salle à manger et s'arrêta en haut des marches de la cuisine : Eva était assise à la table, éclairée seulement par la lueur orange du poêle. Elle lisait le même livre de poche épais depuis toutes ces semaines, et n'en était toujours qu'au début. Elle avait une peau lisse et radieuse. Elle ne s'était pas coiffée : ses cheveux bouclés, frisottants, étaient retenus loin de son visage par un serre-tête satiné.

Elle leva les yeux – se figea. Dit : « Tu avais oublié que j'étais là ?

— Non. » Isabel s'avança vers l'évier. Elle attrapa un verre, se dirigea vers le robinet.

« Je parie que tu aimerais pouvoir oublier », dit Eva. Elle posa le livre sur la table et vint s'appuyer contre le plan de travail, observant Isabel remplir son verre. Puis le boire. « Alors, cette soirée ? Sympa ?

— Alors… (Isabel ravala un hoquet…) on traîne dans l'obscurité, maintenant ? »

Eva haussa les épaules. Elle ne répondit rien, dévisagea Isabel. Puis : « Il avait l'air beau, à sa voix. Je n'ai vu que son dos, depuis la fenêtre. Comment s'appelle-t-il ? »

Isabel continua à boire de l'eau. Et, tout d'un coup, elle eut trop chaud : elle défit le dernier bouton de sa robe, retira quelques épingles à cheveux. Eva demanda : « Alors, vous deux vous avez…

— Je ne vais pas parler de ça avec toi.

— Oh, allez Isabel, ne sois pas si rabat-joie. Enfin quelque chose d'*excitant* dans cette maison semblable à un caveau, vous avez forcément…

— Rien de très excitant », dit Isabel d'une voix un peu étranglée. Son cou était en sueur. Eva ne lui avait pas adressé la parole depuis des jours. Elle lui parlait maintenant.

« Il t'a embrassée », voilà ce qu'elle lui dit ensuite, et elle le lui dit sur un ton qui donnait l'impression qu'elle n'était pas sûre qu'Isabel comprenait.

« Non. » Isabel se tourna. Le bord de l'évier s'enfonçait dans son dos, une fraîcheur inconfortable. « Il a essayé », ajouta-t-elle. Et puis, face au silence d'Eva : « Je ne suis pas une écolière. »

Eva prit son temps avant de répondre. Le silence s'emplit du coassement d'une grenouille dehors. Du bourdonnement électrique de la lumière du four.

« Tu ne… l'aimes pas ?

— Je connais Johan depuis toujours. Bien sûr que je… Nos familles sont amies.

— Non », dit Eva. Elle s'était adoucie, une douceur qu'Isabel ne lui connaissait pas : le corps d'Eva se tournait maintenant vers elle. Son visage, qu'Isabel ne voyait que du coin de l'œil, flou, semblait empreint de compassion. « Non, je veux dire : tu ne l'aimes pas ? »

Isabel déglutit une fois, deux fois. Elle avait toujours la bouche sèche. Elle se rendit compte qu'elle ne contrôlait rien : ni son corps qui s'affaissait, ni ses mots. Il y avait quelque chose dans la façon dont

Eva avait prononcé ce verbe : *aimer. Aimer.* Isabel ferma les yeux, essaya de se reprendre. « Pourquoi as-tu menti à mon frère sur le fait que tu voulais venir ici ? demanda-t-elle.

— Je... » Une inspiration. « Pardon ?

— Tu lui as dit que tu voulais rester avec moi. Parce que tu m'aimais bien. Pourquoi lui avoir dit ça ?

— Isabel... »

Isabel ouvrit les yeux. Eva s'était approchée.

« Tu penses que c'était un mensonge ? » Son visage était net, à présent. La moue sur ses lèvres, ses yeux couleur de terre retournée. « Je t'aime bien, pour de vrai, Isabel. Je te trouve... admirable. C'est toi qui ne m'apprécies pas. » Elle soupira sans rien ajouter, puis esquissa un demi-sourire. « Tu te souviens ? Sans avoir à faire d'effort...

— Je... » Isabel se sentait prise d'une sorte de vertige lointain : ce n'était pas sa tête qui tournait, mais quelque part à proximité quelque chose tournait, qui était en train de l'emporter. Le regard d'Eva, pesant dans la pénombre. Jamais personne ne l'avait qualifiée d'admirable. La cuisine, tout d'un coup, paraissait minuscule.

« Est-ce tellement étrange comme idée ? demanda Eva. Que quelqu'un puisse t'aimer ? »

La chaleur disparut, la chaleur revint. Elle n'était plus très sûre de savoir de quoi on parlait. Où la conversation avait commencé, et où elle allait. Elle déglutit de nouveau, s'humecta les lèvres : tellement sèches, tellement desséchées.

Puis Eva demanda : « N'as-tu pas envie que Johan t'embrasse ? »

Isabel prit une inspiration pour répondre, avant de se raviser. Elle dit : « Pour te moquer de moi, c'est ça ?

— Non, non, je... » Elle bougea encore. Elle était toute proche. « J'ai été embrassée par des garçons que je ne voulais pas embrasser, par le passé. C'est tout, c'est tout ce que je voulais... » Elle laissa sa phrase en suspens.

« Comment, risqua Isabel, comment le sait-on ?

— Comment sait-on quoi ?

— Si on le veut. Ou si on, si on est...

— Eh bien... eh bien, il nous arrive simplement de savoir, bien sûr, alors que parfois, il faut essayer, et puis on sait. »

Isabel détourna le visage. Elle était certaine d'avoir les joues en feu. Isabel ignorait tout à fait ce que cela voulait dire, ce que c'était de savoir, *bien sûr.*

« Tu devrais simplement le laisser faire, dit Eva. La prochaine fois qu'il essaiera. Pour avoir la réponse. »

Isabel avait toujours le visage incliné loin d'elle. « Je voulais. J'en avais l'intention, ce soir. Je croyais que je le ferais. Et il était... très près et je... » Elle en avait trop dit : elle le sut dès qu'elle eut prononcé ces mots. Plus qu'elle n'en avait jamais dit à quiconque, plus qu'elle n'avait jamais imaginé en dire un jour à cette fille, cette fille aux contours calcinés. Elle exhalait une odeur qui donnait l'impression qu'elle avait mangé un fruit : aigre et sucrée. La nuit semblait presque irréelle. Eva l'avait fait sortir de ses gonds, ici même, à peine quelques jours plus tôt. En lui attrapant le bras, elle avait senti la chaleur de sa peau. Cela semblait lointain à présent, une autre histoire, étouffée.

« Tu te poses trop de questions. Ce n'est rien, vraiment rien, un baiser. C'est une si petite chose, tu n'en reviendrais pas. »

Isabel la regardait d'un regard rapide et mordant, elle voulait dire quelque chose, dire qu'elle n'était pas stupide, qu'elle avait déjà embrassé quelqu'un, même si ce n'était pas vrai, mais Eva l'attendait là : dans un souffle, un rire, elle fondit sur les lèvres d'Isabel, y déposa un baiser furtif.

« Tu vois ? Une chose de rien du tout. Ce n'est rien du tout, non ? »

Isabel la fixait, la bouche comme marquée au fer : du citron sur une plaie, du sel. Elle ne parvenait pas à reprendre son souffle. Eva, devant elle, babillait des mots avec des yeux paniqués, disait qu'elle se souvenait à peine de son premier baiser, que la plupart des garçons embrassaient mal, et qu'il fallait chercher les bons ou leur apprendre soi-même et qu'Isabel devrait s'en sortir, qu'elle devrait s'en sortir parce qu'elle avait « … de belles lèvres, tu devrais être contente d'avoir de belles lèvres, ce ne sont pas toutes les filles qui… » Elle perdit le fil de sa pensée, déconcentrée. Le regard rivé sur la bouche d'Isabel.

Elle était si petite, de si près. Son corps était si chaud. Elle avait mis Isabel dans une colère folle, Isabel se sentait le visage lourd et il y avait derrière son nombril quelque chose qu'elle ne connaissait pas qui la tirait. Qui la tirait. Elle se tourna vers Eva, à peine l'ébauche d'un mouvement. Eva hésita, se pencha vers l'arrière puis, tout d'un coup, vers l'avant, sur la pointe des pieds. Elle l'embrassa de nouveau. Plus franchement, cette fois : Isabel inspira, la lèvre supérieure d'Eva entre les siennes. De la chaleur, l'éclosion soudaine d'une fleur : la pression des doigts d'Eva sur son épaule, sa poitrine à elle contre celle d'Eva, son baiser. Lorsqu'Eva s'écarta avec le bruit ténu d'une goutte de pluie qui tombe, leurs bouches se cramponnèrent l'une à l'autre.

« Oh, fit Eva. Tu lui ressembles tant. »

Isabel se pencha vers l'arrière. La main d'Eva tomba de son épaule. Le battement de son cœur, une tempête sous ses côtes, dans sa gorge. Elle n'avait jamais… elle n'avait pas…

Elle se toucha la bouche, un bref instant, puis dit : « Je ne suis pas… » Elle baissa la main et dit : « Je ne suis pas du tout comme mon frère. »

« Je… » Eva avait le souffle court. Sa bouche paraissait plus rouge, même si elles n'avaient fait que se presser l'une contre l'autre un instant – contact pareil à un coussin. « Je suis… désolée, je… je ne voulais pas te… »

Isabel avait l'esprit trop embrouillé, tout d'un coup, trop embrouillé. Elle se tourna, les mains sur le visage, le temps de se reprendre, le dos droit. Il fallait qu'elle aille se coucher. Il fallait qu'elle se douche, qu'elle se lave. Qu'elle dorme. Pour se réveiller et ne plus se rappeler tout ça avec autant de clarté. « Je vais... commença-t-elle avant de s'éclaircir la gorge, je vais me coucher. »

Derrière elle, Eva murmura : « Oui. »

Isabel s'en alla, et Eva la suivit, procession sobre à travers la maison, puis dans l'escalier. Isabel éprouvait encore la présence d'Eva comme une contusion. Sa main sur la rampe de l'escalier était moite. Ni elle ni Eva n'avait allumé la lumière, si bien que le couloir était toujours plongé dans la pénombre, et leurs yeux peinaient à s'y habituer. Sur le palier, devant sa porte, Isabel chercha à tâtons la poignée. Dans son dos, Eva ne bougeait pas, ne disait rien. Et lorsqu'elle ouvrit la bouche, le son qui en sortit était presque inaudible, à peine plus qu'un soupir : « Isabel. »

Isabel trouva la poignée. Elle la saisit entre ses doigts. Elle se sentait prise de nausée, de tremblements. *Ne la laisse pas faire un pas de plus vers toi*, songeait-elle, et Eva fit ce pas. « Isabel. » Un contact, quelque chose contre elle : deux doigts dans le creux de son échine, à peine décelables.

Ne la laisse pas... songeait toujours Isabel, puis elle se retourna et Eva était là, juste là : silhouette de chaleur dans la pénombre. Isabel tira ou fut tirée

– une étreinte brouillonne et pressée. Le baiser arriva sans qu'elle s'en rende compte, sans qu'elle saisisse les étapes qui y avaient mené : le vacillement de leurs deux corps au milieu du palier un instant, puis contre un mur l'instant suivant, la main d'Isabel sur la courbe de la mâchoire d'Eva, un pouce se posant sur l'articulation lorsqu'Eva ouvrit la bouche pour elle, lorsque pour elle, elle l'ouvrit dans un bégaiement ; lorsque la main d'Eva se glissa dans la chevelure chaude d'Isabel, lorsqu'elle se mit à bouger contre elle, à haleter contre elle. Isabel se pressa contre Eva. Elle voulait pousser Eva à travers le mur, voulait se pousser elle à l'intérieur d'Eva. La langue d'Eva déclencha un balancier tout en bas de son ventre, un élancement pareil à un sifflet. Eva ne voulait pas se taire, ne voulait pas s'arrêter de bouger, Eva l'empoignait avec des « *mmm* » et des « *ah* ». Il y avait ces sons venus du fond de sa gorge et des mains fébriles qui la tiraient, une bouche chaude grande ouverte et des dents contre sa lèvre. Le choc de la morsure la fit réagir, elle pinça fort la taille d'Eva, lui arrachant un *cri de surprise* et…

Isabel vacilla vers l'arrière. Elle était hors d'haleine. Sous son crâne, il n'y avait plus qu'un bourdonnement pareil à du bruit blanc. Il faisait trop noir, elle ne voyait pas bien Eva, seulement la lueur dans ses yeux. Eva déglutit et sa gorge émit un petit cliquetis. Isabel porta de nouveau la main à sa bouche : gonflée. Elle avait l'air contusionnée.

Son cœur eut un sursaut terrifié. Elle s'éloigna, trouva sa porte, l'ouvrit et la referma prestement derrière elle. Elle resta là immobile un instant, le front contre le bois. La terreur était aussi vaste que le désir : un gros rocher poussé loin de l'entrée béante d'une grotte. Elle avait laissé la fenêtre entrouverte ce soir-là, avant son rendez-vous avec Johan. Avant…

Le vent léger qui entrait dans un murmure rafraîchissait sa nuque en sueur. Elle attendit. Au bout d'un moment, elle entendit la porte d'Eva qui s'ouvrait, puis se fermait. Et puis : le silence. Le grincement des ressorts du matelas. Le sang d'Isabel qui battait à ses oreilles, son souffle contre la porte. Elle se passa la langue sur les lèvres, elles étaient endolories. Elle recommença, puis recommença encore.

Le sommeil, lorsqu'il vint, ne lui offrit aucun répit.

DEUXIÈME PARTIE

6

Enfant, Hendrik avait pris des leçons de piano, contrairement à Isabel. Elle avait essayé plusieurs fois, sur l'insistance de sa mère, mais elle n'était pas très douée, si bien que cela avait eu pour seul effet de la mettre en colère. La musique, lorsqu'elle en entendait, ne se présentait pas à ses oreilles comme une somme de parties distinctes – c'était un tout, une unité cacophonique. Quand elle posait les doigts sur le clavier d'un piano, chaque touche sonnait comme un sursaut, sans parvenir à créer un quelconque ensemble avec les autres. Elle n'aimait pas ça. Hendrik, lui, y prenait plaisir. Mère lui demandait de jouer de petits airs lorsqu'ils avaient du monde à dîner, ce qu'il faisait, sans broncher mais la mine grise. Louis s'excusait alors et quittait la table, puis on l'entendait écraser les marches de l'escalier de son corps lourd et de ses jambes lourdes d'adolescent.

Quand ils étaient enfants, la professeure de piano venait une fois par semaine et Hendrik s'exerçait en bas. La professeure était âgée de plus de soixante-dix ans, elle avait de grandes dents et une crinière de cheveux teints en noir. Elle ne se mettait jamais elle-même au clavier, se contentait d'indiquer à Hendrik comment faire. Elle avait toujours l'odeur chaude et sèche de quelqu'un qui a passé trop de temps au soleil. Puis, quand elle prit sa retraite, alors qu'il était adolescent, Hendrik annonça qu'il ne voulait plus jouer mais Mère lui trouva un professeur à Zwolle, qui avait enseigné au conservatoire. L'homme passa chez eux un après-midi pour le thé, afin que les présentations soient faites. Isabel ne pensa pas grand-chose de lui. Il était grand, ni plus ni moins que tous les hommes, et avait la même coupe de cheveux molle que tous les hommes. Il mettait beaucoup d'air dans ses mots lorsqu'il parlait, comme s'il était sur le point de s'essouffler, croisait et décroisait souvent les jambes.

Assis à la table, Hendrik n'avait pas décroché un mot et quand le professeur de piano lui avait demandé quel morceau il préférait jouer, Hendrik était devenu tout rouge et avait répondu qu'il l'ignorait. Qu'il n'y avait jamais réfléchi. Ce qui était un mensonge, Isabel le savait, et ne comprenait pas, mais elle n'aimait pas cet homme ni la conversation, alors elle avait quitté la pièce pour aller refaire du thé.

Hendrik avait continué les leçons. Il avait seize ans, Isabel dix-sept, et l'école n'était qu'une chose qu'ils devaient endurer encore quelque temps, plus très longtemps, puis ce serait fini. Louis avait quitté le foyer l'année précédente, et Hendrik pratiquait le piano dès qu'il avait un moment, passant de longues heures bavardes sur l'instrument et la musique retentissait dans toute la maison – un mélange incessant et répétitif de morceaux de Beethoven. Il jouait vite et fort, comme si quelque chose le poursuivait tout au long de la partition. Isabel faisait ses devoirs en se frottant les oreilles avec la jointure des doigts, puis les yeux, puis les oreilles de nouveau, comme si cela allait pouvoir atténuer le son.

Le professeur venait le jeudi après-midi. Hendrik, pour l'attendre, s'asseyait à la fenêtre, parfois une demi-heure en avance. Isabel lui disait : « Hendrik, s'il te plaît, ne reste pas planté là » et lui, en guise de réponse, lui tenait seulement des propos du genre : « Savais-tu qu'il a joué pour l'orchestre national ? Et il n'a que vingt-sept ans. C'est jeune, tu ne trouves pas ? Il a rencontré la reine, une fois, as-tu déjà rencontré quelqu'un qui a rencontré la reine ? Il est marié, mais seulement depuis l'an passé, et il n'a pas beaucoup parlé de sa femme, je ne crois pas qu'il se connaissent depuis longtemps, ne trouves-tu pas étrange que parfois des gens se marient simplement parce qu'ils pensent qu'ils… »

Isabel montait dans sa chambre. Le professeur arrivait et la musique commençait, puis l'instructeur s'en allait et Hendrik, dans l'allée, le saluait d'un geste et restait là même après qu'il avait disparu.

Puis, un jour, le professeur vint et la musique commença, et le professeur s'en alla sans qu'Hendrik soit dans l'allée et sa bicyclette n'était plus là. Mère demanda à Isabel si elle l'avait vu et Isabel lui répondit que non, alors Mère grommela un instant, avant de remarquer qu'il serait bientôt l'heure de dîner – bientôt le début de la soirée, Isabel pouvait-elle essayer de trouver Hendrik et lui dire de rentrer ?

Isabel enfourcha sa bicyclette. C'était une journée de printemps affreuse, l'air était lourd de pollen, les herbes hautes d'un vert criard, les hirondelles montaient et descendaient dans le ciel, et les moutons broutaient dans les champs vallonnés. Isabel franchit la digue l'air renfrogné. Le vent soufflait fort. Elle trouva la bicyclette d'Hendrik couchée au bord de la route, près du pont de l'écluse. La bicyclette du professeur s'y trouvait aussi, posée sur celle d'Hendrik. Elle ne voyait aucun des deux nulle part. D'un côté de la digue, il y avait les hautes eaux, de l'autre, une colline de pâturages, une ferme, un bosquet d'arbres.

Le soleil brillait fort et le cœur d'Isabel battait vite. Laissant sa bicyclette avec les deux autres, elle s'éloigna de la route à pied. Elle se disait *Je devrais crier son nom*, mais sans y parvenir. À son passage, les moutons s'écartaient. Elle se dirigea vers le bosquet et c'est là qu'elle les trouva : dans le carré ombragé, par terre, entremêlés. Elle n'avait pas distingué grand-chose de ce qui se passait, elle les entendait haleter, les voyait gigoter, vit un geste rapide et entendit le *Oh, mon Dieu* discret d'Hendrik.

L'homme n'était plus qu'un dos massif penché sur son frère.

Pivotant sur ses talons, elle fit quelques pas puis se mit à courir, tomba, se blessa au genou, puis se releva. Ses mains tremblaient. Lorsqu'elle arriva chez elle, la bonne mettait la table pour le dîner et Mère lui demanda : « Où est Hendrik ? » Isabel secoua la tête, une fois, puis deux, hors d'haleine.

« Isabel, demanda sa mère. Que se passe-t-il ? Isabel ? » Isabel courut se réfugier à l'étage et s'enferma dans la salle de bains. Elle frotta la boue et le sang sur ses genoux. Se lava le visage. Sa mère frappa. Isabel lui cria : « Je suis tombée. Je suis tombée à bicyclette. C'est tout. »

Elles dînaient déjà depuis un moment lorsqu'Hendrik réapparut. Chiffonné et heureux, l'œil pétillant, il entra : « Oh, vous avez commencé ! Que mange-t-on, mon Dieu je meurs de faim, bonjour Mère » et vint déposer un baiser sur sa joue. Il s'assit. Il avait de la boue sur les épaules. « Où étais-tu passé ? » demanda Mère et Hendrik répondit : « J'étais dehors, c'est tout. » Mère réagit par un « J'étais inquiète » auquel Hendrik répondit : « Pourquoi inquiète ? Je suis simplement sorti faire un tour en bicyclette. » Avant d'ajouter, après s'être fourré dans la bouche la moitié d'une pomme de terre : « J'ai raccompagné Edwin sur une partie du trajet. La belle journée s'y prêtait. »

Mère le dévisageait. Hendrik ne remarqua rien. Son col était en dedans et là : une marque. La peau de son cou irritée au point d'avoir pris une couleur marbrée. Mère posa ses couverts. Isabel se figea sur sa chaise. Elle finit son assiette, et le repas lui pesa aussitôt sur l'estomac.

Il n'y eut plus de leçons de piano après cela. Malgré elle, Isabel entendit une dispute, sa mère murmurant sèchement ses reproches à Hendrik qui sanglotait tout ce qu'il pouvait, alors elle ferma la porte de sa chambre et plaqua les mains sur ses oreilles. Comme cela ne changeait rien, elle s'assit sur le lit et se fourra tout le coin de l'édredon dans la bouche, afin de ne plus percevoir autre chose que sa propre respiration.

Elle prit Hendrik sur le fait quelques jours plus tard. À une heure vague de la nuit. Il essayait de ne pas se faire repérer, mais Isabel avait le sommeil léger, elle guettait les bruits : les craquements, les coups furtifs. Elle l'entendit descendre. En robe de chambre, elle le suivit, d'un pas rapide sur le sol glacé. Lorsqu'il remarqua sa présence, ils se disputèrent en chuchotant sur le seuil de la maison. « Tu ne peux pas… tu ne peux pas… ! » lui dit-elle, et il répondit : « Ah non ? Est-ce toi qui vas m'en empêcher, Isa ? » Son haleine sentait l'alcool et une bouteille de quelque chose dépassait de la poche de sa veste. Il n'y avait pas si longtemps, il était cet enfant qu'elle serrait contre elle pour calmer ses terreurs nocturnes.

« Pourquoi est-ce que tu fais ça ? » demanda-t-elle. Il ne répondit rien, se contenta de la regarder. Il vacillait un peu sur ses pieds. Il avait les yeux humides. Il s'enfonça dans la nuit, sa bicyclette faisant un bruit de tous les diables dans le jardin. Isabel s'arrêta devant la porte de la chambre de sa mère, sans trop savoir que faire. Le froid s'insinuait dans ses jambes, entre ses cuisses. Elle retourna se coucher mais ne dormit pas du tout, l'oreille aux aguets, tandis que la nuit laissait place au jour, qu'un merle criait, que le coq de la ferme à un kilomètre se mettait à chanter. Une voiture s'engagea vers la maison.

On frappa à la porte. Une fois, puis trois d'affilée, et une voix pleine d'autorité s'éleva, demandant si quelqu'un était réveillé, s'il y avait quelqu'un à la maison. Isabel entendit la porte de la chambre de Mère qui s'ouvrait, elle entendit les pas traînants de Mère, son marmonnement déconcerté et son empressement dans l'escalier. Des voix étouffées. Isabel écarta le rideau pour jeter un œil à l'extérieur – une voiture de police. Une brume fine stagnait au sol.

Isabel s'assit en haut de l'escalier, cramponnée à un barreau. Elle entendait des fragments de phrases, une voix grave qui roulait les *r* : Hendrik, saoul, avait crié. Il avait essayé de jeter des cailloux contre une fenêtre. Il avait pleuré, s'était réveillé dans une rue des faubourgs.

Mère ne répondait que : « Je vois. » Et : « Je vois. » Et : « Merci. » Et : « Bien sûr. Je vois. »

Hendrik ne pipait mot, il n'ouvrit pas une seule fois la bouche. Le thé fut offert, le thé fut décliné. Les policiers prirent congé. Isabel, le visage collé aux barreaux de la rampe, ferma les yeux. La maison avait l'odeur du matin, de l'huile dont on se servait pour lustrer le bois. Mère murmura doucement quelque chose à Hendrik et Hendrik se mit à rire ; un rire méchant, un rire d'ivrogne.

Mère haussa le ton : « Je te l'interdis, Hendrik. Je te l'interdis. »

Et Hendrik, ses mots à présent aussi clairs qu'un son de cloche : « Tu m'interdis quoi ? Dis-le, Mère, s'il te plaît, dis-le, que crois-tu m'interdire de faire ? Tu ne peux pas le dire, tu ne peux même pas le penser, bien sûr, comment peux-tu même imaginer une telle chose, quelle vie as-tu menée pour maintenant te retrouver seule dans cette maison avec tes bonnes et tes… rideaux qui mériteraient qu'on les lave, et le thé à midi, et mon Dieu, quel ennui, quelle putain de… »

La gifle fut sèche et sonore. Ce ne pouvait être rien d'autre que cela, rien d'autre qu'une joue frappée par une main. Puis le cri étranglé de Mère, suivi d'un unique sanglot.

Plus tard, dans sa chambre, Isabel s'agenouilla devant lui. Penchée vers son frère, elle appliqua une serviette humide sur sa lèvre ensanglantée. Le jour commençait à poindre derrière les rideaux. L'alliance de Mère avait ébréché une dent, éraflé la peau. Hendrik, sagement assis au bord du lit, laissait Isabel lui nettoyer le visage.

« Il ne m'aime pas, lui dit-il en pleurant. Il m'a menti, ce n'était pas de l'amour. »

De la même façon qu'Isabel pouvait parfois ne pas voir quelque chose en rendant volontairement sa vision floue – en décidant de refuser la netteté à une scène, pour s'en désengager –, elle voulait ne pas entendre ces mots. Elle déglutit et éloigna la serviette du visage de son frère. Tout son être se cabrait contre le mot *amour*. Elle ne pouvait pas contrôler la nausée qui venait de s'emparer d'elle. Les images lui revenaient : Hendrik, par terre sur la mousse humide, Edwin gigotant au-dessus de lui.

« C'est mieux comme ça, dit-elle. C'était mal. C'est mieux que ce soit fini.

— Mal ? » demanda-t-il doucement. Isabel ne répondit rien. Il poursuivit, de cette même petite voix. « As-tu déjà désiré quelqu'un, Isa ? Non, jamais. Tu ne peux même pas… Oh. Tu es tout comme elle, n'est-ce pas ? »

Isabel voulait répondre non, elle n'était pas comme elle. Elle n'était pas sûre que ce soit vrai, elle savait simplement qu'Hendrik avait voulu que cela soit perçu comme une insulte. Elle répondit : « Peut-être que je suis comme elle, si cela veut dire que je sais faire la différence entre ce qui est bien et ce qui est mal. Et je sais que c'est mal pour un homme de forcer un… »

Il repoussa la main qu'Isabel avait posée sur sa cuisse. « Edwin ne m'a pas forcé. Je le voulais. Je… » Le reste ne fut qu'un son étranglé. Il la repoussa et se leva.

« Hendrik », avait dit Isabel et Hendrik avait répondu « Non » puis il était sorti.

Il dormit toute la journée, ainsi que le lendemain. Puis lui aussi, comme Louis, s'en alla brusquement. D'abord, Isabel crut qu'il reviendrait : il s'était enfui une nuit, avait laissé un mot expliquant qu'il ne supportait plus la maison – ne supportait plus l'idée même de la campagne et de ses habitants. *Je ne suis pas fait pour vivre ici,* disait-il.

Mère ne discuta pas du contenu de la lettre avec Isabel. Elle la rangea sous clé dans son tiroir. Puis, une semaine ou deux plus tard, Hendrik envoya un message annonçant qu'il était à court d'argent et qu'il n'avait nulle part où dormir. Mais il ne comptait pas revenir, et sans son retour, au moins provisoire, Mère refusait de lui verser de l'argent. Pour finir, ce fut Oncle Karel qui servit de médiateur et apporta une solution : il trouva un petit appartement à Hendrik à Scheveningen, promit qu'il irait s'assurer de temps en temps que tout allait bien et qu'il en rendrait compte à Mère. Isabel ne sut jamais à quoi la vie d'Hendrik avait ressemblé pendant ces années. Il finirait par terminer le lycée. Finirait par poursuivre des études. Hendrik lui manquait et son absence lui inspirait une peur qui lui donnait la nausée, c'était plus fort qu'elle. Pendant si longtemps, il avait été la moitié de sa vie et puis tout d'un coup, il avait disparu. Il avait été cet enfant dont elle calmait les terreurs nocturnes en le serrant contre elle. Et à présent, il avait grandi et se lamentait sur les caresses d'un homme qu'il avait laissé l'embrasser sous des arbres, à même le sol. Et aux yeux de son frère, elle était la fille de sa mère, naïve et stupide pour tout ce qui concernait le cœur, et la même à dix-sept ans qu'elle était à neuf ans, ou à treize. Inchangée.

Le jour où Oncle Karel leur avait fait savoir qu'Hendrik était installé dans son appartement, un bon mois après le début de tout cela, Mère avait dit : « Eh bien, nous y voilà. C'est seulement toi et moi, maintenant, Isabel. C'est comme ça. » Il était midi. Elles prenaient le thé. Mère avait ajouté : « Bien, tout est calme et tranquille. »

Mère tomba malade alors qu'Isabel avait vingt et un ans. D'abord, le mal progressa lentement, puis tout s'accéléra. Isabel demanda à Hendrik et Louis de rentrer. Louis vint une journée, puis repartit. Hendrik vint avec un homme, grand, beau et grisonnant au niveau des tempes. Il pleuvait et les gouttes roulaient sur les épaules de son manteau – Hendrik tenait le parapluie.

Isabel annonça que l'homme ne pouvait pas rester. Hendrik pâlit, il eut l'air paniqué ; entraînant Isabel à part, il lui dit, le souffle coupé : « Isabel. Je t'en prie, Isabel. » À quoi Isabel répondit : « Elle est malade. Es-tu venu aggraver les choses ou l'aider ? » Ils chuchotaient dans le bureau. L'homme était toujours dehors, sous l'auvent de la porte d'entrée. Hendrik se détourna d'elle le temps de s'essuyer le visage puis alla rejoindre son ami et, après un bref échange à voix basse, le raccompagna à la gare.

Cette semaine-là, Hendrik refusa d'adresser la parole à sa sœur. Assis au chevet de Mère, il lui tenait la main sans poser les yeux sur Isabel. Une fois, le premier Noël où Hendrik ne s'était pas joint à eux, Mère avait dit : « Nous avons tous nos priorités, je suppose. » Isabel l'avait tenu dans ses bras lorsqu'il était enfant. Il en aimait maintenant d'autres davantage qu'il ne l'aimait elle. La mère d'Hendrik était au seuil de la mort et lui pleurait l'absence d'un homme. C'était ainsi, et Isabel affrontait cette réalité la tête haute, elle l'affrontait les dents serrées, elle se faisait plus grande.

Mère s'éteignit un vendredi soir. La veille, son état s'était brusquement amélioré, elle s'était assise dans son lit et l'espace d'une seconde avait reconnu Hendrik mais pas Isabel. Et le lendemain matin, Hendrik avait annoncé qu'il allait passer la journée à Scheveningen. Sans expliquer pourquoi ni pour qui, mais Isabel avait son idée. Il lui communiqua un numéro de téléphone afin qu'elle l'appelle si l'état de Mère venait à se dégrader, ce qu'Isabel lui promit mais ne fit pas. Elle tenait la main de sa mère, elle était incapable de partir, incapable d'aller jusqu'au téléphone.

Cela se passa ainsi : Mère gisait dans son lit, masse informe et racornie. Ses mains étaient des poings tendres comme les bébés ont les poings tendres. Elle prit une inspiration paisible, et plus rien. Lorsqu'Hendrik rentra ce soir-là, Isabel le lui annonça. Il voulut monter voir Mère, mais ses genoux cédèrent sous lui alors qu'il gravissait l'escalier. Il resta planté là un moment, incapable de faire un pas de plus. Ses pleurs ressemblaient davantage à de longues inspirations. Isabel ne l'accompagna pas dans la chambre de Mère.

Plus tard, dans la cuisine, il demanda : « Pourquoi ? Pourquoi n'as-tu pas téléphoné ? » Il avait la voix éraillée, le regard fatigué.

Isabel ne répondit rien. Elle s'était servi un verre de genièvre. Elle le but en pensant *Tu étais où tu avais envie d'être. Et moi, où il fallait que je sois.*

Elle ajouta, toujours en pensée : *Et tu vas repartir à présent.*

C'est ce qu'il fit. Elle n'eut que très peu de nouvelles de lui dans l'année qui suivit. Puis vint un été où Isabel trouva de vieilles lettres qu'ils avaient écrites à Mère lorsqu'ils étaient enfants. Elle envoya à Hendrik une de celles dont il était l'auteur, et il lui répondit aussitôt, pour la remercier. Dans sa lettre suivante, elle lui donna des nouvelles de la maison et de l'ensemble du domaine. Il répondit de nouveau, lui décrivit son nouvel appartement, suggéra que, peut-être, elle pourrait venir le voir. Elle lui dit qu'elle le recevrait elle aussi avec plaisir : les roses étaient magnifiques cette année.

Ils s'assirent dans le jardin, sur le banc sous les sapins. Hendrik avait bonne mine. Il se montra aimable, l'écouta avec douceur, et jetait souvent des regards vers le ciel en soupirant, comme si cela aussi, c'était de la joie. Lors d'une pause dans la conversation, il glissa : « J'ai rencontré quelqu'un. »

Hendrik à seize ans, qui attendait à la fenêtre. Hendrik sur le sol moussu, qui se tortillait. Hendrik au bord de son lit la lèvre en sang et…

« Nous vivons ensemble maintenant, dit-il. Un appartement, ce n'est pas grand-chose, mais… c'est quelqu'un de bien. J'aimerais que tu le rencontres, Isabel. »

Isabel ne voulait rencontrer personne. Elle ne voulait que cela : eux deux ensemble, l'été. Le banc de Mère. Interprétant son silence pour ce qu'il était, il se tourna vers elle, lui prit la main et dit : « Tu n'as pas besoin d'être elle, Isabel. » Il voulait dire leur mère. Elle savait qu'il voulait dire leur mère. Il continua : « Tu peux être qui tu veux à présent. Tu le sais, n'est-ce pas ? Tu as toutes les libertés. Elle n'est plus là. Tu ne prends plus soin d'elle, tu n'es pas liée à cette maison. Va où tu veux aller. Fais des rencontres. Aime. »

Liée à cette maison, avait-il dit. Comme s'il s'agissait d'une laisse et non d'un refuge. Et non de l'objet de son amour à elle, aussi.

Elle finit néanmoins par faire la connaissance de Sebastian. Hendrik vint un après-midi et resta dîner. Le temps que Sebastian sorte de la voiture, Isabel retint son souffle. Il était petit, d'une beauté saisissante, le teint hâlé comme certains fermiers pouvaient l'avoir – comme les hommes venus du Sud qui travaillaient dans les serres. Mais ce n'était pas un fermier, ni un ouvrier horticole. Il portait un costume haut de gamme. Il avait un accent français mais il était différent d'une façon qu'elle ne trouvait pas française. La première pensée qui lui vint fut : *un étranger*. Puis vint en second un fatras de mots, des choses qu'elle avait entendues en lien avec le mot *étranger* – jamais de bonnes choses, jamais des choses exemptes de danger – et elle fut nouée d'angoisse. La main sur le coude de Sebastian, Hendrik le poussait vers elle. C'était tout juste s'il parvenait à décoller le regard de lui. Alors que cet inconnu s'apprêtait à entrer chez elle, Isabel sentit monter le besoin irrépressible de retourner à l'intérieur pour tout recouvrir, pour tout lui cacher : les objets, les murs, les tableaux. Les photos.

Hendrik ne la salua pas d'un baiser. Il n'y avait pas si longtemps, Hendrik était un enfant qu'elle serrait contre elle pour calmer ses terreurs nocturnes. *Je suis la seule qui se souvient de ça*, se dit-elle. *Il a oublié et il n'y a plus personne qui s'en souvienne.*

Sebastian, dans la cuisine, se taisait. Hendrik l'encourageait à poser à Isabel des questions précises : « Oh, demande-lui ça ! » Ce qu'il faisait, mot pour mot, et Isabel lui livrait des réponses laconiques sans poser aucune question en retour. Hendrik laissa faire quelques minutes puis, lassé, il s'exclama : « Oh, quelle conversation ennuyeuse, viens donc visiter la maison ! » Et, tirant Sebastian de sa chaise, il l'entraîna dans d'autres pièces. Restée là, Isabel les écouta de loin traverser la maison, Hendrik disant :

« Et donc c'est ici que je me suis cogné le front contre la cheminée, d'où je tiens cette cicatrice. » Et : « C'est Grand-Tante Cora avec sa coiffe, elle en a brisé des cœurs ! » Et : « C'est le tapis, juste un tapis, et là c'est un vase avec les fleurs qu'Isabel a cueillies dans le jardin, alors cette visite, tu l'adores, non ? J'espère, car je suis un excellent guide ! »

Il y avait eu un moment, après dîner ce jour-là, un moment bref et délicat, où Hendrik s'était absenté un instant, ne les laissant que tous les deux, Isabel et Sebastian. Elle était restée assise. Il se promenait dans la pièce à pas lents, une main dans la poche. Sa nuque était impeccablement rasée. Il avait un grain de beauté au-dessus de la lèvre. Il s'était mis sur son trente-et-un pour venir la voir. Isabel savait qu'Hendrik avait dû tout lui raconter d'elle : lui dire qu'elle était seule, aigrie et trop semblable à sa mère.

C'était ce que cet homme allait aussi penser d'elle, à présent.

Il s'arrêta devant une photo encadrée sur une console. La prit dans sa main. Isabel se tendit. Elle savait de laquelle il s'agissait : Haasje, la chienne. En noir et blanc. Elle avait été prise dans le jardin, le chiot était allongé sous l'un des sapins, à l'ombre.

« Vous aviez un chien ? » demanda-t-il. Il faisait beaucoup d'efforts pour cacher l'accent français dans son néerlandais.

« Oui, répondit Isabel. Dans le temps.

— J'ai eu un chien, moi aussi. » Il reposa le cadre. « Enfin, mon cousin. Mais le chien me préférait moi. Mère et moi avions emménagé chez ma tante la semaine où ils avaient accueilli le chien. Mon cousin voulait l'appeler Sebastian. En guise de plaisanterie, je pense. Mère l'avait interdit.

— Et comment… l'a-t-il appelé, du coup ?

— Lucky », dit-il ; un mot anglais, étranger.

Cela la fit rougir. Elle ignorait pourquoi. Sebastian se tourna vers elle et demanda : « Comment s'appelait votre chien à vous ? », en réponse à quoi elle se leva de son siège, s'essuya les mains sur sa jupe et dit : « Je vais chercher Hendrik. Vous devriez rentrer avant la nuit. »

La nuit commençait à tomber. Et ils partirent, peu de temps après. Isabel regarda la voiture s'éloigner dans l'allée le cœur lourd. Elle n'avait jamais montré la maison à de nouveaux yeux : elle ne s'était jamais fait de nouveaux amis, et n'avait jamais invité personne. Les seuls étrangers à s'être présentés étaient les bonnes, qui toujours apportaient en s'installant comme une gêne, un grain de sable sous la paupière. Ce jour-là, ça avait été le plaisir d'Hendrik, de montrer la maison à quelqu'un qu'il aimait. D'offrir à quelqu'un de neuf le loisir de le voir à travers les lieux où il avait vécu, dormi. De voir les murs qu'il avait touchés, la maison dont la forme vivait en lui, même s'il l'avait quittée depuis longtemps. Même s'il n'y vivait plus du tout.

7

Isabel n'était pas complètement réveillée quand le coup de klaxon joyeux de la voiture d'Hendrik retentit à l'extérieur. Elle était habillée, au rez-de-chaussée, mais pas réveillée : debout à côté de la table, les mains sur le ventre, elle regardait dans le vide. Elle était à l'affût du moindre bruit à l'étage, le craquement d'une latte du parquet, l'eau sortant du pommeau de douche. Rien, pour l'instant. Eva dormait encore.

Il faisait un temps splendide, un temps parfait pour profiter du chant des oiseaux. Des insectes bourdonnaient sur le seuil. Isabel posa un filet sur la corbeille à fruits. Hendrik et Sebastian s'avancèrent vers la maison avec animation, sacs à la main et lunettes de soleil sur le nez. Ils venaient passer le week-end. Hendrik s'était annoncé, mais elle avait oublié. Elle qui n'oubliait jamais rien. Hendrik se tenait devant elle à présent, Sebastian juste derrière, et quelque part en haut, il y avait Eva.

Hendrik lança aussitôt en riant : « Oh, tu avais oublié que nous venions ? » avant de l'embrasser sur les deux joues. « Non, je... » commença-t-elle à répondre, puis sa voix s'étrangla.

« Mon Dieu, quelle magnifique journée ! » s'exclama Hendrik en regardant par la fenêtre. Il investissait prestement les lieux, dans la joie. Sebastian dégagea leurs bagages du passage et salua Isabel d'une poignée de main plus douce, avec toujours ce regard bien à lui : comme s'il avait son idée sur elle, indéchiffrable. Tout arrivait trop vite, tout le monde s'installait trop vite : Hendrik réclamait un café, alors il fallait faire du café, et quels étaient leurs projets pour le week-end ? Un plan, il voulait un plan, une virée en ville, un grand dîner, aller se baigner dans les lacs, et...

« Oh, mais où est donc notre invitée d'honneur ? Elle est bien quelque part par là ? » Hendrik fit mine de la chercher dans un placard, derrière un rideau.

Isabel se sentait étourdie. Elle fut prise d'un envie soudaine de garder Eva loin de ces deux hommes : pas par embarras, cette fois. Pour une autre raison. Une raison sombre, qui s'enroulait en elle, et qui...

« Elle... commença-t-elle, elle dort toujours, je crois.

— Quoi ? Encore ! »

Isabel ne répondit rien. Un week-end. Ils allaient rester tout un week-end. L'idée l'agaçait, elle ne savait plus où elle en était, elle voulait les presser de partir, voulait retrouver le temps qui venait de fuir – l'immobilité du matin.

Eva entra. Pieds nus, un tee-shirt rentré dans le pantalon. Elle avait coiffé ses cheveux en une queue-de-cheval touffue. Elle avait les yeux rougis. Un creux dans sa lèvre inférieure, qu'Isabel n'avait jamais remarqué jusqu'ici. Un creux comme si quelqu'un avait appuyé son pouce à cet endroit-là pendant qu'elle était encore en train de prendre forme et la lèvre avait conservé l'empreinte de ce pouce à jamais. Un bref et horrible instant, Isabel se demanda ce que Louis avait bien pu faire pour obtenir son premier baiser d'Eva. Comment il l'avait touchée, et si elle l'avait laissé faire comme elle l'avait laissée faire, elle. Si elle l'avait touché en retour, si elle l'avait emmené dans sa chambre, s'ils n'avaient pas du tout attendu avant de…

Eva posa les yeux sur Isabel. Il y avait cet espace d'un bout à l'autre de la pièce, entre elles. Il était palpable, terriblement palpable, mais Hendrik revint de la cuisine en dansant, avec le café, en pleine conversation, disant quelque chose du genre : « … trop loin, peut-être qu'on peut essayer Agnieten, c'est un joli… oh, bonjour ! Eva, bonjour ! »

Il s'avança vers elle, l'embrassa sur les deux joues. Déconcertée, Eva le laissa faire. « Bonjour ? » Puis, sans conviction : « Quelle surprise…

— Ah bon ? Isabel ne t'a pas dit que nous venions ?

— Non », répondit Eva. Puis : « Nous ? » alors Hendrik appela Sebastian qui apparut et fut présenté par un « Voici Sebastian, mon bon ami. Sebas, je te présente Eva, la… »

Un instant de silence qui dura trop longtemps.

« Petite amie de Louis », précisa Eva. Un coup d'œil, furtif. Isabel se détourna. Elle se sentait nauséeuse. La honte montait, poisseuse comme du goudron. La petite amie de Louis.

« Chouette ! dit Sebastian. Louis est là aussi ?

— Louis est en déplacement professionnel. Une conférence », répondit Eva. Elle se passa une main dans les cheveux pour les lisser. Inutile : les frisottis s'échappèrent, se détachèrent du reste de la chevelure comme un halo. Son assurance des dernières semaines avait disparu, envolée – elle se tenait là, sans savoir quoi faire de ses bras.

« Quelle bonne chose que tu sois venue séjourner ici, dans ce cas. » Sebastian lui adressa un hochement de tête approbateur. « Isabel et toi devez vous entendre à merveille. »

Hendrik cachait son amusement derrière des lèvres pincées. Il fit mine d'observer quelque chose par la fenêtre. Il avait dû parler d'Eva à Sebastian, comme il avait dû lui parler d'Isabel. Eva rougit, esquissa un sourire mal assuré qui s'estompa presque aussitôt. « Oui », dit-elle.

Isabel s'excusa, prétextant une envie pressante. Elle demeura assise là, sur la cuvette des toilettes, dans le noir, les doigts serrés autour de son bras. Un peu de lumière filtrait sous la porte, un mince filet. En sortant, elle faillit heurter Eva qui ne s'attendait pas à la trouver là – qui recula dans un sursaut, le souffle coupé. Le couloir était étroit. La posture d'Eva donnait l'impression qu'elle avait peur : d'Isabel, de ce qu'Isabel pourrait faire. Comme si c'était Isabel qui s'en était prise à elle, qui lui avait volé un baiser, qui l'avait serrée dans ses bras.

La honte d'Isabel se mua en quelque chose de plus familier, une colère qui prit ses aises dans son fauteuil usé. « Je ne suis pas, siffla-t-elle les dents serrées, le genre de personne qui…

— Oh, pas maintenant, la coupa Eva en jetant un regard par-dessus son épaule pour voir si quelqu'un les avait entendues. Pas maintenant, Isabel, je t'en prie, murmura-t-elle.

— Je… » Isabel s'interrompit. Elle était fatiguée. Elle n'avait pas dormi. Elle essaya de distinguer dans la brume de ses souvenirs ce qui, la veille, l'avait possédée : cette chaleur au creux de son ventre, le désir fou qu'elle avait éprouvé, un court moment. Elle n'y parvenait pas. Eva était quelqu'un d'autre à présent : distraite, indifférente. Qui se détournait d'elle, inquiète de ce que les autres pourraient dire.

Elle n'avait rien à ajouter. Elle s'affaira à côté d'Eva, retint son souffle lorsque leurs bras se frôlèrent, et quand Hendrik demanda à la cantonade si quelqu'un voulait « des petites gâteries » de chez le boulanger, elle dit : « Je t'accompagne » avant de sortir aussitôt au pas de charge.

Hendrik les conduisit en ville. À la boulangerie, dans la queue, il dit : « Voilà un week-end qui promet d'être amusant… »

Isabel inspectait la vitrine. Les pâtisseries étaient écœurantes à regarder : luisantes, gélatineuses. Une mouche s'était glissée derrière la vitre. « Que veux-tu dire ? demanda-t-elle, tout en sachant très bien de quoi il parlait, de qui il parlait.

— Juste que c'est une vraie cruche, non ? » Le tour d'Hendrik était venu et de sa voix éraillée, il commanda.

« Elle n'est pas cruche », répondit Isabel. Avec un trop grand sérieux, un trop grand calme, et Hendrik, qui n'avait pas entendu, demanda : « Quoi ? » si bien qu'Isabel dut répéter, plus fort :

« Elle n'est pas cruche. » Elle rougissait. *Elle est épouvantable*, voilà ce qu'elle cherchait à dire. *Je crois qu'elle me vole*, voilà ce qu'elle cherchait à dire. Puis elle repensa au baiser et la colère la fit rougir encore. Hendrik prit les sacs qu'on lui tendait au-dessus du comptoir.

« Elle n'est pas cruche ? » dit-il. Il l'avait dit d'une voix particulière, sans poser les yeux sur Isabel : l'air de rien, comme s'il allait pouvoir lui faire croire à sa distraction.

« Peu importe », dit-elle en s'approchant pour lui prendre les sacs. Elle insista pour les porter jusqu'à la voiture. Hendrik ne tenait plus qu'une baguette, quignon brandi vers le ciel.

Sur le chemin du retour, de but en blanc, il lui annonça : « Bon, nous avons opté pour Paris. Je voulais que tu le saches. Nous avons décidé… » Il s'interrompit. C'était vraiment une journée magnifique, les rebonds du soleil vif floutaient la route. « Sa mère est… enfin, tu sais comment ça se passe. Tu te souviens. Alors, nous y allons, bientôt. Avant l'automne. Je ne sais pas pour combien de temps, bien sûr, mais Isabel, écoute-moi, je veux… je veux que tu saches que tu peux venir nous voir. Je veux que tu saches que Paris n'est pas…

— Non, dit-elle. Je ne peux pas simplement partir comme ça. Je ne peux pas faire ce que je veux sur un coup de tête, je ne peux pas… » Et aussitôt, la veille au soir lui revint en un flash : sa bouche humide sur celle d'Eva, sa main sur la cuisse d'Eva.

Hendrik passa un bras hésitant sur son épaule. « Eh, viens là, dit-il.

— Ça va. » Elle reprit vite ses esprit. Elle se sentait nue, tout d'un coup.

Hendrik retira sa main. « Ce ne sera pas pour toujours. Ce n'est pas définitif.

— Je sais. Parlons d'autre chose. »

Il réfléchit un instant. Puis : « Oh, au fait, comment s'est passée ta grande soirée avec Johan ? »

Dans le champ à leur droite, les pousses encore jeunes leur arrivaient au genou. Et au-delà, l'horizon s'étirait à l'infini. « Bien, répondit Isabel.

— Et donc ? Dois-je bloquer une date ? Un mariage d'été, d'automne ?

— Arrête », dit-elle. Et il se tourna vers elle, amusé, prêt à la taquiner davantage – mais il vit qu'elle ne plaisantait pas. Alors il battit en retraite et ils poursuivirent leur route en silence, un moment.

« Il est gentil avec toi, hein ? finit par dire Hendrik. Parce que s'il ne l'est pas, alors…

— Il est correct, dit Isabel. Johan est… correct. »

Deux hirondelles tournoyèrent dans le ciel bleu. Hendrik dit : « Me diras-tu un jour quelque chose, Isabel ?

Elle lui jeta un regard rapide. Son cœur battait vite. Elle se demanda, bouillonnante, quel effet cela ferait de le lui dire. Hendrik regardait la route. Il soupira : « Très bien, dans ce cas… »

Derrière la maison, sur la pelouse, Eva et Sebastian jouaient au badminton. Ils avaient déniché le filet quelque part, trouvé deux raquettes rouillées.

« Eh bien, ça alors ! » fit Hendrik. Isabel et lui s'étaient collés l'un près de l'autre à la fenêtre de la cuisine pour les regarder. Ils jouaient mal et, pour ce qui concernait Eva, avec des effusions de fous rires. Elle manqua un coup et s'étala dans l'herbe pour faire bonne mesure, pendant que Sebastian accueillait sa victoire d'une courbette. Il avait une cigarette au coin de la bouche.

« Je te laisse seul une minute et voilà ! » cria Hendrik depuis la porte.

Sebastian le salua d'un geste, expliqua qu'ils ne savaient plus comment se divertir. Eva se releva. Elle tenta d'essuyer un tache d'herbe sur son genou, fit la moue. Hendrik jeta à Isabel un regard dans lequel planait en quelque sorte le mot *cruche*, et Isabel… Isabel se détourna. Puis, bien trop vite, ils furent tous à l'intérieur, à préparer le déjeuner, à danser les uns autour des autres : posant les assiettes sur la table, puis les couverts. Eva se tenait subtilement à distance, de telle sorte que personne ne la voyait, et Isabel, rancunière, faisait de même. « Où est passé le petit couteau à pain ? » demanda Hendrik. Et la question parvint à Isabel comme un écho lointain : où passaient les objets de la maison quand ils disparaissaient ? Elle se dit *Je vais lui parler de la liste*, mais la colère indignée qu'elle avait éprouvée avait disparu, remplacée par une sensation que quelque chose s'était perdu, comme si elle avait elle-même été enlevée puis déposée dans un endroit où elle n'était pas à sa place. L'idée lui fit tourner la tête un instant, puis Sebastian lui posa une main sur le bras et lui demanda d'attraper les verres, qui étaient trop hauts pour lui, ce qu'elle fit. Eva, à la table ronde, pelait une pomme. Elle la coupa en quatre. Posa un quartier dans chaque assiette.

« Oh, comme c'est gentil », commenta Hendrik en fourrant le sien tout entier entre ses dents. Puis, la bouche encore pleine : « Où as-tu appris à si bien jouer au badminton ? À moins que tu ne sois une autodidacte ? On peut dire que tu as ça dans le sang. »

Il se moquait d'elle. Il se moquait d'elle comme il l'avait déjà fait ce fameux soir au restaurant. Isabel pensait qu'Eva n'avait rien remarqué, à l'époque. Elle avait tort, Eva savait parfaitement ce qu'il faisait, et cela la déstabilisait ; de nouveau, elle essaya de sourire, sans y parvenir.

Isabel prononça le nom de son frère. Une fois, pour le prévenir : « Hendrik. »

Il ne s'y attendait pas – adressa à Isabel un regard dérouté. Sebastian se dépêcha de venir à sa rescousse : « Hendrik joue les taquins simplement parce qu'il est le pire joueur de nous tous. » Il bascula contre le dossier de sa chaise, amusé, et dit de sa voix grave : « Tu sais que nous passions nos étés avec une famille à Genève et un de mes cousins, un casse-pied de première, voulait tout le temps m'affronter et il s'amusait à lancer le volant le plus loin possible. Si bien qu'au lieu de jouer, je passais la majeure partie des après-midis à chercher ce maudit objet. Le fils de l'hôtelier a eu pitié de moi et m'a donné des cours particuliers. Surtout pour ne pas avoir à fouiller sans arrêt le jardin. » Puis il ajouta : « Maintenant, je maîtrise. »

Eva lui sourit, sans ouvrir la bouche.

Un ange passa.

Isabel prit son quartier de pomme. De nouveau, elle se sentait exposée : sa réponse sèche à Hendrik, le regard perdu de celui-ci. Elle porta le quartier à ses lèvres. Le fruit était acide. Elle se dit qu'Eva avait dû être la dernière à se coucher et qu'elle s'était réveillée ce matin avec un vague souvenir de ce qui s'était produit la veille dans l'espace étroit entre les deux portes, et songea : *Comme c'est embarrassant. Pourquoi ai-je fait ça ? C'est tellement embarrassant.*

La journée se poursuivit cahin-caha, par à-coups. Rapide un moment, lente le suivant. Hendrik dans sa chambre d'enfant, sur son lit, disant : « Bonjour, lit. » Sebastian secouant les draps, un tourbillon de poussière. Des pas montant et descendant l'escalier, une maison pleine de bribes de conversations : Sebastian et Hendrik, deux voix bourdonnant dans le bureau ; le bruit de l'eau au robinet que quelqu'un venait d'ouvrir à l'étage ; Eva et Hendrik fumant dans le jardin, discutant avec lenteur et sérieux. Il se montrait ouvertement plus aimable avec elle à présent, et elle le laissait faire.

Tous les quatre partirent se promener à travers champs. Hendrik voulait se perdre dans le maïs haut et Sebastian le lui refusa, à cause des serpents qui pouvaient vivre là. « Des serpents ? Qu'est-ce qu'il ne faut pas entendre ! » s'exclama Eva avant de disparaître entre les tiges, sa tête blonde jaillissant de la verdure par intermittence. Isabel bafouilla un « Non, ne… » que personne n'entendit parce qu'au même instant, Eva poussa un cri et ressortit au pas de course, battant l'air tout autour d'elle et disant : « Quelque chose… oh, quelque chose a frôlé ma… ! » Et Hendrik fut pris d'un fou rire.

Sur le chemin du retour, Isabel fixait l'arrière de la tête d'Eva. Lorsque cette dernière se tourna pour dire quelque chose, de profil, ses joues rebondies ébauchaient un sourire. Elle s'était illuminée dans les heures qui avaient suivi l'arrivée d'Hendrik et Sebastian : un oiseau gonflant ses plumes, un oiseau les lissant. Elle jouait les filles drôles, intéressantes. Empotées.

C'est si embarrassant, songea Isabel, et comme si elle lui donnait la réplique, Eva jeta un regard rapide dans sa direction. Isabel le soutint, un instant. Hendrik posa une question à Eva, qui battit des paupières, « Hum, pardon ? » Hendrik dut reposer sa question.

Isabel se laissait distancer. Sebastian vint marcher à côté d'elle, les mains jointes derrière le dos. Il y eut d'abord entre eux un silence de bonne compagnie. Puis Sebastian dit : « Vous êtes au courant pour ma mère. »

Ce n'était pas une question. Isabel prit son temps pour répondre : « Oui. » Et : « Je suis navrée de l'apprendre. »

À son tour, il réfléchit à sa réponse pendant un moment. « Vous étiez là quand votre mère… quand elle est tombée malade, non ? »

Isabel le lui confirma d'un signe de tête. « Je pense à elle tout le temps, dit-il. C'est étrange, avant cela, il pouvait se passer des jours sans qu'elle me traverse l'esprit. Maintenant, je m'inquiète. C'est comme si j'y étais déjà, en pensée. Mais je n'y suis pas. Je suis… » Il s'interrompit. Isabel voulait qu'il ne dise rien d'autre, elle voulait qu'il rejoigne les autres. Il n'en fit rien. Il dit : « Elle est encore lucide. Elle peut encore aller mieux. »

Devant, Eva prit le bras d'Hendrik et s'appuya brièvement contre lui.

« Vous partez bientôt, dit Isabel. Avant la fin de l'été, m'a dit Hendrik. »

Il s'essuya le front du dos de la main. La soirée était chaude. « À moins qu'elle n'aille mieux, oui. Isabel... » Il avait prononcé son prénom comme une imploration. « Avez-vous trouvé... Quand avez-vous trouvé que vous... » Il hésitait. Jamais il ne s'était adressé à elle de cette façon, si incertain, en quête de quelque chose. « Quand avez-vous décidé qu'il n'y avait plus de... que c'était sans espoir, que vous saviez qu'elle allait...

— Je ne... » Elle ferma la bouche. Essaya de nouveau, moins fort. « Vous devriez vous adresser à Hendrik pour ce genre de chose. »

Un autre bref silence. Sebastian redevint stoïque. Calmement, il rétorqua : « En fait, c'est Hendrik qui m'a envoyé vers vous. Qui m'a dit que vous pourriez... Il n'était pas là, à la fin, n'est-ce pas ? » Sebastian la regarda. « Vous, si. »

Isabel ne répondit rien. *Nous ne sommes pas pareils*, pensa-t-elle. *Nous n'avons rien à voir l'un avec l'autre.* Il avait Hendrik et Hendrik l'accompagnait. Elle, elle était seule. La pièce où sa mère était morte était vide depuis des années. À présent, Eva y dormait. Près d'une photo de sa propre mère sur la table de chevet.

Isabel dit « Excusez-moi » et accéléra, doubla Hendrik et Eva qui parlaient à voix basse et marcha devant tout le monde : d'un pas pressé vers la maison.

Du vin fut servi avant le dîner. Du vin fut servi pendant le dîner. Tous les quatre s'étaient massés au bout de la longue table, les conversations fusaient, sonores, de *Peux-tu me passer le… ?* à *Donc, tu dis avoir grandi à… ?* et à *Où est la grande cuillère, j'aurais juré qu'elle était…*

Isabel sentait une légère douleur pulsatile à l'arrière de sa tête, qui s'installait. Elle mangeait peu. Ils lui avaient tous fichu la paix, une fois rentrés. Sebastian n'avait pas essayé de poursuivre la conversation et à présent, Eva et lui discutaient des mérites des beaux yeux, des beaux sourcils. Hendrik, affalé sur sa chaise, inhalait de longues bouffées de sa cigarette en les observant tous les deux avec indulgence.

Sebastian disait de ses sourcils, tout à fait sérieusement : « Je crois que j'aimerais les avoir plus fins », et Eva répondait : « Ils ont une belle forme, sais-tu ce que c'est d'épiler un sourcil informe ? Non, n'y touche pas, ils sont parfaits.

— Ah, fit Hendrik en se penchant vers Isabel pour murmurer : Un compliment. Elle se l'est définitivement mis dans la poche. »

Isabel voulut répondre, mais Hendrik s'adressa à tous. « Et mes sourcils à moi, alors ? Et ceux d'Isabel, comment se défendent-ils, de quoi avons-nous écopé ? »

Eva le considéra avec un « hum » circonspect. Elle se tourna vers Isabel qui détourna le visage, pour ne pas se prêter au jeu. Ce qui fit rire Eva, un rire situé en un endroit imprécis entre gentillesse et méchanceté. C'était l'alcool, songea Isabel, qui la rendait ainsi. Qui les rendait tous ainsi. Eva se pencha en avant et dit : « Isabel, regarde-moi un instant. Laisse-moi voir. »

Isabel porta le dos de sa main à ses sourcils, pour les cacher. « Non, c'est ridicule », dit-elle, mais Hendrik, à côté d'elle, tira sur la main. « Oh, laisse-la simplement voir ! » Isabel se dégagea, agacée, mais Eva s'était levée à présent, et elle se penchait au-dessus de la table. Sa main était comme le feu devant le visage d'Isabel. Elle passa la pulpe du pouce sur son sourcil. Ses doigts étaient repliés, les jointures sur la joue d'Isabel. Elle recommença, lissa le grain des poils.

Isabel bougea à peine à son contact. Eva recula.

Sans que ce soit bien net, le dîner s'acheva et Hendrik les invita à le suivre au salon pour mettre un disque, et danser. La chaleur de la journée s'attardait : les manches étaient roulées, les fronts luisants. Quelques mouches, coincées à l'intérieur, rebondissaient des vitres au plafond et du plafond aux murs. Isabel avait plutôt prévu de débarrasser la table, mais on ne le lui autorisa pas : *Viens danser !* insista Hendrik. *Allez allez, on nettoiera plus tard, viens danser !*

Isabel refusait de danser. Assise dans le fauteuil, elle regardait les autres vaciller, ivres et sans coordination, à travers la pièce. Ils poussèrent la table basse, improvisèrent une piste de danse. Les disques étaient vieux, c'étaient ceux que les frères d'Isabel avaient achetés adolescents et qu'ils n'avaient pas emportés dans leur déménagement. Isabel n'achetait pas de musique. Elle ignorait comment s'y prendre. Hendrik choisit un chanteur américain pour la fête, quelque chose de pop et de familier. Ils dansèrent, fumèrent, se dandinèrent en chaussettes, puis une chanson entraînante devint un slow et Hendrik saisit la main de Sebastian – pour s'amuser, d'abord. Puis avec sérieux, puis avec détermination. Sebastian se laissa faire avec un petit sourire : il se serra contre lui, tourna la tête de côté, la joue contre l'épaule d'Hendrik.

Eva sembla perdue un instant. Hors d'haleine sur le bord du tapis. Elle remarqua, puis *remarqua* vraiment. Elle s'assit, les yeux sur les deux hommes. Ses cheveux s'étaient détachés, et ils lui collaient au visage, luisants de sueur. Elle était cramoisie. Pas seulement parce qu'elle s'était agitée, songea Isabel. Non, pas seulement à cause de ça.

Hendrik enlaçait Sebastian. Sebastian fredonnait doucement, une main dans le creux des reins d'Hendrik. Il n'y avait aucun doute possible, aucun. Ce qu'ils étaient, qui ils étaient, était une évidence, désormais. Isabel tenait ses mains bien serrées sur ses genoux.

Eva fixait le couple qui dansait. *Dis quelque chose*, songea Isabel, dans un bref accès d'audace. Eva avait les lèvres entrouvertes. Elle posa les yeux sur Isabel, comme pour une réponse. Le creux dans sa lèvre, la lueur de sa dent ébréchée. La nuit devenait floue. Eva était-elle allée souvent danser avec Louis ? La chanson s'acheva, la suivante démarra. Isabel buvait en silence et eux continuaient de danser. Sebastian finit par fatiguer et s'assit avec un murmure joyeux, un « Continue, continue, je me repose juste un instant ». Ce n'était pas qu'un instant : bientôt, il somnola contre l'accoudoir. Hendrik dansa avec Eva, le bras tendu, il lui tenait la main et la laissait passer dessous, en virevoltant. Lorsqu'il annonça qu'il arrêtait, Eva s'exclama : « Nooon ! » et dit : « Non, ne m'abandonne pas, encore une. Allez, encore une. »

Hendrik, deux taches humides sous les aisselles, se tourna vers Isabel. « Enlève-la-moi. Je n'en peux plus, dit-il. Je n'en peux plus. Je suis vieux. Je n'en peux plus. »

Isabel ne le prit pas au sérieux. Elle était toujours assise au même endroit, droite comme I. De nouveau, elle avait trop bu. Elle n'avait pas dansé sur une seule chanson et avait pourtant l'impression que si – elle avait chaud et elle était hors d'haleine. Hendrik s'assit à côté de Sebastian assoupi et lui fit un petit bisou sur le côté de la tête.

Eva, debout devant elle, lui tendait les deux mains. « Danse avec moi », dit-elle.

Isabel la considéra. La proposition, les paumes ouvertes. Eva portait un pantalon qui lui serrait trop la taille, le bouton saillait. Il laisserait une trace, assurément – des plis de tissu contre sa peau. On pourrait les sentir longtemps après le déshabillage : un soulagement, puis une douleur.

Isabel se leva sans accepter les mains tendues. Eva la regarda se redresser de toute sa hauteur, et leva les yeux. C'était un bop, les paroles disaient *I'd bounce to you, I'd bounce bounce bounce*[1] !

« Danse », lui dit Eva. Elle commença à se dandiner. Ses épaules bougeaient, ses hanches. Isabel ne savait pas comment faire ça, elle ne savait que regarder. Eva se mit à rire, nerveusement, elle secoua le bras d'Isabel d'un air joueur. « Allez ! Bouge un petit peu. »

Isabel n'en fit rien. Elle ne savait pas trop à quel jeu elles jouaient : repoussée puis tirée de nouveau sous les yeux des autres. Eva faisait-elle semblant, était-elle ivre, était-elle…

Le saphir crépita et lança le morceau suivant. Plus lent, bien plus lent. Eva marqua une pause, dit « Ah ». Elle se planta devant Isabel. Hésita, perdue semblait-il, puis décida – pour plaisanter, ou pour jouer, elle tendit les mains vers Isabel – lui interdisant tout autre réaction. Elle lui dit : « Viens. C'est juste une danse. »

Elle prenait les mains d'Isabel, à présent, et les posait sur ses hanches. Chaleur de la peau sous l'étoffe. Isabel chercha le regard d'Hendrik, paniquée, mais Hendrik était affalé contre Sebastian, il marmonnait, la tête tournée loin d'elles. Il ne leur prêtait aucune attention. Isabel tenta de se dégager, mais Eva la tenait fermement par les poignets. Elle s'assurait qu'Isabel n'allait pas la lâcher. Puis… elle la toucha. Remonta le long de ses bras, jusqu'à ses

1. Je sauterais vers toi, je sauterais sauterais sauterais.

épaules. Une étreinte, une danse. Elle les emportait toutes les deux dans un murmure titubant. Elles tournaient en rond. Eva devait cambrer le dos, un peu, pour maintenir son étreinte – elle pressa la poitrine contre Isabel, un battement de cœur, le moelleux de ses seins. Son haleine sur la gorge d'Isabel était une bouffée de fraîcheur.

Isabel la tira vers elle. Elle n'avait pas voulu ça. Elle était un ventre plein de vin, elle était deux mains tenant la belle courbe d'une taille. Elle était des doigts qui effleuraient, grimpaient... grimpaient le long de l'échine d'Eva et jusqu'à sa nuque. Frissons, peau moite, volutes de cheveux. Elle s'emplissait de son odeur. Elle replia les doigts dans sa chevelure, l'empoigna.

Eva murmura alors dans le coquillage de son oreille : « Isa. »

Les bras d'Isabel étaient pleins, puis ils furent vides. Dans un sursaut, elle recula et prit la fuite, disparut dans la salle à manger. Elle entreprit de débarrasser la table, sans voir ce qu'elle attrapait. Au salon, la chanson continuait. Elle parvint, sans trop savoir comment, jusqu'à la cuisine, elle n'avait pas le souvenir que ses pieds l'y avaient emmenée. Et Eva était là avec elle, qui lui prenait les assiettes des mains et la tirait vers elle en disant : « Viens... juste... »

Des pieds entremêlés, des bras. Dans l'angle, loin de la porte, cachées. La bouche d'Eva était proche, brouillonne contre la joue d'Isabel. Elle reposait les mains d'Isabel où elles s'étaient trouvées tout à l'heure : contre son dos, sa nuque. « Comme ça, soupirait-elle. Comme tu faisais, comme... »

Isabel recommença : les doigts dans la chaleur des cheveux d'Eva, elle tira. Eva frémissait contre elle, et Isabel ne voyait qu'une étendue de cils sombres, une bouche ouverte, puis rien : le rouge foncé de deux yeux fermés. Eva avait un goût de vin, un goût de bonbon à la menthe qu'elle faisait rouler dans sa bouche en dansant. Elle était chaude, brûlante à travers ses vêtements – agrippée aux épaules d'Isabel, elle la forçait à se pencher, elle se hissait. Quand Isabel la tira vers elle, la tête d'Eva bascula sans se faire prier. Le baiser fut soudain, puis dura... dura. Ralentit un peu, ralentit encore, avant un nouvel accès de fougue. Le mur sec et crayeux derrière la tête d'Eva, la main d'Isabel qui la tenait prisonnière... Le gousset secret derrière l'oreille d'Eva, sa peau fine ; le glissement de sa langue, la pulsation à son cou, lourde sous le pouce d'Isabel. Plus loin, la musique se tut, le disque était fini, le saphir crépita, sauta, se détacha du sillon. Silence dans la maison. Dans la cuisine, rien que le froissement des vêtements, le souffle des mouvements, leur baiser suave. Le doux soupir d'Eva, un *Ah !* comme un souffle chaud.

Le monde condensé tout entier, liquide, entre les jambes d'Isabel. Elle recula d'un pas et porta une main à son visage, à sa joue. « J'ai de la fièvre, dit-elle, et elle en était certaine. Mon Dieu, je crois que j'ai de la fièvre. »

Eva la suivit, lui attrapa la main en disant : « Laisse-moi voir, laisse-moi… » Elle posa la paume sur le visage d'Isabel, puis le dos de ses doigts sur son front, ses tempes. « Tu vas bien, dit-elle. Ce n'est pas de la fièvre. Chérie, ma chérie. Oh… »

Isabel vacilla, se laissa retomber contre elle. Dans le creux du cou d'Eva, elle sentit les pulsations d'un cœur contre lesquelles poser les lèvres.

8

Le lendemain, Hendrik décida qu'ils iraient se baigner. Il chargea tout dans la voiture tandis que le soleil vif du matin montait derrière les sapins. Le jardin sentait les conifères et, comme il ne portait pas ses lunettes de soleil, Hendrik plissait les yeux dans la lumière vive, une main de temps à autre en visière.

Isabel, adossée bras croisés à la portière de la voiture, l'observait. Elle lui dit, à voix basse, pour personne d'autre qu'eux deux : « Tu t'es montré imprudent, hier soir. »

Il ne l'écoutait que d'une oreille. « Hein ? » fit-il en réponse, tout en resserrant le torchon qui recouvrait le panier à pique-nique. Puis les mots prirent sens, avec un temps de retard. « Tu veux dire devant Eva ? Isabel, je t'en prie.

— Pas de je t'en prie avec moi. Tu es trop à l'aise avec ces choses. Trop…

— Ma chérie, elle savait, elle savait tout à fait, à quoi joues-tu ? » Il ferma le coffre. « Qu'est-ce qui te prend ?

— Elle savait ? » répéta Isabel. La robe qu'elle avait choisi de porter était déjà trop chaude pour la journée. Elle avait été distraite en s'habillant. Elle avait passé la matinée à chercher des traces dans le miroir, des traces sur son visage. Quelque chose, n'importe quoi, qui aurait indiqué ce qu'Eva et elle avaient fait. Elle n'avait rien trouvé. « Que veux-tu dire, elle *savait* ?

— Je ne sais pas, elle savait, c'est tout ! Elle m'a posé une question sur Sebastian un peu plus tôt et… oh, je ne me souviens pas, elle a simplement compris, sans que nous ayons formalisé quoi que ce soit. Ce n'est pas si étonnant, Isabel. C'est une fille moderne et il y a d'autres gens comme nous dans le monde, nous ne sommes peut-être pas les premiers qu'Eva ait rencontrés ou bien…

— Je *sais* qu'il y a… » Isabel s'interrompit, baissa la voix. Eva et Sebastian étaient à l'intérieur, en train de débarrasser la table du petit-déjeuner. La fenêtre était ouverte, et ici les sons portaient facilement. « Peu importe », dit-elle.

Hendrik vint s'adosser à côté d'elle. Il alluma une cigarette. « Mais tu la laisses dormir dans la chambre de Mère, dit-il.

— Je ne la laisse rien du tout. » En le disant, elle sentit les mots tournoyer sur eux-mêmes. Un mensonge, bien sûr. Elle *laissait* Eva faire. Elle l'avait beaucoup laissée faire. Elle ajouta aussitôt : « Louis lui a dit qu'elle pouvait s'installer là. »

Hendrik laissa échapper un grognement entre acquiescement et doute.

« Quoi ? » fit Isabel.

Il haussa les épaules. Une partie de son majeur était en train de blanchir, pile à l'endroit où il tenait toujours sa cigarette. « Je ne t'ai simplement jamais vue autoriser quoi que ce soit que tu n'aurais pas voulu au départ, dit-il, avant d'ajouter : Elle te fait du bien, je crois.

— *Du bien* ? » Un grand coup dans sa poitrine lorsqu'elle prononça ces mots. Des images de la veille au soir, rapides, terribles, trop vives. « Comment ça, du bien ? »

Hendrik était amusé de voir sa colère. « Elle t'a décoincée, dit-il. C'est chouette. »

Isabel ne put s'empêcher de le dévisager. Ne put s'empêcher d'écarquiller les yeux, avec un hoquet offusqué. Hendrik continua : « Tu as dansé hier soir, à présent tu viens te baigner. Qui aurait cru !

— *Décoincée.* Comme si j'étais… une serrure, comme si la rouille avait… » Sa voix eut un étrange raté. Elle se calma. « Je croyais que tu ne l'appréciais pas. Que tu la trouvais cruche. » Elle se rappelait Hendrik répétant sans arrêt le mot *mousseline* lorsqu'ils marchaient après être passés chez Louis. Elle se le rappelait très clairement, il cherchait simplement à se montrer méchant.

« Non, dit-il en faisant de grands gestes devant elle, sa cigarette entre les doigts. C'est toi qui ne l'appréciais pas. J'ai juste joué le jeu pour m'amuser. »

Elle allait rétorquer quelque chose, mais Sebastian et Eva venaient de sortir et s'avançaient vers eux, les mains levées eux aussi, en visière pour se protéger du soleil. « On est prêts ? » demanda Sebastian, sur quoi Eva enchaîna : « Il fait si beau ! » en lui prenant le bras. Elle portait le même pantalon que la veille. Le soir précédent, dans la pénombre de la cuisine, Isabel avait posé les mains sur cette ceinture, elle avait glissé les doigts sous le tissu, senti les coutures serrées.

Son cœur avait alors battu la chamade. Son cœur battait maintenant de nouveau la chamade.

Ce n'est pas de la fièvre, avait murmuré Eva, la bouche toute proche, mais Isabel avait continué à frissonner. Eva l'avait touchée, lui avait demandé de se taire, et Sebastian était apparu en titubant dans la pièce – à moitié endormi, pour un verre d'eau. Elles s'étaient séparées d'un bond. Isabel s'était tournée vers le mur, une main sur la bouche. Eva, partie dans la direction opposée, s'était lancée dans un joyeux bavardage. Sa voix tremblait. Sebastian avait du mal à suivre. « Tout va bien ? » avait-il fini par demander.

— Nous faisons la vaisselle, avait répondu Eva.

— Dans le noir ? s'était-il étonné.

— Oh ! » Eva s'était mise à rire, et Isabel s'était assez retournée pour la voir regarder autour d'elle. « Je n'avais pas remarqué. Que nous sommes bêtes. »

Pendant le petit-déjeuner, Eva avait évité de la regarder en face. À présent, assises sur la banquette arrière, elles y revenaient, à cette distance physique entre elles deux. Eva, le bras contre l'extérieur de la portière, les yeux fermés, offrait son visage au vent par la vitre ouverte. Les roseaux au pied de la digue étaient gigantesques, leurs épis touffus agités par la brise. Il y avait des moutons dans les prés, des bouts de leur laine étaient accrochés aux barbelés de la clôture. Isabel posa une main sur la place vide à côté d'elle. La poussa un peu, la poussa davantage. Et la laissa là.

« Tu sais, Eva, dit Hendrik en tournant la tête pour adresser ses mots à l'arrière de la voiture, Louis s'est bien débrouillé, pour une fois. Où donc t'a-t-il *trouvée* ? »

Eva partit d'un grand rire, un son discordant. « Trouvée ?! s'exclama-t-elle. Suis-je un gant perdu ? »

Isabel reposa la main sur ses genoux. *Idiote*, se dit-elle, avant de fermer les yeux. Elle ravala une aigreur remontée brusquement du fond de sa gorge.

Ils n'avaient pas choisi le lac où ils iraient. Hendrik avait proposé de partir vers les rivières de Black-Water et de voir sur place – s'ils trouvaient un endroit calme, où on pourrait s'amuser. Les cours d'eau de cette région entraient dans les terres comme des doigts, pour s'écouler ensuite en étroits ruisseaux ou se déverser dans des lacs artificiels.

Ils longèrent une grande cabane, en ruine depuis la guerre. Une série de bunkers abandonnés, tous alignés au sommet d'une digue. Le béton avait verdi au fil des années. Le métal saillait comme des barreaux. Des enfants en maillot de bain les escaladaient jusqu'au toit en pente pour s'y prélasser au soleil.

« Là-bas, vous en dites quoi ? fit Sebastian. Ça a l'air sympathique. Il y a des jeunes gens. » Puis, s'adressant à Isabel : « Est-ce que ce serait à ton goût, Isabel ? »

Il essayait de se montrer aimable avec elle, mais cela continuait d'avoir l'air d'une pique à ses dépens. « Là, c'est très bien », dit-elle sans regarder personne.

Le lac était récent, l'extrémité d'une rivière qu'une bombe avait agrandie : un cratère qui s'était rempli et avait fini par se relier au cours d'eau. Le long des berges herbues, il y avait des jeunes gens. Des filles longeant la rive en maillot de bain deux pièces, des garçons sautant de plongeoirs improvisés ; quelqu'un avait fait un feu pour des grillades ; un autre avait apporté une radio qui beuglait.

Isabel portait son maillot de bain sous ses vêtements mais elle n'enleva pas sa robe. Assise sur la couverture, sur le rivage artificiel, elle regarda les autres se déshabiller tout en bavardant, parfaitement à l'aise. Des jambes, des bras et une bande de ventre. Une brise joueuse courait après la digue, Sebastian se servit du panier à pique-nique pour tenir le bord de la couverture. Hendrik alluma une autre cigarette.

Elle ne baissa sa fermeture éclair pour enlever sa robe que lorsque les autres furent partis. Jamais elle n'avait été aussi à nu, à la merci d'autrui. Elle ne croisait le regard de personne, plongée dans un livre tandis que les trois autres entraient et sortaient de l'eau en courant. Ils revenaient pour boire, pour un quartier de fruit, du pain, restaient là debout, à dégouliner un moment – « Alors ce livre, Isabel ? » – avant d'y retourner aussi vite.

Isabel fixa la même page pendant plus d'une heure sans parvenir à en retenir un seul mot. *Comme ça*, avait dit Eva la veille au soir. Elle était impatiente dans les bras d'Isabel, comme si elle ne pouvait pas attendre, comme si elle avait besoin de quelque chose – une raison indéfinissable, un halètement urgent dans la bouche d'Isabel, avait poussé son corps à se presser aussi près qu'elle le pouvait. Isabel pinça la peau rugueuse sur son genou jusqu'à ce que le souvenir s'amenuise. Elle gardait les jambes bien serrées. Plus loin, Eva courait dans le lac, de l'eau jusqu'aux chevilles pendant que Sebastian la suivait d'un pas tranquille en fumant.

Hendrik vint se laisser tomber sur la serviette à côté d'Isabel. Il ramenait avec lui la fraîcheur de l'eau, en suspension dans l'air. Il fouilla dans son pantalon à la recherche de ses cigarettes et les trouva. Ils demeurèrent assis un moment, observant le jeu d'Eva et Sebastian qui se déroulait sous leurs yeux : Sebastian se mettant brusquement à courir et rattrapant Eva, laquelle lâchait un glapissement ravi, ils se poussaient et se tiraient joyeusement, du tir à la corde, Eva se laissant empoigner. Attraper, en riant à gorge déployée.

« Ils ne sont pas beaux à regarder tous les deux ? » commenta Hendrik. Il se tenait appuyé sur un coude. Il avait les cheveux mouillés, de l'eau lui coulait dans le cou et il affichait un étrange sourire – triste, heureux, ou las. Mais il avait raison : ils étaient beaux à regarder, en effet, on aurait dit une scène de film : le dos large de Sebastian, l'éclat du soleil dans ses boucles sombres, ses avant-bras plus bronzés jusqu'à l'endroit où il avait retroussé ses manches au printemps. Il avait passé les bras autour d'Eva qui lui tournait le dos, et elle le tenait par les poignets. La courbe de ses cuisses, la peau sur ses côtes, le doux renflement de son ventre sous son short de bain. Tous les deux sortaient du lot au milieu des baigneurs – plus mats de peau, plus nets. Plus dessinés. Le nez, le menton. De jeunes Italiens, peut-être, si l'on ne les regardait pas de trop près. À cette distance, le blond jaunâtre des cheveux d'Eva n'était pas si affreux. Ses frisottis s'écrasèrent contre la joue de Sebastian lorsqu'elle se tourna pour lui dire quelque chose. Il sourit, une effusion de fossettes.

Un couple en lune de miel.

« Ah, dit Hendrik. Une jolie supercherie. »

Isabel ne se touchait pas.

L'excitation, lorsqu'elle venait, était un désagrément, un accroc dans sa routine et une distraction. C'était une lourde couverture qui pesait sur son corps la nuit venue, une bouffée de miel dans les poumons. Jamais associée à quelqu'un. À aucun visage, aucun corps, aucune promesse de contact – jamais aucune promesse de contact. Elle montait et retombait avec la même imprévisibilité qu'une fièvre attrapée dehors, le même mystère désincarné – qui avait-ce été ? Qui avait toussé, qui l'avait mise dans cet état ?

Et presque comme avec une fièvre, elle en transpirait la part la plus méchante sous les draps. Il était rare qu'elle y cède. Elle détestait le vertige, la moiteur, l'excès qui accompagnaient cette expérience. Mais, quelquefois, les nuits d'été – les nuits d'hiver – quand la maison fredonnait son propre silence, une pièce vide après l'autre, elle se laissait plonger. Elle s'assurait qu'elle était toujours là : un corps, un cœur battant, une faim renversante entre deux jambes.

Elle ne traînait pas, impatiente que la chose se calme, que le mal arrive à son pic. Elle se fourrait un coin de drap dans la bouche, trouvait le bord de sa culotte, le rabattait, tirait, *frottait.* Elle ne pensait à rien, la tête vaste et vide. Parfois seulement, alors qu'elle y était presque, une pensée lui venait – pas une image, mais une voix. *S'il te plaît,* disait cette dernière. Simplement cela, rien d'autre. Un soupir, une libération. *S'il te plaît.*

Isabel plongea dans l'eau – le froid soudain l'avala. Elle resta sous la surface, nagea jusqu'à ce que l'absence d'air soit une douleur dans sa poitrine. Quand elle refit surface, le jour autour d'elle avait changé : le vent soufflait plus franchement. Un remous gris coléreux sur l'horizon. À l'aplomb de sa tête, le soleil de l'après-midi tapait encore fort, charpenté, mais de la fraîcheur se glissait dans l'haleine du vent.

Elle nagea encore, les yeux sur le mauvais temps qui venait lentement dans leur direction. La cime des arbres oscillait.

Les autres, sur le talus, mangeaient ensemble : du pain, du fromage, du raisin. Un grondement au loin, et tout le lac se retourna à l'unisson. Des hirondelles, points noirs sur l'orage d'été, montaient et descendaient en piqué.

Isabel remonta la pente en hâte, dégoulinante et tremblante, les bras serrés contre la poitrine. Vinrent les premières grosses gouttes. Hendrik jetait tout dans le panier. Sebastian tendit une serviette à Isabel en disant « Vite, vite ».

Ils coururent à la voiture, à moitié dévêtus. Tous étaient dedans à présent, sauf Eva qui se débattait avec son pantalon en riant, étonnée que le temps ait changé si vite. « Mon Dieu, on ne l'a pas vu venir celui-là ! On ne l'a pas vu venir ! » Son chemisier plaqué contre le haut mouillé de son bikini, deux auréoles.

Quand elle entra dans la voiture, son bras, froid, frôla celui d'Isabel, une caresse humide. Elle referma la portière derrière elle. Aussitôt, les vitres se couvrirent de buée. Hendrik essuya le pare-brise de son bras. La pluie tambourinait sur le toit. D'autres voitures s'en allèrent vers la route étroite, les pauvres cyclistes pédalaient comme ils pouvaient sous la pluie, certains encore en maillot de bain. Sebastian se demanda s'ils devaient rentrer. « Pourquoi rentrer ? s'exclama Hendrik. Pourquoi laisser l'été néerlandais nous chasser ? »

Ils allaient se mettre en quête d'une auberge, d'un café, d'un endroit où s'asseoir à l'abri de la pluie ; ils se sécheraient, se réchaufferaient, boiraient quelque chose. Ils se mirent en route lentement, désignant des bâtiments au loin : un toit qui dépassait au-dessus d'une digue, un moulin à vent qui abritait peut-être une brasserie. Ils trouvèrent un établissement à la sortie d'un petit village fait de deux rues avec une impressionnante vieille maison de campagne rénovée en une sorte d'hôtel ou de taverne. Plusieurs couples couraient vers l'entrée, un journal au-dessus de la tête. Vêtus de tenues de tennis. La pelouse était bien entretenue, vert vif.

« Ça m'a l'air bien », commenta Hendrik, sans que les autres réagissent tout de suite.

« Très bien », abonda finalement Sebastian. Sincère ou sarcastique, difficile à dire. « Tu devrais probablement remettre ton pantalon.

— Ah », fit Hendrik en considérant ses jambes nues. On lui tendit son pantalon. Il livrait un spectacle plein de maladresse, coincé derrière le volant. Tous coururent hors de la voiture d'un même mouvement. Il pleuvait encore plus fort maintenant. Eva, le visage mouillé, poussa une exclamation.

Il y avait un bar à l'arrière de l'établissement et ils n'étaient pas les seuls à y avoir trouvé refuge. Il flottait dans l'air une sorte d'amusement, une commisération réciproque face à la journée ensoleillée disparue, face au malheur partagé. Il y avait une grande cheminée contre le mur, et quelqu'un y allumait un feu. Les gens accueillirent la première flamme avec des cris de joie. Quelques enfants vinrent s'y réchauffer, les mains tendues, et l'humidité envahit la salle.

Tous les quatre prirent place dans un box. Sebastian alla commander leurs boissons et revint plus crispé que lorsqu'il était parti – tendu, les dents serrées. Comme il ne se rasseyait pas, Hendrik demanda : « Quoi ? Que s'est-il passé ? » À quoi Sebastian répondit : « Rien, peux-tu me donner mon portefeuille ? »

Hendrik tendit le bras vers lui. Sebastian l'esquiva, agacé. « Non, dit-il. Donne-moi juste ce maudit portefeuille, s'il te plaît, si tu veux ton verre. »

Hendrik s'exécuta, avant de se lever pour l'accompagner au bar. « Non, intima Sebastian, assieds-toi », si bien qu'Hendrik demanda : « Je ne peux pas t'accompagner ? Ce n'est pas autorisé ? » et se vit répliquer : « Ne fais pas d'histoires. » C'était un ordre. Hendrik, lorsqu'il répondit, répondit à côté : « Écoute, tu ne vas pas pouvoir tout porter toi-même. »

Sebastian céda sans un mot. Isabel fixait la table. Un vernis sombre, écaillé par endroits. Sous le vernis, on distinguait un bois plus clair, bien plus clair. Il n'y avait plus qu'Eva et elle à la table maintenant.

Eva respirait toujours comme si elle n'avait pas repris son souffle après avoir couru. « Ils ont refusé de le servir s'il ne payait pas d'abord », dit-elle.

Comme si c'était à Isabel qu'elle parlait. Comme si elle s'assurait qu'Isabel sache, qu'elle comprenne ce qui se passait. Ce n'était pas la première chose qu'elle lui avait dite depuis la veille au soir, mais cela en donnait l'impression.

« Je sais », dit Isabel. Le ton était plus sec qu'elle ne l'aurait voulu. Elle déglutit, puis sur cette vague d'émotion : « Je ne suis pas aussi nigaude que tu le crois. »

Le fond de la salle était une véranda ouverte. La pluie masquait la vue et l'extérieur n'était qu'une étendue verte où crépitait la pluie. Les plafonds étaient hauts, l'écho désagréable. Eva posa les coudes sur la table. Ses cheveux encore humides étaient plus sombres, son regard austère. « D'accord, dit-elle. Alors qu'es-tu ? »

Un souvenir revint à Isabel – les toilettes d'un restaurant, une chose issue d'une autre vie. Elle avait dit à Eva que Louis se lasserait d'elle. Et, sur le même ton qu'à présent, Eva avait répliqué : *On verra.*

« Je... » commença Isabel avant d'être interrompue : Sebastian et Hendrik revenaient, des verres dans les mains. Eva se tourna vers eux, tout sourire, son expression lavée, sans plus de trace de ce qui venait de se produire. Elle essaya de poser une question à Sebastian à mi-voix, et lui se contenta de dire : « Buvons simplement nos verres, s'il te plaît, merci. »

Eva s'enfonça vers le fond du box, et ils étaient maintenant assis deux par deux : Hendrik et Sebastian, une paire, Eva et Isabel… une paire. Isabel se décala, garda ses distances. Elle avait la bouche sèche et buvait trop vite, sentait déjà l'alcool lui monter à la tête. La journée au soleil l'avait fatiguée, l'eau aussi, la nuit d'insomnie qui succédait à une autre nuit d'insomnie, qui succédait à la présence d'Eva de l'autre côté du couloir, comme une pression du pouce exercée sur ses pensées.

Une conversation était en cours. Eva avait demandé à Sebastian qu'il lui parle de son enfance, et Sebastian commença par livrer des réponses compactes, des bribes d'information. Encore coincé dans son inconfort, encore mal à l'aise, il répondait ainsi à Eva : il était né à Alger. Non, il ne se souvenait de rien. Non, il avait quatre ans quand ils s'étaient installés à Paris.

Eva fit mine d'acquiescer sans insister. Isabel avait déjà entendu des fragments de cette histoire, des flashs, et elle savait que Sebastian n'en parlait jamais : il ne parlait ni du déménagement ni de ce qu'ils avaient laissé derrière eux, pas plus que des informations, désincarnées et lointaines, que la radio apportait parfois jusque dans les salons : sur la guerre civile, sur l'indépendance. Il ne mentionnait rien de tout cela. Il ne mentionnait que sa mère, jamais son père. C'était la fille d'un homme politique français, une famille de gens très importants. On ne l'avait pas autorisée à épouser qui elle voulait. Elle avait élevé

Sebastian seule. Ils vivaient avec la famille de sa sœur. *C'est comme ça*, disait-il en français quand il se lassait des questions. *C'est comme ça.*

Ce n'était pas ce qu'il était en train de dire, pour l'heure. Contre toute attente, il se détendait. L'alcool, la chaleur de la mélancolie. La lenteur avec laquelle Eva le poussait à continuer. Il parla de sa mère : tellement belle dans sa jeunesse, une beauté de star de cinéma. Trop jeune pour être mère, le cœur brisé, encore, elle faisait de son mieux. Pour l'élever, pour que la famille l'accepte, lui, l'enfant basané qu'ils cherchaient désespérément à faire passer pour blanc.

Isabel se souvenait de ce qui lui était venu lorsque Sebastian lui avait été présenté. *Un étranger*, voilà ce qu'elle s'était dit. Elle ne le voulait pas dans sa maison. Ne voulait pas qu'il touche ses affaires. Elle savait, aussi, ce qu'elle avait pensé d'Eva la première fois qu'elle l'avait vue.

Elle savait ce que cela faisait d'elle, quel genre de personne cela signifiait qu'elle était. Elle en rougissait à présent, tout à la fois indignée et embarrassée, puis Eva dit : « J'avais une tante à Alger. »

Sebastian se tut. « Avais ? »

Eva confirma d'un signe et finit sa bière.

Hendrik demanda : « Où est ta famille aujourd'hui, Eva ?

— Oh, fit-elle. Nulle part. » Puis elle jeta un regard à la ronde comme si elle attendait impatiemment la prochaine tournée. « À moins que certains ne soient quelque part, qui sait ? Ah ! Un autre verre ?

— Tous ? s'enquit Isabel. Ils ont tous disparu ? »

Eva lui prêta de nouveau toute son attention. Elle pivota sur son siège pour faire face à Isabel. « Oui, dit-elle. Tous. »

Isabel n'avait pas voulu se montrer désinvolte. Elle n'avait pas voulu être insultante. Elle aurait voulu le préciser, mais Eva continua : « Il n'y avait que nous trois, mes parents et moi, donc ce n'était pas... beaucoup pour commencer. Et tous les deux sont... bref... vous savez. Les tiens ne sont plus là non plus, donc tu sais ce que... » Elle prit une grande inspiration tremblotante, garda l'air dans ses poumons. Se pinça les lèvres.

Plus personne ne parlait. Eva finit par dire : « Bon, et si on parlait d'autre chose que la mort ? C'est triste et ennuyeux. Buvons encore, je vous offre un autre verre ? Je vous... »

D'autres verres suivirent. On commanda de la nourriture, la nourriture arriva. Des saucisses, des frites. Le soir tomba lentement : la pluie persistait, le bar se remplissait. Le maillot de bain d'Isabel était toujours mouillé sous sa robe. Ses cuisses collaient l'une contre l'autre, poisseuses. L'avant-bras d'Eva était un trait de chaleur à une main de distance du sien sur la table. La conversation redevint nostalgique, malgré la demande d'Eva : Hendrik racontait à présent une histoire sur leur mère à eux. Le jour où il était tombé dans le canal et où leur mère, refusant d'attendre de l'aide, avait plongé elle-même, avec sa jupe et tout le reste. Elle l'avait repêché, et ils avaient dû tous les deux rentrer à pied, trempés jusqu'aux os. Elle était grande, les coudes et les genoux anguleux, et ses vêtements collaient à elle comme un chien mouillé révélant sa véritable stature sous le faste de la fourrure : la peau et les os. Elle avait ramené à la maison un Hendrik tout tremblant, piteux et frigorifié, et pendant tout le trajet elle avait gardé une main sur son épaule. Quand des gens les regardaient passer, pauvres êtres trempés comme des soupes, Mère secouait Hendrik et disait : *Le nez devant.* Elle voulait dire : Ne fais pas attention à eux. Regarde droit devant toi.

Eva écoutait avec un regard tendre. Sur la table, sa main serrait son verre. « Une femme impressionnante, dit-elle.

— Oh, oui. »

Eva lâcha le verre. Posa la main à plat sur la table. « Elle adorait les lapins ? J'ai remarqué que partout dans la maison, tous les…

— Les lièvres, corrigea Hendrik.

— Les lièvres », admit Eva.

Une pause, où tout le monde sirota son verre. En fond sonore dans le bar, une station de radio locale diffusait de la musique, une musique triste qui montait dans les aigus et gémissait. « Ma cousine a eu un lièvre à un moment donné. Très mauvaise idée, bien sûr, de garder un lièvre à l'intérieur. Mais elle en rêvait, alors pour son anniversaire, mon oncle a juste… débarqué avec une de ces… de ces cages en roseaux avec… un lièvre. Un lièvre vivant. Tout le monde criait, les enfants étaient aux anges. Le pauvre lièvre, nous lui courions après dans la maison. Il bondissait de pièce en pièce, dans le jardin, affolé. Punaise. Il avait réussi je ne sais trop comment à grimper sur la table. Il avait cassé quelques assiettes. Notre plus belle vaisselle. Sur le moment, nous avions trouvé tout cela hilarant, mais… Pauvre bête.

— Qu'est-ce qui, demanda Isabel. Que lui est-il arrivé ? »

Eva lui jeta un regard de côté. « Ils l'ont relâché, dit-elle. Au bout de quelques jours. Ils ne pouvaient pas le garder. » Elle posa l'ongle dans un sillon du bois – une rayure dans le vernis – et gratta. « Ce n'est pas le genre de chose qu'on garde. »

La salle se réchauffait. Le feu, la foule. Hendrik, affalé contre le dossier, dormait à demi. Sebastian bâillait. Isabel, dit : « Nous devrions rentrer.

— Oh, impossible, répliqua Hendrik, théâtral, la tête dodelinant sur son cou. Je suis trop fatigué. J'ai trop mangé.

— Je peux conduire », dit Isabel, tout en n'en étant pas si sûre : elle se sentait vaseuse, les paupières lourdes, pas dans son assiette. Il pleuvait toujours autant et il faisait presque nuit, sans compter qu'elle ne connaissait pas bien le chemin.

« Restons ici. Restons ici, ils ont des chambres, non ? Ce sera comme des vacances. Qu'en pensez-vous ? Allez, faisons ça. Allons demander, qui sait, il leur reste peut-être des chambres, des…

— Oh, intervint Eva, je ne suis pas certaine que ce soit une…

— Je vais simplement demander, il n'y a pas de mal à se renseigner, non ? J'y vais, j'y vais », insista Hendrik qui ne semblait plus du tout fatigué : il poussa Sebastian hors de la banquette pour s'extraire du box et partit donc trouver quelqu'un pour en savoir plus.

« On n'a rien avec nous », remarqua doucement Eva. Elle semblait mal à l'aise. « Ni vêtement, ni… » Elle tourna la tête vers la véranda et le jardin au-delà, vers le rideau de pluie, vers l'orage désapprobateur qui donnait déjà au soir des airs de nuit.

Il y avait bien des chambres. Hendrik les réserva de son propre chef et rapporta triomphalement la nouvelle à la table : deux clés accrochées à des porte-clés en cuir.

« Deux chambres ? » fit Isabel, faiblement, à quoi Hendrik bafouilla en réponse : « Hum, oui, ils ont dit qu'elles avaient toutes les deux une douche, Seigneur, je tuerais pour une douche là, tout de suite, j'ai l'impression d'avoir passé la soirée assis dans une flaque et c'est… »

Les deux chambres étaient identiques : une moquette épaisse, deux lits simples bien séparés, des draps verts, un placard, une salle de bains. Les « bonne nuit » se perdirent dans un brouhaha d'excitation éreintée, puis les portes se fermèrent. Elles étaient seules. Le plafonnier était éteint ; la pièce seulement éclairée par les lampes de chevet en verre qui baignaient d'une lueur verte la chambre déjà verte.

Deux jours s'étaient écoulés depuis son dîner avec Johan. Deux jours depuis qu'Eva avait emporté la bouche d'Isabel dans un baiser. Deux jours qu'elles couraient l'une vers l'autre puis se ravisaient, reculaient, recommençaient. Qu'elles se jetaient des regards furtifs comme à travers les planches d'une palissade.

La pièce faisait l'effet d'une boule à neige – le silence, les voix qui leur parvenaient à travers les murs, étouffées et indéchiffrables. Eva lui tournait le dos, les mains sur les hanches, la tête basse. Ses cheveux qu'elle avait relevés une fois secs laissaient apparaître son cou.

Isabel s'assit lourdement au bord de l'un des lits. Elle attendit.

« Il s'est… » commença Eva. Elle frotta les mains contre ses côtes. Un geste de nervosité qu'Isabel lui avait déjà vu. « Il s'est passé de drôles de choses ces derniers jours.

— De drôles de choses, répéta Isabel d'une voix plate.

— Nous avons… » Elle pivota face à Isabel, elle était terriblement nerveuse à présent, le regard fuyant, le sourire tremblant. « Oh, nous avons agi un peu bêtement, non ? C'est juste… ridicule, avec… mais c'est, c'est juste, on ne devrait pas trop y penser, n'est-ce pas, Isabel ? Cela arrive, les baisers ne sont que… des choses et elles arrivent, et… Peut-être qu'il vaut mieux qu'on… seulement. Et si on n'en parlait plus du tout ? Ce serait mieux, non ? Louis sera de retour dans une semaine, bien sûr, et nous serons… nous serons comme des sœurs, et… Alors mieux vaut que nous…

— C'était un jeu pour toi, conclut Isabel à sa place. Tu cherchais à te… moquer de moi.

— Non ! Non. Pas le moins du… » Elle porta ses deux mains à son visage, se cacha les yeux, gémit de désespoir. « Je ne sais pas, Isabel ! dit-elle. Je ne comprends pas plus que toi.

— Tu ne sais pas ce que… » La voix d'Isabel avait flanché. Elle dut s'interrompre, déglutir. « Je n'ai jamais… Tu ne sais pas ce que cela, ce que cela signifiait pour moi, de…

— Mais que fais-tu ? » Eva fixait les mains d'Isabel, qui s'enfonçait les ongles dans la peau, qui se pinçait au sang. Elle fit un pas vers elle. « Arrête », dit-elle en lui prenant le poignet. Isabel la laissa faire. Leva les yeux vers elle, lentement. Elle était toute proche. Elle sentait le tissu mouillé. Elle était source de chaleur, aussi. Son ventre, si près, qui gonflait et se dégonflait en mouvements rapides.

Isabel tira un peu le bras que tenait Eva, doucement. Une façon de dire *Approche-toi.* Elle ouvrit les jambes. Eva tenait bon, un contrepoids – puis elle céda. Elle s'avança entre les genoux d'Isabel, un hoquet, et Isabel bascula, fourra le visage contre le ventre moelleux d'Eva. Tout doucement, celui-ci s'enfonça, la peau était si chaude à travers le tissu. Elle resta là un moment. Puis bougea, un geste on ne peut plus infime : elle pressa le nez, ouvrit la bouche. Les muscles d'Eva tressautèrent, une main se faufila dans les cheveux d'Isabel, et toutes les deux partagèrent un soupir – un son, un souffle à l'unisson – puis Eva n'était plus là : elle s'éloignait en pestant. Elle pénétra dans la salle de bains et ferma la porte derrière elle.

D'abord : rien. Le silence comme la peau tendue d'un tambour. Isabel était figée à l'intérieur, un sanglot coincé dans la gorge.

Puis le bruit de l'eau qui coule, celui de la douche. Il se prolongea longtemps. Isabel ne bougea pas. Quand la douche se tut et qu'Eva sortit serrée dans un peignoir, Isabel ne croisa pas son regard. Elle se leva et passa devant elle – sans la regarder, sans rien lui dire – pour aller s'enfermer à son tour dans la salle de bains. La chaleur y était prisonnière, la vapeur brouillait la vue.

Elle se déshabilla, couche après couche. Détacha ses cheveux. Ils avaient trop poussé depuis le début de l'été et lui arrivaient à présent jusqu'au milieu du dos, lui collaient à la peau. Elle trembla sous la douche, trembla sous la chaleur de l'eau. Baissant le bras, elle plaqua la main entre ses jambes.

9

Un bruit la réveilla au milieu de la nuit. L'orage s'était calmé, la chambre était immobile, toute en ombres tranquilles et portes closes inexpressives. Sommeil léger, bruits de pas inconnus dans les couloirs. Et puis ce son : un hoquet étranglé, un râle. Isabel se redressa dans le lit, le cœur battant, elle essaya de reprendre ses esprits, de reprendre possession de son corps, dans l'obscurité, et de se rappeler où elle était, qui elle était.

Et avec qui : Eva, emmêlée dans les draps à l'autre bout de la chambre. On aurait dit qu'elle suffoquait. Un bref instant, Isabel scruta la pénombre les yeux grands ouverts, pour en trouver la cause : une silhouette tapie dans un coin, les mains tendues, une menace. Mais il n'y avait rien, rien d'autre qu'Eva qui sursautait sous les draps. Isabel ne voyait pas son visage, elle ne parvenait pas à distinguer le reste non plus.

Elle se leva. Ses pieds ne la portaient pas vraiment. À tâtons, elle chercha Eva, ses épaules, son cou, quelque chose – un collier, un ruban, un semblant d'explication à cela. Il n'y avait rien. Un cauchemar, alors ? Isabel la secoua. « Eva, *Eva.* »

En se réveillant, Eva saisit Isabel à la gorge.

La prise était ferme. Isabel se débattit, Eva serra plus fort, les yeux hagards, aveugles dans la nuit. Isabel s'agrippa aux doigts d'Eva, cracha un « Eva » étranglé. Le poignet d'Eva était chaud. Elle haletait. Isabel éructa : « C'est moi, c'est Isabel. »

La main d'Eva se détendit. Elle se détendit puis lâcha prise aussitôt. « Isabel ? » dit Eva d'une voix faible. « Oui, c'est moi, répondit Isabel, c'est... » et elle se glissa dans le lit. La main d'Eva était toujours sur sa gorge, mais elle ne serrait plus. Eva se mit à respirer bruyamment dans les bras d'Isabel. Le peignoir s'était légèrement défait pendant la nuit et il glissait à présent entre les doigts d'Isabel. Elle tira Eva vers elle. « Chut, fit-elle en l'entendant sangloter. C'est moi, c'est moi. » À quoi Eva réagit « Isabel, Isabel », prononcé comme une déclaration, comme un rappel.

« Viens là », dit Isabel. Elle voulut lever le visage d'Eva vers elle. « Montre-moi ton visage, Eva. » Et comme Eva refusait, elle la serra plus fort. « Regarde-moi », dit-elle.

Une faible lumière venait de l'extérieur : peut-être un éclairage de secours à l'arrière du bâtiment, les feux arrière d'une voiture qu'on aurait laissés allumés. Eva leva le visage. Isabel lui essuya les joues.

Jamais Isabel n'avait fait l'expérience de ce genre d'étreinte. Jamais elle n'avait été si proche de quelqu'un dans la nuit. Elle posa le front contre celui d'Eva – sueur moite, peau chaude. Leurs nez se frôlèrent. La main sur la ceinture du peignoir d'Eva, Isabel serrait. Ce n'était pas un baiser, simplement une grande proximité. Isabel sentait la chaleur de ses lèvres. Ce n'était pas un baiser.

« Tu devrais retourner dans ton lit », murmura Eva.

Les mots frôlaient la peau d'Isabel. « Non », répondit-elle.

Eva émit un son, un gémissement. « Ce n'est pas une bonne idée, dit-elle, agrippée au col du peignoir d'Isabel. C'est mal, Isa. »

Isabel n'était pas sûre de comprendre à quoi elle faisait référence : à elles deux, à la nuit, à Louis, ou à tout cela à la fois. Eva s'endormit ainsi, dans les bras d'Isabel, le visage contre la gorge d'Isabel. Sa main qui s'était accrochée fermement au peignoir d'Isabel se détendit pendant qu'elle dormait, mais ne lâcha pas complètement prise.

Isabel resta éveillée. De temps à autre, un frisson se présentait mais elle le réprimait. Elle ne bougeait pas, ne voulait pas tirer de nouveau Eva de son sommeil. Elle paraissait si petite, et plus vraie que d'habitude. Sa peau douce et chaude, les battements de son cœur, tout proche. Elle avait les hanches arrondies et la chair sur ses côtes était grasse et moelleuse. Isabel voulait enfoncer les doigts en elle. Eva frissonna dans son sommeil, elle eut la chair de poule. Du pouce, Isabel caressa le côté de son cou, le cœur serré puis le cœur immense. Serré puis immense de nouveau. Avec le matin, arriva le plus pâle des ciels. Les ombres disparurent comme si elles n'avaient été rien d'autre qu'un regard sous l'ourlet d'une jupe – un bras que l'on soulève, des secrets du corps qui ne se révélaient que la nuit.

Le lit, lorsqu'Isabel se réveilla, était vide. Encore plein de la chaleur d'Eva. Elle ignorait quelle heure il était. La journée semblait trop bruyante : tout comme le soleil, les oiseaux, les gens devant l'hôtel, dans les couloirs et plus loin : tous trop bruyants.

Il faisait chaud dans la chambre. Isabel ne parvenait pas à donner une forme à ses cheveux. Debout devant le miroir de la salle de bains, elle essaya de les démêler entre ses doigts mouillés sans parvenir à les arranger. Elle avait le pourtour de la bouche irrité. On aurait dit qu'elle se relevait d'une maladie.

Elle trouva les autres au restaurant, assis à la même place que la veille au soir – Sebastian le dos contre la banquette, Hendrik en train de raconter quelque anecdote fabuleuse qui nécessitait de rejouer la scène avec de grands gestes. En approchant, Isabel ne pouvait voir Eva que de dos : sa posture légèrement voûtée, les contours de sa colonne contre le tissu blanc de son corsage – chaque vertèbre, jusqu'à la dernière, tout en haut.

Hendrik accueillit Isabel d'un grand *Hey ho !* Il lui prit l'épaule, la tira dans le groupe. Eva était de profil, les yeux baissés, illisibles. Le petit-déjeuner fut bref et Isabel prit le sien à une autre table. Ce qui fit rire Hendrik. *Ah, c'est comme ça !* Et Isabel n'eut rien à répondre. Elle s'accrochait à sa tasse de café comme à une bouée, le nez contre le bord. Sa robe de la veille était froissée, encore un peu humide.

Quand ils sortirent, Eva marcha devant comme si elle était plus pressée que les autres. Elle portait le panier à pique-nique au bout de son bras, ses jambes courtes avançaient vite. À la voiture, elle attendit qu'Hendrik déverrouille les portières et dès que ce fut fait, elle se rua sur le siège avant, ce qui fit rire Hendrik, pendant que Sebastian marquait une pause avant de dire : « À toi l'honneur, alors. »

Sur la banquette arrière, Isabel ferma les yeux et ne les rouvrit pas avant qu'ils aient pris la route. Toutes les vitres étaient baissées. Le vent, haleine chaude, s'engouffrait dans l'habitacle, la paume éclatante du ciel réchauffait le visage d'Isabel. Sebastian lui demanda calmement, une fois : « Tout va bien ? » Et d'une voix dure, Isabel répondit : « Bien sûr. » L'orage avait laissé des traces de son passage sur le paysage : arbres tombés, branches dans les digues. En réponse, la nature accueillait le jour avec des cris stridents : les insectes faisaient du bruit avec leurs ailes, les merles couraient et flûtaient, volaient et flûtaient.

Le trajet de retour fut silencieux ; une atmosphère tendue et distante s'était installée entre eux. Sebastian et Hendrik envisagèrent de partir directement à La Haye après être passés prendre leurs affaires à la maison, ils faisaient les questions et les réponses. *Avons-nous le temps de rester pour le thé ? Non, nous n'avons pas le temps de rester pour le thé.* Isabel se rendit compte qu'elle avait porté une main à sa gorge et que c'était dans cette position qu'elle se trouvait. Dans un sursaut, elle la reposa sur ses genoux.

À la maison, il y avait une voiture garée dans la longue allée. Isabel eut tôt fait de la reconnaître. Elle sut aussitôt qui ils allaient trouver, et elle avait raison : Johan, qui les attendait près de la haie avec une cigarette, en donnant ce qui ressemblait à des coups de pied à ses racines. Il semblait être là depuis un moment.

Hendrik ralentit et s'arrêta, à bonne distance. Tout le monde dans la voiture resta silencieux un instant, puis Hendrik dit : « Oh, Isabel. Que lui astu donc fait ?

— Je… » commença Isabel avant de s'interrompre. Elle rougit franchement, une réaction du corps, une chaleur spontanée. Johan les vit. « Hendrik, Hendrik, va le voir, le pressa Isabel. Je ne peux pas… je ne veux pas.

— Aller le voir ? Et pour lui dire quoi ? C'est pour toi qu'il est là, bien sûr, que veux-tu que…

— Ça m'est égal ! Vas-y, s'il te plaît, il est presque là, s'il te plaît… »

Hendrik obéit alors en pouffant, incrédule. Prononçant à mi-voix un *Bon, on dirait que je n'ai pas le choix*, il sortit de voiture. Fit quelques pas vers Johan, se mit en travers de sa route en lançant un « Johan, cher voisin ! »

Depuis la voiture, Isabel n'entendit pas le reste de la conversation, simplement son rythme – les voix, les basses. Les mains sur les genoux, elle attendit qu'ils aient cessé de parler. Elle leva les yeux une fois, surprit le regard d'Eva dans le rétroviseur, comprit que celle-ci l'observait depuis déjà un moment, et détourna la tête.

Devant eux, Johan acquiesçait avec insistance à quelque chose qu'Hendrik disait. Puis il sourit, serra la main d'Hendrik et fit un signe à Isabel – à tous les trois. Aucun d'eux ne lui répondit. Il s'en alla, retourna à sa voiture. Passa lentement à leur hauteur, la vitre baissée pour leur dire : « Alors à bientôt ! »

Hendrik revint d'un pas tranquille. Il entreprit de vider le coffre de la voiture. Il s'était allumé une cigarette. Tous le rejoignirent et Isabel demanda : « Que lui as-tu dit ? » À quoi Hendrik répondit : « Oh, il était inflexible, *inflexible*.

— Inflexible à quel sujet ?

— Tu lui as promis un autre rendez-vous. » Hendrik avait son sac sur son épaule, et les serviettes de plage en portefeuille sur le bras. « Apparemment.

— Je ne lui ai rien… » Mais il avait bien été fait mention de quelque chose de la sorte, un *Bientôt ?* de Johan suivi d'un simple marmonnement d'Isabel, d'un vague oui. L'odeur de vin dans l'haleine de

Johan, sa main trop proche de ses seins. « Je voulais dire un jour. Pas… pas si vite ! »

Hendrik haussa les épaules. « Eh bien, dit-il. Il vient dîner ce soir, donc c'est réglé.

— Dîner…

— Tu ne m'avais pas donné d'instructions, Isabel. Tu m'as juste envoyé vers lui. » Il se dirigea vers la maison. Isabel le suivit, moins d'un pas derrière lui, en colère et assurant qu'il n'avait aucun droit d'inviter quiconque en son nom, et affirmant qu'elle ne pouvait pas cuisiner, que Neelke était partie pour la journée, qu'elle n'avait aucun moyen de préparer à dîner, et qu'elle…

« Va faire des courses, Isabel. Débrouille-toi. » Il ouvrit la porte comme il put : une cigarette entre les lèvres, les bras chargés, une seule main disponible pour manipuler la clé. « Et puis, dit-il, il s'attendra forcément un jour ou l'autre à ce que tu cuisines pour lui, de toute façon. »

Sebastian les suivait sans se presser. Pas Eva. Elle était toujours près de la voiture, le panier à pique-nique à ses pieds. On aurait dit une enfant punie.

« Comment ça, un jour ou l'autre, que veux-tu dire ?

— À ton avis », répondit Hendrik en entrant. Isabel se figea sur le seuil. Sebastian, en arrivant à sa hauteur, lui glissa : « Tout va bien se passer, Isabel. » Il posa la main sur son bras – une pression de ses doigts, du réconfort. Isabel regarda la main.

Le regarda lui. Il la lâcha. Il se racla la gorge et suivit Hendrik.

À l'autre bout du chemin, Eva ne bougeait pas, le regard bas. Isabel attendit. La bouche sèche, la gorge aussi. Pour finir, Eva ramassa le panier et approcha à son tour. Elle prenait son temps, le poids du panier au bout d'un bras, puis au bout de l'autre, et ainsi de suite. À quelques pas de la porte, elle s'arrêta. « Je peux t'aider à cuisiner, tu sais », dit-elle.

Son visage portait les marques de sa mauvaise nuit, lui aussi. Ses cheveux étaient un plumeau jaune dans lequel se prenait la lueur de la lune.

« Non, fit Isabel.

— Je peux.

— Pourquoi ferais-tu ça ? » La question était sérieuse. Isabel tenait à entendre la réponse.

Eva dit : « Peut-être que… » Elle hésita. « Peut-être que ce serait bien. Mieux que… Oh, ce serait bien pour toi d'avoir la compagnie de… Tu apprécierais, ce serait amusant, vois-tu. Tu t'amuserais et tu verrais que, tu verrais que… que… tu verrais… »

Eva ne parvenait pas à aller au bout de sa pensée. Elle voulait qu'Isabel comprenne quelque chose qu'elle ne comprenait pas.

« Je verrais quoi ?

— Isabel. » Un coup d'œil rapide vers la porte, puis le regard à nouveau sur Isabel. « Isabel. Il t'aime vraiment bien. »

C'était ainsi qu'Eva l'avait formulé, avec de grands yeux presque implorants. Elle voulait amener Isabel dans une direction – l'éloigner. Isabel dit : « Tu veux te débarrasser de moi. »

Eva ne répondit rien. Un son sortit de sa bouche, un son bref, et Isabel n'attendit pas la suite : « J'ai compris », dit-elle, puis elle s'éloigna – dans l'allée, vers la route. Après la maison : dans la campagne, vers deux vaches dans un pré. L'horizon seulement masqué par un bosquet d'arbres. Elle regarda derrière elle une fois et aperçut Eva, un point au loin, immobile, toujours dans l'encadrement maintenant sombre de la porte.

Isabel marcha une heure. Sa robe sécha sur sa peau. Elle essaya de faire venir des vaches vers elle, pour les caresser, mais une seule approcha, pour repartir presque aussitôt quand elle comprit qu'Isabel n'avait rien de comestible à lui offrir.

La faim la ramena à la maison. Elle entra par la cuisine. Eva s'y trouvait, un tablier sur une robe propre. Elle cuisinait. Une casserole sur le feu, la porte ouverte afin de laisser la vapeur d'eau s'échapper. Le cœur d'Isabel fit un bond, lourd de tristesse.

Eva se tourna vers elle aussitôt, s'essuya les mains dans un torchon et avança d'un pas, comme pour lui dire quelque chose – lui livrer une explication, engager une conversation. Isabel le lui refusa, elle ne voulait pas l'entendre et devoir affronter ce qui était en train de se passer : la ruse du dîner, qui semblait avoir été imaginée tout entière pour l'écarter. Pour la confier à quelqu'un d'autre. Elle entra dans le cellier et, une fois protégée par la porte, lança : « Hendrik et Sebastian sont partis ?

— Oui, répondit Eva avec un grand soupir. Ils m'ont dit de te dire au revoir. Ils ont dit... »

Isabel se tenait à la poignée de la porte. Elle sentait l'empreinte du soleil à l'arrière de sa tête. « Ils ont dit ?

— Ah. Hendrik espérait que tu pourrais... »

Isabel prit une demi-miche de pain sur la table. Sans s'asseoir, elle en beurra une tranche. D'une main, elle rabattit ses cheveux vers l'arrière, essuya la sueur sur son front. Elle mangeait trop vite. Une chaleur embarrassée lui monta aux joues alors qu'Eva la regardait. « Hendrik a dit qu'il espérait que tu viendrais le remercier plus tard », dit cette dernière.

Le remercier. L'humiliation lui serra la gorge. La dernière bouchée de pain à la main, elle dit : « Comme c'est gentil.

— Isabel. Tu... tu comptes pour moi, tu sais. Ce n'est pas que je...

— Ne mets pas la pagaille dans la cuisine. Nettoie tout quand tu auras fini. » Elle posa le reste de sa tartine, essuya les miettes sur ses doigts. Elle avait la voix dure et ferme, exactement telle qu'elle la voulait. « Pas touche à la porcelaine dans la vitrine. »

En haut, dans la salle de bains, elle s'essuya le visage avec une serviette rêche, se fit couler un bain, dans lequel elle se laissa glisser. Il y avait un bleu sur sa cuisse dont l'origine lui échappait. Le soleil filtrait à travers les rideaux en crochet, dessinant des formes sur l'eau, sur le sol. La vapeur envahit la pièce. La ventilation reliait l'étage au rez-de-chaussée et à travers les clapotis paisibles de l'eau de son bain, Isabel entendait le bruit métallique des poêles et des casseroles. Une cuillère contre le bord d'un bol. Un feu de la gazinière qu'on ouvrait, le gaz qui montait, puis la flamme.

On ne la voulait pas. Il n'y avait rien d'autre à dire : elle avait appris le désir, brièvement et avidement. Un jour, deux jours. Elle en avait appris les contours, et la saveur succincte. Elle avait tendu la main, comme une idiote, et on ne voulait pas d'elle en retour. Elle n'était pas Louis. Elle n'était pas Hendrik.

Et dans une maison trop lointaine, dans une pièce donnant sur une roseraie, Johan pensait à elle. Il s'apprêtait à venir la trouver.

Debout devant son placard, en sous-vêtements, elle se souvenait de la main de Johan sur sa jambe, sur sa peau nue. Elle opta pour son unique pantalon, celui qu'elle portait le plus souvent pour jardiner. Un pantalon à la taille haute, ample aux genoux. Un vieux chemisier blanc devenu gris au fil des lavages et du temps, avec au col un bouton manquant. Elle se tressa les cheveux en vitesse, volontairement mal. Les tresses ne lui allaient pas, leur côté enfantin jurait avec la sévérité de ses traits.

La maison sentait la nourriture. L'odeur lui retourna l'estomac. Le bout de sa tresse humide dessinait une auréole dans le dos du chemisier. Isabel nourrissait l'idée encore vague de se débarrasser d'Eva, et de le faire avec cruauté – d'exiger qu'elle aille manger dans sa chambre. Qu'elle ne descende pas de la soirée. L'idée en soi était pitoyable. Triomphante et pitoyable.

Mais Eva avait déjà dressé la table – dehors, dans le jardin, à l'ombre du parasol. Elle n'avait d'elle-même sorti que deux assiettes, et non trois. Elle était en train de poser les verres lorsqu'elle vit qu'Isabel était sortie de la cuisine. Elle se figea. Confuse un instant, le regard fuyant. Ses yeux s'attardèrent quelque part à hauteur de la taille d'Isabel. Sur le bouton de son pantalon.

Le soir tombait lentement. L'air sentait l'écorce de pin tiède. « Tu as fini ? » dit Isabel.

Eva confirma d'un signe. Elle marqua un silence puis dit : « Tu devrais... lui dire que c'est toi qui as cuisiné. Ça lui plaira.

— Que vas-tu faire ? » s'enquit Isabel. Elle avait eu l'intention de donner des ordres, et à la place, elle se contentait d'une question. « Lorsqu'il sera là ?

— Oh, je... Ne t'en fais pas pour moi.

— Je ne m'en fais pas », répondit Isabel.

Cela fit sourire Eva, mais d'un sourire sans joie. Elle avait joliment dressé la table de jardin : une nappe, deux bougies. Un bol dans chaque assiette. Les jolis verres, en cristal ciselé. Isabel résista au brusque élan qui vint soudain exiger d'elle qu'elle aille vers Eva, qu'elle pose les mains sur Eva – secouée, elle ne bougea pas, un arbre affrontant vaillamment la tempête.

Ce fut Eva qui vint vers elle. Un pas, puis elle s'arrêtait – un autre pas pressé, puis une pause. Il aurait suffi qu'elles tendent le bras pour se toucher. Les joues d'Eva s'empourprèrent. « Ta tresse est de travers », articula-t-elle, d'une voix hésitante, comme si elle ignorait pourquoi elle l'avait dit.

Isabel la considéra.

« Mon Dieu », fit Eva, dans un sanglot. Puis, prise d'une panique aux contours flous : « Je ne... je ne veux pas me passer de toi, mais qu'est-ce qu'on peut faire, Isabel ? Qu'est-ce qu'on peut avoir ? Louis est... La maison... Isabel, tu ne vois donc pas ? Pour finir, il ne restera plus rien. Tu ne vois donc pas que ce sera simplement...

— Non, la coupa Isabel. Non, je ne vois pas, je ne peux pas. Il doit y... »

Une voiture approchait. Eva ravala un mot, une interjection, elle se détourna, reprit contenance, tourna le dos à Isabel. Isabel avança vers elle, lui prit le coude, dit : « Ne nous laisse pas, dîne avec nous, s'il te plaît, ne me laisse pas seule avec lui, reste, il faut que tu restes.

— Je ne peux pas, dit Eva.

— Si, tu peux, insista Isabel. Tu vas le faire. »

Le regard que lui décocha Eva était sombre. Sa bouche donnait l'impression qu'elle était en colère. Ce n'était pas de la colère. Isabel le reconnut cette fois. Elle en trouva l'écho en elle, un frisson. Ce n'était pas de la colère du tout.

Elle entra dans la maison et attrapa une assiette, un bol, pour dresser un troisième couvert à table.

Johan ferma sa portière et s'avança vers elle. Il avait plaqué ses cheveux vers l'arrière, avec de l'eau, de la gomina. Il arrivait accompagné d'un nuage envahissant d'eau de toilette. Il les salua de la main avant de leur dire bonjour. Il posa un court instant les yeux sur Eva, curieux de la trouver là, vaguement agacé par sa présence. D'abord, il s'avança vers Isabel : se pencha vers elle, lui fit trois bises. Lentement. Une main sur sa taille. « Je t'ai attendue », dit-il, à voix basse, dans le creux de son oreille. Il restait un frisson en elle, qu'il prit pour de l'excitation, si bien qu'il lui adressa un franc sourire.

À Eva, il tendit la main. « Bonjour, dit-il. Vous êtes une amie ? Vous partiez ?

— Eva reste, dit Isabel avant qu'Eva ait pu répondre. Elle... loge ici. Avec moi, à la maison. » Un frisson, de nouveau, en prononçant ces mots. Elle ne parvenait pas à les contrôler, ne parvenait pas à les prononcer sans affect. « Elle va rester pour dîner.

— Oh. » Johan vit la table : trois couverts, dont l'un dressé à la va-vite. « Je croyais, Isabel, que nous aurions la chance de...

— Je pourrais... » commença Eva, aussitôt interrompue par Isabel, d'un :

« Eva est une invitée. Elle va manger avec nous.

— Ah, dit Johan en basculant sur ses talons, pour afficher de la nonchalance, avant d'ajouter : Plus on est de fous, plus on rit, j'imagine. Et c'est une chance de rencontrer les amies d'Isabel, bien sûr, un privilège. Je suis sûr que vous avez passé la journée à cuisiner, à travailler dur, non ? Pour me gâter. J'en ai de la chance. »

Il pénétra dans la cuisine en se frottant les mains et en s'extasiant de l'odeur. Annonçant à quel point il avait déjà faim, combien il avait hâte. Dès qu'il eut disparu, Eva ferma les yeux. Isabel effleura sa main : son petit doigt contre le petit doigt d'Eva. L'un accroché à l'autre, brièvement.

Avec quelle promptitude le ventre de la détresse devint alors espoir, comme la peau d'un fruit cède sous l'effet de sa chair trop mûre.

La chaleur se diffusa dans l'air du soir. Les grenouilles des canaux d'en bas s'aventurèrent sur terre, sur la propriété. Le dîner alla cahin-caha, pénible, lent. Et même si l'air était léger et si les bougies brûlaient joliment, Isabel, verrouillée dans son corps, attendait qu'il s'achève. Johan ne semblait rien remarquer. Il était assis tout près d'Isabel et, les jambes bien écartées sur sa chaise, il parlait. Racontait les mêmes histoires que l'autre soir : sa mère, son collègue Willy, le bateau. Et sur la nourriture, il répétait sans cesse : « Je suis difficile, tu sais. Très difficile. Mais c'est presque bon, je dois le reconnaître. C'est très bien, vraiment très bien. »

Eva avait préparé un genre de pain qu'elle avait cuit au four. Elle avait préparé un genre de plat à base de pommes de terre, râpées et frites. Elle avait glacé des carottes avec du miel. C'était bon, c'était très bon. Isabel en goûta peu. De l'autre côté de la table, Eva n'intervint que pour dire : « Isabel est une très bonne cuisinière, vraiment. » À quoi Johan réagit d'un « Ah oui ? » alors Eva ajouta : « Très honnêtement, la meilleure que je connaisse. »

Elle continua à dire des choses de ce genre, dans un souffle, entre deux gorgées de vin. « Isabel est très jolie ce soir, vous ne trouvez pas ? » À quoi Johan répondit « Très » en jetant un regard par en dessous vers Isabel. Eva demanda : « N'avez-vous pas toujours admiré la manière dont elle tient son jardin ? » Et Johan dit : « Maintenant que vous le mentionnez… » Puis elle demanda : « Vous savez ce que j'ai toujours admiré chez Isabel ? » Et Johan répondit : « Je sais que vous allez me le dire. » Alors Eva dit : « Son honnêteté. »

Isabel s'empourpra. Elle rentra remettre de l'eau dans la carafe. Loin des regards, elle passa la main sous le robinet et la posa contre sa joue, puis contre l'autre. *Vivement que cela se termine*, se disait-elle. *Vivement, vivement, vivement…*

Quand elle revint, Johan se leva de sa chaise. Il posa sa veste sur son bras, avant de suggérer : « Et si nous allions nous promener, Isabel ? »

Eva, toujours assise, rassemblait les assiettes. Elle ne leva pas les yeux pour la regarder.

Isabel dit : « Je… je devrais. Aider à débarrasser.

— Eva a dit que ça ne la dérangeait pas. » Johan tendit le coude à Isabel. « N'est-ce pas Eva ?

— Ça ne me dérange pas du tout », lança Eva d'une voix charmante, l'imitation d'un rire. Elle n'avait toujours pas levé la tête. « Allez-y, allez-y tous les deux ! Profitez-en !

— Eva », articula Isabel.

Les gestes d'Eva ralentirent. Pleins d'une détresse tremblante. Pleins de certitude, aussi. « Allez-y », insista-t-elle.

La soirée avait échappé à Isabel. Elle ouvrit la bouche sur un mot silencieux, puis la referma. Elle était lasse. Elle prit le bras de Johan. Soupirant d'aise, il eut un geste qui signifiait : allons-y. Il les entraîna tous les deux dans l'allée. Le muscle de son bras tendait la couture de sa chemise : il l'avait prise une taille trop petite. Son eau de toilette, à cette distance, sentait si fort qu'Isabel avait l'impression de la goûter.

Il choisit un chemin longeant un canal bordé de roseaux. Les tiges jaunes et hautes se balançaient lentement contre le crépuscule éclatant. « Ton amie t'adore », remarqua Johan.

Isabel était incapable de répondre. Elle ne parvint qu'à marmonner son consentement.

Ils avançaient le long du chemin. « Tu es très belle ce soir, dit-il. Cette coiffure. » Il passa un bras devant elle pour poser sa tresse sur son épaule. Pour coincer une mèche derrière son oreille. Isabel eut un mouvement de recul. Prenant cela pour de la timidité, il réagit par un *tss* désapprobateur plein d'indulgence. « Même s'il est vrai que je te préfère en robe », dit-il en posant la main sur celle qu'Isabel avait à son bras. Le geste était pesant.

« Rentrons, dit-elle.

— Dans un petit moment », répondit-il en lui faisant faire tout le tour du pré, prisonnière contre son flanc.

Lorsqu'ils rentrèrent à la maison, le soir avait eu le temps de tomber vraiment. Il n'y avait plus rien sur la table de jardin. Eva n'était plus là. Isabel voulut récupérer sa main, pour prendre congé de lui avec un *bonne nuit*, mais il refusa de la lâcher. « Johan », dit-elle. « Isabel », dit-il. Comme s'il s'agissait d'un jeu. Il la fit reculer de quelques pas. Contre le tronc d'un arbre. Il se plaqua contre elle, avec résolution. Elle le sentait à travers son pantalon – elle le sentait lui, dressé et excité. Elle étouffa un cri et, il se méprit sur son sens, approcha son visage et dit : « Je t'apprécie vraiment, Isabel. » Il pouffa, une sorte de rire. « Ces petits jeux auxquels tu joues…

— Johan », dit-elle de nouveau, consciente du ton qu'elle avait : hors d'haleine, suppliant. Elle était sur les nerfs depuis le début de la soirée. À table, tout à l'heure, son cœur battait vite, elle avait rougi, la proximité de quelqu'un d'autre avait fait monter en elle excitation et envie – le souvenir des mains d'Eva dans ses cheveux, qui les tiraient. L'ombre grandissante d'un regard lorsqu'Isabel avait dit *Tu peux. Tu vas le faire.*

Son désir s'embrouilla et la main de Johan sur ses côtes lui fit cambrer le dos, un quiproquo, alors il l'embrassa. Elle laissa faire un instant, puis se détourna. Sa langue était lourde dans la bouche d'Isabel. Il lui embrassa la joue, le cou. Elle haletait sous lui. À l'étage, une lampe était allumée et lorsqu'Isabel leva les yeux, les rideaux – prestement – se tirèrent.

Elle le repoussa. « Je dois… » Le repoussa encore. « J'ai une invitée, Johan. »

Il s'écarta et s'avachit à côté d'elle – épaule contre le tronc de l'arbre. « Et alors ? dit-il en la regardant avec un sourire. Elle ne peut rien voir de toute façon. Ça lui sera égal. »

Isabel remit son chemisier en place. Elle voulait se laver la bouche. Elle voulait être dans la maison. « Bonne nuit », dit-elle.

Johan grogna. « Isabel ! » Il avait les deux mains dans les poches, le tissu tendu sur son entrejambe. Elle s'éloigna, prise de vertige. Il répéta : « Isabel ! et se mit à rire. Tu t'en vas ? Vraiment ?

— Bonne nuit, dit-elle sans se retourner.

— Bonne nuit », répondit-il, incrédule.

Elle verrouilla la porte de la cuisine derrière elle. Elle tremblait. Avec sa tresse, son pantalon, elle se sentait étrangement vulnérable. Quelque part dans la maison : Eva. Seule. Quelque part dans la maison. Les portes étaient verrouillées. Les lumières éteintes.

Isabel attendit dans la cuisine que la voiture de Johan ait disparu au bout de l'allée. Neuf minutes entières s'écoulèrent sur l'horloge. En s'éloignant, il klaxonna et le son vibra à travers elle.

Ses lèvres avaient séché. Elle défit sa tresse – ses mains nerveuses la démangeaient, voulaient ôter quelque chose. Elle monta. Là, au bout du couloir, la porte de l'ancienne chambre de sa mère était entrouverte, à peine. Un doux rai de lumière. Eva était assise au bord du lit, en vêtement de nuit – de la soie rose poudré. Qui attrapait la lueur orange de la lampe de chevet comme un soleil haut sur la mer.

Eva se tenait les mains sur les genoux, une position peu naturelle. Elle attendait Isabel. Elle savait qu'Isabel viendrait la trouver.

Eva leva la tête. Isabel entra. La porte se ferma derrière elle.

10

En l'espace d'une seconde, la distance jusqu'au lit sembla vaste comme une prairie, un horizon ténu ; elle la considérait sans savoir combien de temps il lui faudrait pour la parcourir. Elle la considérait en se disant *Cela va être interminable.*

Eva dit alors : « Tu l'as laissé t'embrasser. »

Le montant de la porte s'enfonçait dans le dos d'Isabel. Elle s'en écarta. « Tu l'as laissé m'emmener », rétorqua-t-elle.

L'étincelle d'une émotion. Eva serra les dents. « As-tu… » Elle était toujours assise, le dos raide. « As-tu aimé ? » demanda-t-elle avant de détourner aussitôt le visage. Elle parlait du baiser. Du baiser de Johan. Elle ne paraissait pas du tout disposée à entendre la réponse.

Comment le sait-on ? lui avait demandé Isabel, à peine quelques jours plus tôt – un peu poussée par l'alcool, de manière un peu irréfléchie. Et Eva avait répondu *Tu devrais simplement le laisser faire. Pour avoir la réponse.*

Puis elle avait embrassé Isabel. Et elle l'avait embrassée encore, et encore, et encore.

« Non », asséna Isabel. D'un ton pressé, plein de véhémence.

« Tu as rougi très joliment pour lui ce soir. Tu pouvais à peine parler lorsqu'il était là. »

Les trois pas qui séparaient la porte du lit n'existèrent plus. Isabel vint s'écrouler aux pieds d'Eva et dit : « Ce n'était pas pour lui. » À genoux entre les jambes d'Eva, elle lui agrippa les cuisses et remonta… remonta jusque sous l'ourlet de son short. L'air du soir lui avait rafraîchi les mains, et la peau d'Eva était chaleur, le grain de ses poils rugosité. Eva soupira, l'air sortant de ses poumons comme un coup de poing, elle ouvrit les jambes pour Isabel alors qu'Isabel lui disait : « Tu le sais. Tu sais que ça n'était pas pour lui. »

Elles étaient les yeux dans les yeux, installées ainsi : Isabel à genoux et Eva au bord du lit. Elles étaient proches et les mains d'Eva tenaient fermement les épaules d'Isabel. Leurs nez se frôlèrent, leurs joues se collèrent, puis Eva détourna le visage. Et revint. Isabel laissa échapper un gémissement, serra les doigts sur les cuisses d'Eva, qui haletait – souffle chaud sur ses lèvres.

Le tapis grattait sous ses genoux. À travers le tissu, à travers le pantalon. De la sueur le long de son échine. Elle ne voyait d'Eva que les battements de ses cils, que ses yeux baissés qui regardaient la bouche offerte. Elle sentait les doigts d'Eva appuyer contre sa nuque.

« Dis-moi non. » La voix d'Isabel, rauque entre elles deux. « Eva. Dis-moi oui ou non.

— Je ne peux pas », répondit Eva en saisissant la bouche d'Isabel entre ses lèvres. Un roulis de son corps, sa poitrine pressée contre celle d'Isabel. Il y avait quelque chose d'exaspérant dans son baiser, goulu un instant, puis hésitant, distant l'instant d'après. Cela donnait à Isabel l'envie de foncer, de briser les gonds, de pousser la porte, de faire sauter les verrous ; elle lui mordilla la lèvre, elle la suça, l'aspira. Glissant les mains vers le haut des cuisses d'Eva, elle tira vers elle. Le mouvement mena Eva tout au bord du matelas, lui écarta les jambes davantage, sa chaleur tout contre le ventre d'Isabel – l'entrejambe d'Eva, l'os dur de son mont de Vénus.

La bouche d'Eva glissa et se détacha de la sienne dans un souffle. Isabel la rattrapa et le baiser suivant fut plus vif, plus effréné. Les doigts en éventail sur l'aine d'Eva, à la jointure du bassin, Isabel avait le pouce sur l'élastique de sa culotte. La peau fine, à cet endroit, était trempée. Isabel l'embrassa plus fort. Tira sur l'élastique. Elle ne savait pas ce qu'elle voulait ; elle savait tout à fait ce qu'elle voulait. Elle ne savait pas et elle savait, forme floue devenant parfois nette, un *oui* pareil à un appel. Et à la question *Où ?* Isabel répondait : *N'importe où. N'importe où.*

Eva ne parvenait plus à fermer la bouche, ne parvenait plus à maîtriser son baiser ; les mâchoires grandes ouvertes, elle roula des hanches, plaqua sa douce colline sous le nombril d'Isabel. L'humidité avait transpercé le tissu. Isabel la laissa faire, elle la laissa frotter, en la guidant de ses mains. Le monde avait basculé dans un silence suraigu ; il n'y avait plus que les gémissements tremblants et étranglés d'Eva. Isabel lui baisa le cou, lui baisa la gorge. Son pouce était coincé entre elles deux. Elle voulait l'enfoncer. Elle voulait bouger. Elle voulait...

« Touche-moi, dit Eva, qui avait glissé dans un semi-baiser brouillon, agrippée à elle, se frottant contre elle, Bon sang, s'il te plaît, peux-tu me...

— Dis-moi », articula Isabel cachée derrière son oreille. Elle dissimula son embarras en mordant le lobe d'Eva. « Ce que... »

Puis tout s'accéléra, et le moment devint inséparable du suivant. Eva prit la main d'Isabel, glissa deux doigts dans sa bouche, les suça pour les mouiller et, tout en couvrant de petits baisers la lèvre inférieure d'Isabel, elle poussa la main vers le devant de son short, vers l'espace qu'elle avait ménagé entre elles. « Comme ça, dit-elle. Comme ça. » Elle était chaude à cet endroit. Trempée contre le fond en coton de sa culotte. Repliant deux doigts d'Isabel, elle les introduisit en elle, sans un son, comme si une syllabe s'était coincée dans sa gorge. Isabel gémit à sa place. Le son de ses doigts à l'intérieur d'Eva, comme un tic-tac mouillé, comme un bonbon dur en train de rouler dans la bouche. Eva lui montra où poser le pouce. Isabel se laissait guider. Eva se serra autour d'elle, poussa contre elle – les bras autour de ses épaules, la bouche entrouverte à la racine de ses cheveux.

« Comme ça ? » demanda Isabel et Eva confirma, articula un faible « Oui, ouiii, aah… » ; accrochée aux cheveux d'Isabel, elle s'approcha encore, tira Isabel en elle. Isabel la saisit par la chair de son cul, un va-et-vient, un tangage, elles bougèrent et basculèrent, s'enfoncèrent dans le matelas. Les doigts d'Isabel glissèrent hors d'Eva et Eva gémit, « Oh, viens… viens là, putain, viens… »

Les bras et les jambes d'Isabel ne bougeaient pas comme ils étaient censés le faire, tout était lent et sirupeux. Eva était sous elle, le short de son pyjama baissé, accroché à une cheville. Isabel était de nouveau en elle. Son geste plus rapide à présent. Ses cheveux, un rideau autour d'elles, des mèches collées à ses joues – la sueur. Eva les repoussa, lui tint le visage comme ça. Un jour, Isabel avait surpris Louis en train de baiser une fille dans sa chambre. Elle avait quinze ans à l'époque et n'avait jamais imaginé quel mouvement humain pouvait s'accorder avec le verbe *baiser* – elle n'avait jamais vraiment cherché à imaginer ce que ce verbe signifiait, au-delà du rouge aux joues nauséeux qu'elle éprouvait lorsqu'elle y pensait. Puis elle avait entraperçu ça, le temps d'un éclair, à peine un éclair : la cuisse d'une fille dépassant de sous la robe, les mains de cette fille dans les cheveux de Louis, les hanches de cette fille qui ondoyaient et le dos nu de Louis.

Ça n'avait pas duré plus d'une seconde, puis elle s'était enfuie. Elle avait passé le reste de l'après-midi à creuser un trou dans le jardin du bout d'un bâton. L'image lui était restée des années. Chaque fois que quelqu'un prononçait le mot *baiser*, c'était cela qu'elle voyait : la terre sens dessus dessous. Elle avait détesté ce mot. Détesté qu'il la pousse à détourner le regard.

Elle ne détournait pas le regard à présent, le genou d'Eva relevé, le pied d'Eva plaqué contre le dessous de sa fesse à elle, qui était toujours habillée. Elle s'autorisa à se le dire : *elle la baisait*. Les doigts enfouis en elle, profondément. *Je la baise*. Dressée sur un coude, elle regardait Eva sous elle ; les taches rouges dans son cou, son décolleté, la forme de ses seins sous le tissu brillant – des seins pleins, qui débordaient sur les côtés. L'espace sombre où ils se rejoignaient et contre lequel Isabel se plaquait et se plaquait encore, plus fort, toujours plus fort. Les lèvres d'Eva étaient gonflées. Il y avait une autre marque rouge à la base de sa gorge. Eva ouvrit les yeux, s'aperçut qu'on la regardait, essaya de s'y soustraire – mais elle y revint, le regard flou, brumeux. Elle lâcha les cheveux d'Isabel, trouva la ceinture du pantalon et tira, délogea le bas du chemisier et tira sur la taille encore un peu plus. Glissant une jambe entre les cuisses d'Isabel, elle la poussa vers le haut. Et toutes les deux se mirent à bouger. Et toutes les deux étaient une torsion, à cheval sur la cuisse d'Eva Isabel la baisait, à un rythme effréné. Eva, alors, se mit à parler. Elle disait *oui*, elle disait *ah*, elle disait *c'est bon ça, c'est si bon ça, c'est…*

Les doigts dans les passants de la ceinture du pantalon d'Isabel, elle fit levier et c'est là qu'elle jouit. Une cambrure, un sanglot, un jaillissement autour des doigts d'Isabel. Isabel voulait que ça ne s'arrête pas. Elle ne lâcha pas, tourna et tourna le pouce, jusqu'à ce qu'Eva la repousse – jusqu'à ce qu'elle lui attrape le poignet et supplie, « Ah… stop, non, ah… »

Isabel acquiesça. Le bras sur lequel elle s'était appuyée tremblait. La cuisse d'Eva était toujours entre ses jambes, à l'endroit de son corps où elle était le plus lourde ; là où elle était gonflée, trempée, là où elle mourrait si d'aventure Eva la touchait. Elle était sûre qu'elle mourrait si Eva la touchait là.

Elle ne mourut pas. Eva la fit s'allonger, lui fit dégrafer son pantalon les mains tremblantes, baisser sa braguette de ses doigts malhabiles. Elle s'allongea à côté d'Isabel, sur le flanc, redressée sur un coude. Elle caressa le ventre d'Isabel, son ventre seulement, en proie – maintenant qu'elle avait joui – à une lenteur suave. C'était pour Isabel à la limite du supportable, un relâchement à la limite du supportable. La main avançait, centimètre par centimètre. Eva lui soufflait des mots courts, des mots doux. « Tu es si jolie ce soir, disait-elle. Mon Dieu, tu ne sais pas… comment… » Elle écarta la braguette du pantalon, glissa la main à l'intérieur, sur la culotte. Le tissu glissait, trempé. Isabel frissonna, des pieds à la tête, un petit cri étranglé par la nervosité. Elle agrippait les draps pour tenir quelque chose. « Putain, dit Eva. Personne ne t'a jamais touchée comme ça ? Regarde-moi. Regarde-moi, ma douce. Laisse-moi voir ton visage, je veux… voir quand tu aimes ça, je veux voir… »

La surprise fut qu'Isabel ne pouvait pas se taire. Elle s'était tue toute sa vie, dans sa chambre, la culotte roulée en boule, le coin d'un oreiller fourré dans la bouche. Pas un son, le tout sommaire et prompt. Maintenant, c'était impossible. Impossible de se taire. Tout à fait impossible. Les sons sortaient d'elle sans son consentement, puissants sous le plafond en pente ; puissants dans la nuit, puissants dans tout le vide qui régnait dans la maison. Les doigts d'Eva prenaient leur temps, glissant autour de là où elle les voulait… autour, *autour*, mais jamais dessus. Elle embrassa Isabel, essaya de la faire taire. « Chut, disait-elle, chut, laisse-moi… » mais sans jamais accélérer, sans jamais appuyer, sans jamais pousser. Isabel s'accrochait au tissu, qui se déchira. Eva rit, doucement, contre sa bouche.

Isabel grogna – s'empara de la main d'Eva, la poussa où elle la voulait. Elle se redressa, l'embrassa fougueusement, la tira. Mordit : son cou, sa poitrine. « Oh, je… » fit Eva qui se pencha et se cambra. La bouche calée autour d'un sein, sur le tissu, Isabel suça. Elle se cramponnait à Eva, la graisse cédait sur les os, sur les hanches. Elle voulait la tenir tout entière et ne le pouvait pas. Elle voulait avoir des mains plus grandes, voulait l'envelopper, la recouvrir, la contenir – elle éclusait l'eau d'un bateau qui sombre.

Elle les fit rouler. Passa sur le dessus. Effleurant la couture du corsage d'Eva, elle demanda si elle pouvait et Eva répondit « Oui, oui, oui » en l'enlevant d'un mouvement. Elle était nue à présent. Nue sous Isabel. Peau sablée, une bande plus brune sur ses épaules, semée de taches de rousseur. Jusqu'au creux de son sternum, aussi loin que pouvait aller le soleil. La cicatrice, sur son flanc, une ligne pâle et tendue ; une vieille chose guérie. Isabel la suivit du pouce. Le ventre d'Eva trembla. Elle avait les yeux fermés. La peau du sein qu'Isabel avait pris dans sa bouche était rougeâtre à présent. Un téton brun clair. Une aréole brun clair. Deux taches de rousseur, là aussi. Le cœur d'Isabel se serra quand elle les vit, ces deux taches de rousseur, sur la courbe dissimulée d'un sein. Si petites. Si discrètes. Elle les embrassa et les embrassa encore, pressa le visage contre toute la peau à sa portée. Toute la peau fragile et douce et patinée par endroits – aux coudes et aux jointures des doigts. Sa peau. Toute sa peau.

Quand Isabel se réveilla, il faisait sombre. La fenêtre était du mauvais côté de la pièce, l'endroit tout à fait étrange, les draps trop rêches sur sa peau et elle sentit la chaleur d'un corps à côté d'elle. Eva se tortillait. Elle faisait un mauvais rêve, le souffle coincé dans sa gorge – elle s'étranglait.

Isabel tendit le bras vers elle. Elles étaient toutes les deux nues, et cette prise de conscience l'emplit d'une terreur qui disparut aussitôt. Eva sursauta, s'agrippa au bras d'Isabel, puis se détendit. Soupira. Sans vraiment se réveiller. Isabel elle-même ne l'était pas tout à fait. Elle posa une main sur le visage d'Eva et traça une ligne avec le pouce : du haut du front d'Eva jusqu'à l'arête de son nez. Puis vers ses lèvres, et jusqu'à son menton. Elle recommença, une fois puis deux.

« Qu'est-ce que tu fais ? » murmura Eva. Elle n'avait pas ouvert les yeux. Et puis : « Non, n'arrête pas, continue. » Elle avait l'odeur du sommeil profond, comme un piège de chaleur.

Isabel dit : « Ma mère faisait ça. Quand j'étais petite, quand je faisais des cauchemars. » Le haut du front d'Eva, l'arête de son nez. Sa bouche, le creux juste en dessous.

« Qu'est-ce qu'il y avait dans tes cauchemars ?

— Des avions. Des bombes. » Elle s'interrompit, un doigt sur la lèvre inférieure d'Eva. « Des filles à l'école. Des gens qui frappent à la porte. Qui cherchent à entrer. »

Eva ouvrit les yeux. Il faisait trop sombre pour bien voir, mais il y eut l'étincelle de ses yeux en mouvement, comme un bruit de pluie que fit sa bouche en s'ouvrant au contact des doigts d'Isabel. Elle mordilla le pouce d'Isabel, doucement, puis le suça. Aspira.

Isabel inspira. Puis retint son souffle, encore, jusqu'à n'en plus pouvoir, et expira. Elle posa le pouce sur le plat mouillé de la langue d'Eva. Elle n'avait jamais touché une autre personne pleine de désir. Maintenant, c'était fait. Elle avait bu à ce calice. Ses mains n'étaient plus pareilles ; son ventre, son con. À la merci d'Eva, prisonnière derrière la cage de ses dents, elle s'était métamorphosée.

L'aube arriva poussée par la main précoce de l'été ; bruyante, pleine d'oiseaux. Eva dormait sur la poitrine d'Isabel. Elle avait le dos large, bien proportionné. Eva laissa courir son doigt d'une extrémité à l'autre, l'épaule, l'échine, l'épaule. Chaque caresse pareille à un bruissement mat. Elles soupirèrent.

Neelke arriva à sept heures. D'en haut, Isabel entendit sa bicyclette sur le gravier puis la porte qui s'ouvrait et le doux bruit des casseroles et de la vaisselle s'entrechoquant dans la cuisine. Elle se dégagea de l'étreinte d'Eva aussi silencieusement que possible ; Eva ne se réveilla pas. Isabel s'habilla : pantalon, chemisier sur seins nus, et c'est dans cette tenue qu'elle descendit saluer Neelke. Sa tête bourdonnait, tout en étant exsangue de pensées, son corps endolori et présent. Elle sentait la gêne prête à se manifester, encore hors de portée.

Neelke l'accueillit un brin confuse ; elle avait du mal à porter son regard sur Isabel, elle fixait le sol lorsqu'Isabel parlait. Cette dernière ne savait pas trop quelle image elle donnait : ses cheveux, son visage.

Cela lui était un peu égal. Elles s'assirent et passèrent en revue la liste des tâches de la semaine : les vitres, la lessive, les joints. « Je prendrai mon petit-déjeuner en haut », dit-elle.

Neelke acquiesça, sans lever les yeux. « N'entrez pas dans la chambre d'Eva, la prévint Isabel. Elle se repose.

— La chambre d'Eva », répéta Neelke, comme si elle ne savait pas trop de laquelle il s'agissait. Elle le savait pourtant, mais Isabel précisa tout de même : « La chambre de ma mère. » Le ton était sec, puis elle déglutit, un œuf rond au fond de la gorge. *La chambre de ma mère.*

Neelke la dévisageait maintenant. Elle écarquillait les yeux. Elle avait la bouche pincée, quelque chose de figé dans sa posture. Elle venait d'apercevoir une marque dans le cou d'Isabel.

Isabel posa la main dessus sans faire de commentaire. Elle emporta son petit-déjeuner à l'étage, à l'aide du plateau qu'elle avait acheté lorsque la maladie avait cloué Mère au lit. Elle avait souvent parcouru ce même trajet pendant cette dernière année – en essayant de ne pas renverser un dîner, au son des assiettes s'entrechoquant, des verres, à travers le salon puis dans l'escalier. *La chambre de Mère.*

Eva dormait toujours. Le jour était radieux derrière les rideaux. La pièce avait l'odeur des corps… la même odeur que leurs corps pressés l'un contre l'autre quelques heures plus tôt. Où leurs peaux se frottaient, se frottaient. À un moment donné de la nuit, Isabel avait tiré Eva sur ses cuisses. Elle s'était adossée à la tête de lit, elle avait maintenu Eva là, à califourchon sur elle, et elle l'avait touchée comme si elle essayait de comprendre la façon dont elle fonctionnait : sa chair glissante, sa profondeur, et tout ce qui lui arrachait des gémissements. Des gouttes avaient perlé dans ses boucles. La bouche entrouverte contre l'oreille d'Isabel, Eva avait demandé : *Qu'est-ce que ça fait de me toucher ?* Et Isabel avait répondu : *C'est agréable, très agréable.*

Plus tard, Eva ne l'avait pas regardée lorsqu'elle avait dit : « Louis va bientôt rentrer. » Elle frissonnait toujours, elle essayait encore de se remettre des caresses. Elle avait fourré le visage dans le cou d'Isabel. Et Isabel avait dit : « Je sais. » Le ton avait semblé brutal, alors Eva très vite avait ajouté : « Oh, n'y pensons pas, profitons de ce que nous avons, vivons l'instant et ce qui arrivera arrivera et nous n'allons pas y penser et… »

Isabel l'avait embrassée. Elle n'avait pas su quoi faire d'autre. D'abord, elle avait pensé que le baiser avait tiré des larmes à Eva, mais non : Eva riait. Un rire incontrôlable et terrible. « Chut, avait dit Isabel. Chut maintenant. »

Elle posa le petit-déjeuner sur la table de chevet. Ouvrit une fenêtre. Un rai de lumière tomba en travers du lit, sur le bras d'Eva ; sur sa poitrine nue et sur une mappemonde de taches, rouges et brûlantes. Elle se demanda si Louis lui en avait fait autant, lui avait offert autant. S'il l'avait vue et s'il avait été pareillement vaincu. Le ventre d'Isabel se noua, elle se détourna de l'image et ferma les yeux pour ne plus la voir.

L'espace d'un instant, elle se sentit perdue. Elle arpenta la pièce, sécha ses mains moites sur son chemisier. Toucha les objets : le bord de l'armoire, le bord du secrétaire. Enfant, Isabel se glissait sous le secrétaire pendant que sa mère écrivait des lettres. Elle posait la main à plat sur le dessous du bois, se remémorant le crissement du stylo. Il y avait des initiales gravées sous le tiroir : EDH. Sa mère s'appelait Elisabeth, et elle avait probablement elle-même été une enfant qui se cachait sous la table. Isabel ignorait à quoi le D ou le H faisaient référence, et elle n'avait jamais demandé.

En bas, Neelke faisait la vaisselle. Sur le bureau, le carnet à couverture en cuir d'Eva. Isabel posa une main dessus, comme elle l'aurait fait sur une bible. Le cuir était chaud. Réchauffé par la pièce peut-être, ou par le soleil.

« Non », fit Eva.

Isabel se retourna. Eva était en train de s'asseoir, les draps remontés sur sa poitrine, pour la cacher. Elle avait les cheveux emmêlés. Elle était tout à fait réveillée, à présent. « C'est privé », ajouta-t-elle. Elle parlait du carnet. Isabel l'avait déjà oublié, ce carnet. Elle jeta un regard dessus. Eva dit : « Mon journal. C'est… »

Isabel vint s'asseoir à côté d'elle. Eva lui fit une place. Elle observait Isabel comme si elle essayait de calculer sa manœuvre suivante. « Je t'ai apporté le petit-déjeuner », dit Isabel. En voyant le plateau, Eva dit : « Oh, ah… » Isabel la pressa : « Mange quelque chose. »

Eva mangea deux grains de raisin. Isabel la regarda mâcher, la regarda avaler. « Ne te contente pas de me regarder », dit Eva en attrapant une poignée de grains de raisin qu'elle tendit à Isabel. Elle tenait toujours le drap bien serré à hauteur de sa gorge. Isabel avait le regard rivé sur le pouls rapide qui affleurait sur sa peau mince à cet endroit.

Isabel mangea les grains de raisin. Elle servit de l'eau à Eva, s'en servit un verre aussi. Pain, beurre, fromage. Puis elle rassembla les restes et posa le tout de côté, hissa un genou sur le lit, et se pencha. Le souffle d'Eva vacilla, plus court tout d'un coup. Isabel tira sur le drap qu'elle tenait. Eva murmura un juron, le murmura de nouveau quand les mains froides d'Isabel se posèrent sur sa taille. Un bruit venu d'en bas. Eva sursauta. « Qu'est-ce que… » articula-t-elle. À quoi Isabel répondit : « Neelke.

— Isabel, murmura Eva dans un baiser. Elle est… tout près, on ne devrait pas.

— Je lui ai dit de ne pas venir ici. Elle sait.

— Isabel », répéta Eva, en se cambrant sous le baiser. En reculant, autant qu'elle pouvait – dans les oreillers. « C'est… ah, c'est, je ne…

— On ne fera pas de bruit, murmura Isabel en roulant entre les jambes d'Eva. Pas de bruit », promit-elle encore. Sur la table de chevet, les verres tremblaient, les assiettes s'entrechoquaient.

« Mon Dieu, fit Eva, les ongles dans le dos d'Isabel, sous son chemisier. Mon Dieu. »

Eva la regardait jardiner. Le soleil était presque à son zénith et Isabel était à genoux, coiffée de son chapeau de paille, avec des gants. Les courges qui avaient survécu devaient être récoltées. Les tomates grossissaient. Le haut d'Isabel collait à son dos, il y avait des auréoles de transpiration sous ses bras. Allongée sur une serviette dans la pelouse, Eva la regardait à travers le miroir noir de ses lunettes de soleil.

Isabel s'assit sur ses talons. « Quoi ?

Eva sourit d'un air entendu. Puis : « Tu t'occupes du jardin. C'est une vision agréable. »

Isabel écarta ses cheveux du dos de la main. Une mèche était coincée au coin de sa bouche. Boue, sable, elle en sentait étrangement la texture entre ses dents. Eva, sur sa serviette, ne bougeait pas. Isabel ôta ses gants. Ôta son chapeau. Avança vers elle.

Les jours s'étaient écoulés ainsi. Eva avait cuisiné pour elle la veille au soir, calme dans la cuisine, serviette jetée sur l'épaule, en effectuant un mouvement de balancier – un pas vers la cuisinière, un pas vers le plan de travail. Isabel, à côté d'elle, posait des questions courtes, simplement pour inviter Eva à parler, pour que le mot suivant vienne d'elle : *Qui t'a appris à cuisiner ?* Et *Chez toi, tu cuisinais ?* Et *Tu aimes ça ?* Et *Qu'est-ce que c'est ?* Et *Comment fais-tu ça ?*

Tout cela amusait Eva qui, avec un demi-sourire, répondait à Isabel comme si ça n'était qu'une plaisanterie : *Qui à ton avis ? Sinon où ? J'ai l'air d'aimer ça ? C'est une spatule, ma douce. Je fais comme ça. Et puis comme ça. Et puis...*

Isabel, trop pleine d'amour et d'angoisses pour être taquinée, vint se caler derrière elle. Elle l'enveloppa de ses bras, fourra le visage contre le cou d'Eva et resta là. Le rire d'Eva se tut. Elle se laissa enlacer un moment. Elle caressait les bras d'Isabel. « Qui es-tu ? demanda-t-elle. As-tu toujours été comme ça ? Attendais-tu simplement d'éclore ? »

Une petite heure se perdit ainsi dans la cuisine. Elles éteignirent les plaques, laissèrent les oignons coupés suer dans une assiette. Eva, accrochée au bord du plan de travail, haletait pendant que la main pressée d'Isabel s'activait sous sa robe. Les doigts d'Isabel étaient encore fripés à la fin du dîner. Lorsqu'elles montèrent se coucher, Eva avait rangé la chambre. Plus rien ne traînait sur le bureau. Le carnet avait disparu. Le tiroir était verrouillé.

Au moment de s'assoupir, Isabel avait eu une pensée furtive pour son inventaire oublié, bout de papier étroitement plié au fond de la poche de sa jupe. Pour les objets de cette liste, ces objets précieux et leur place attitrée – et l'instant d'après, elle dormait. Elle avait d'un coup sombré dans le sommeil.

À présent, dans le jardin, se laissant tomber entre les jambes nonchalamment repliées d'Eva, Isabel répétait : « Quelle agréable vision. » Elle caressa les cuisses d'Eva. Les plaça telles qu'elle les voulait : ouvertes, autour de ses hanches. La rapprocha d'elle.

« Ah, fit Eva, son expression encore résumée au scintillement creux de ses lunettes de soleil. Trop loin, tu es… » et elle tira Isabel par le col humide de son corsage.

Quand elles eurent fini, Isabel déclara – affirmative : « Ce n'est pas ta première fois. » Elles se tenaient allongées côte à côte. La serviette s'était repliée sous elles à un moment donné et elles l'avaient écartée. Isabel tenait ses doigts ouverts sur la jambe d'Eva, haut sur la jambe. Eva répondit d'un « Hmm », un marmonnement générique, d'un ton qui signifiait j'ignore ce que tu veux dire. Un ton las.

« Avec des femmes, précisa Isabel. D'autres femmes. »

Eva ne bougea plus. Puis soupira, un soupir tendu. Pendant un moment, elle resta silencieuse. Un merle qui traversait la pelouse à la hâte s'arrêta, dressa la queue – cria. Cria. Isabel serra les doigts autour de la cuisse d'Eva.

« Il y a eu », commença-t-elle. Acheva d'un « une fois », ce qui n'était vraiment pas grand-chose.

« Qui ?

— Quoi ? T'attends-tu à la connaître ? » Eva lui décocha un regard. Ses lunettes de soleil avaient disparu. De nouvelles taches de rousseur apparaissaient chaque jour que le soleil brillait – une poignée désordonnée sous l'œil. « Juste une fille. Nous étions… jeunes. » Elle prenait des gants.

Les doigts d'Isabel ramollirent autour de la cuisse. Elle imaginait : si Eva et elle s'étaient rencontrées plus tôt. Son cœur tambourinait, fort et insatiable.

Eva raconta : « Je l'ai rencontrée dans une pension de famille. Je cherchais un endroit où vivre, ailleurs, et elle avait… de la famille, et m'a dit que je pouvais m'installer chez eux. Chez elle. » Il était difficile de faire plus vague. Isabel la laissa parler. Elle semblait… distante. « Sa tante et son oncle. Ils avaient une chambre sous les toits pour nous. Un seul lit. L'hiver était froid. Alors…

— Alors quoi ?

— Alors. Alors l'hiver était froid. »

Il était difficile de se souvenir de l'hiver dans la chaleur de l'été. Difficile de chasser l'impression de suffocation que cette idée provoquait : une autre main sur le corps d'Eva. Une autre bouche. Ce n'était pas cette fille qu'Isabel imaginait – pas elle dont elle était jalouse. Louis devait arriver dans quelques jours – elles ne savaient pas exactement combien. Il était censé les prévenir, et pour l'instant elles ne savaient rien. Quand le téléphone sonnait, les rares fois où il sonnait, Eva se raidissait et Isabel se jetait sur le combiné, une boule dans la gorge. Jusqu'ici, ça n'avait jamais été Louis. Une fois, Oncle Karel. Une fois, un faux numéro. Isabel ignorait ce qui se produirait le jour où ce serait vraiment lui

– Eva refusait d'aborder le sujet, elle disait simplement : *N'y pensons pas !* Si bien que, tous les jours, Isabel oscillait entre espoir et terreur, tout en ne sachant guère à quoi l'espoir ressemblerait ; ni, d'ailleurs, à quoi ressemblerait la terreur à son maximum. Hendrik et Sebastian vivaient en ville, dans un appartement. Isabel ne quitterait pas la maison, elle ne quitterait jamais la maison. Mais Eva semblait apprécier de vivre ici. Eva n'était pas indifférente à la façon dont la lumière pénétrait dans les pièces, elle n'était pas indifférente à l'ordre impeccable qui régnait dans la cuisine, elle avait regardé Isabel jardiner et avait trouvé que c'était une vision agréable, elle pourrait… peut-être qu'elle…

Isabel demanda : « Comment était-elle ?

— Drôle, répondit Eva. Une menteuse invétérée. » Elle sourit. « Elle mentait sur tout, même lorsqu'elle n'avait rien à en tirer. Ha ha. »

Isabel se tut. Demeura si immobile que l'attention d'Eva revint sur elle, qu'Eva se tourna vers elle et fouilla son regard, un œil après l'autre. « Elle te manque ? » demanda Isabel.

Eva prit le visage d'Isabel entre ses mains. « Parfois. Oui », dit-elle. Puis : « Ma douce. Oh… » Elle l'embrassa. Leur transpiration était salée. Isabel l'emmena à l'intérieur de la maison, en la tenant par la main, mouilla un torchon sous le robinet et l'appliqua sur le visage chaud d'Eva pour la rafraîchir. Le soleil avait pincé de rouge l'arête de son nez.

« C'est bien, ça. » Eva bascula entre ses bras. Isabel lui tourna le visage dans un sens, puis dans l'autre. Eva la laissait faire. Isabel la retenait d'une main dans le creux de son dos. Elle posa la serviette mouillée sur la gorge d'Eva.

« Oh oui », soupira Eva en frissonnant. Isabel la tenait là. Une main posée sur une serviette appliquée sur sa gorge – elle la tenait comme ça. Par la gorge.

Cette nuit-là, Eva refusa de dormir dans son lit, elle voulait que toutes les deux dorment dans le lit d'Isabel. « Il fait plus frais dans ta chambre » fut son explication lorsqu'elle tira Isabel par le bras pour l'emmener à reculons dans l'autre direction. « Allez, dit-elle. Allez, un changement de cadre. Allez. »

La chambre d'Isabel était plus fraîche, en effet. Les draps plus propres, bien tendus sur le matelas. C'était un lit étroit, pas conçu pour deux personnes. Eva aurait ses terreurs nocturnes et Isabel l'empêcherait de se faire du mal – de lui faire du mal à elle : elle lui tiendrait les bras, elle l'apaiserait, *Chut, ce n'est qu'un rêve, tout va bien, ce n'est qu'un rêve, chut…*

Mais d'abord, Eva fit le tour du lit et toucha les choses. Le cadre du miroir, la photo sur la coiffeuse, les poils de la brosse à cheveux d'Isabel. Sur l'étagère : ses doigts coururent sur la tranche des livres.

Elle demanda : « Ça a toujours été ta chambre ?

— Oui.

— L'as-tu toujours si bien tenue ?

— Oui », répondit Isabel. Elle la regardait intensément. Eva attrapa la vieille peluche lièvre abîmée et l'inspecta, sa fourrure pelée, son museau usé jusqu'à la fibre par endroits.

« Mignon, dit-elle. C'est à toi ?

— Oui. » Elle expliqua, inutilement : « J'étais une enfant. »

Eva sourit au lièvre. Le caressa entre les yeux. « Tu devais l'adorer. Pour l'avoir conservé. »

Isabel ne répondit rien. Ce n'était pas une question, pas grand-chose de plus qu'une affirmation. Elle ne voulait pas dire oui, ne voulait pas acquiescer à quelque chose de si complaisant. Elle voulait qu'Eva repose la peluche. Voulait qu'Eva la rejoigne au lit. Elle ne voulait pas parler du passé.

« Comment s'appelle-t-il ?

— Qui ? »

Eva lui jeta un regard oblique. « L'animal.

— Haas », dit Isabel : *lièvre*. La main d'Eva qui le caressait s'arrêta. Elle se tourna vers Isabel, le regard fixe, vide.

« C'est ce que c'est, non ? » continua Isabel. Elle pensa qu'elle avait peut-être dit quelque chose de fâcheux, mais elle ne voyait pas quoi. « Un lièvre. »

Eva reposa la peluche sur l'étagère. Elle avait la respiration plus légère, à présent. « Tu appelles les choses par leur nom », dit-elle avec un petit rire.

« Je ne suis pas… » commença Isabel. Elle s'interrompit. « Je n'avais pas d'imagination, quand j'étais petite, pour… »

Tandis qu'elle parlait, Eva s'était rapprochée, elle s'était rapprochée vite, ses gestes étaient rapides et brouillons, ses mains sur celles d'Isabel, nez à nez avec elle, elle dit : « Ne parlons pas, ne parlons pas » en se plaquant contre elle. Laissant Isabel faire de même.

« Plus fort », dit-elle plus tard. Au lit, sur le ventre, les hanches relevées. Isabel derrière elle, sur elle, chevauchait l'arrière de sa cuisse. Elles oscillaient toutes les deux, lentement. « Encore », dit Eva. « Hein ? » fit Isabel, le cerveau embrumé de chaleur, embrumé de peau, alors Eva répéta : *encore encore encore*, et Isabel la plaqua contre le matelas. Et Isabel lui mordit la nuque.

De nouveau, les terreurs réveillèrent Eva au milieu de la nuit. Elle s'étranglait dans l'oreiller, Isabel dut la réveiller, puis la prendre dans ses bras, elle la laissa sangloter là, contre son sternum. « Quels sont ces rêves, demanda-t-elle, qu'est-ce que c'est, qu'est-ce que c'est ? »

Eva ne répondit pas. Elle s'épuisa, se rendormit. Isabel déposa un baiser à la base de ses cheveux, sur ses paupières closes. Elle prit de grandes inspirations pour essayer de canaliser la détresse d'avoir en soi la douleur de quelqu'un d'autre et demeura éveillée comme un chien de garde – comme s'il y avait quelque chose à repousser. Comme si quelque chose essayait d'entrer.

Puis, le 1er juillet, un télégramme de Louis :

Retards inattendus écrirai à nouveau sous une semaine. Désolé en espérant que vous saurez vous passer de moi encore quelques jours vous préviendrai de mon arrivée au plus vite bons baisers Louis

Isabel fut la première à le lire, le cœur battant. Eva se trouvait à l'étage. Isabel attendit qu'elle descende, élancée, impatiente et immobile à la table de la salle à manger. Et lorsqu'Eva descendit enfin, avec un grand bonjour avant d'entrer, Isabel prit la lettre et la lui tendit en baissant les yeux. Eva, elle aussi, la lut en proie à une émotion proche de la terreur.

« D'accord, commenta-t-elle.

— Eva, fit Isabel. Nous…

— Très bien », répéta Eva. Elle se tenait droite, le visage fermé. « Encore quelques jours. D'accord. Encore quelques jours. »

Isabel la regarda. Eva lui rendit la lettre. « N'en parlons pas. Il arrivera quand il arrivera. Je… je vais en ville, je veux… Nous n'avons pas de poireaux, je me disais que j'allais préparer quelque chose à base de poireaux, as-tu vu le sac en lin, j'aurais juré l'avoir laissé dans la cuisine la dernière… »

Isabel replia le message cinq fois jusqu'à ce qu'il ne soit plus qu'un carré minuscule. Elle le glissa dans le tiroir à papiers, avec une liasse de lettres de Rian et de la paperasse administrative. Neelke voulait préparer à dîner mais elle annonça n'avoir pas trouvé le petit plat à four bleu. *Petit plat à four bleu,* se répéta mentalement Isabel, comme si elle parcourait une liste pour l'y trouver, puis elle chassa cette pensée. Elle la chassa et dit à Neelke qu'il était inutile qu'elle prépare à dîner. Eva était partie faire des courses en ville, c'était donc inutile, oui. Neelke acquiesça, sans savoir à quoi s'atteler ensuite, errant d'un bout à l'autre de la pièce, hésitante.

« Les rideaux ont besoin d'un dépoussiérage », lui dit Isabel en s'écartant pour la laisser passer.

Eva revint plus tard que ce qu'elle avait annoncé. Elle remonta à bicyclette l'allée de gravier, plusieurs poireaux dépassant de la toile du cabas. Isabel l'attendait dehors. Elle se sentait ridicule de trépigner ainsi. Eva n'était partie qu'une heure. Elle avait passé sa vie entière seule. Toute sa vie sans cette femme, sans elle dans cette maison, et à présent : une heure. À présent, son cœur s'emballait au son des pneus sur le gravier, en la voyant approcher : un point tout d'abord, puis quelqu'un, puis enfin une silhouette familière.

Elle disparut dans la maison avant qu'Eva ne remarque sa présence. Pendant une brève seconde, elle se vit de l'extérieur : inquiète et exigeante, et étrangement : *en demande*. Qualificatif qu'elle ne s'était jamais appliqué à elle-même, elle n'avait jamais été *en demande* de rien, n'avait jamais eu besoin de rien qui ne pouvait être facilement obtenu. L'idée l'embarrassa, l'image que lui renvoya un instant le miroir l'embarrassa, alors elle s'en détourna d'un mouvement vif.

Eva cuisina : des soupes et des sauces, elle mit des lentilles dans le riz, fit frire les oignons jusqu'à ce qu'ils soient craquants. Elle fit du pain, du pain qui leva et dora avec une odeur qui traversait les murs, l'odeur du levain chaud, de la pâte moelleuse. Elle cuisina assez pour deux jours entiers, jusqu'au samedi soir. Dimanche arriva, Louis n'avait toujours pas appelé, et Isabel n'alla pas à l'église. Dimanche arriva, et au lieu de l'église Isabel passa la matinée à se convaincre qu'elle ne voulait pas embrasser Eva tout en ne faisant presque rien d'autre qu'embrasser Eva dans l'ombre contre le mur du couloir. Elle plaqua la main sur le sein d'Eva et son audace la fit rougir, Eva poussa son sein contre cette main en exhalant un long gémissement dans la bouche d'Isabel. C'était comme si elles se cachaient ici, loin des regards de la maison inondée de soleil. Comme si elles faisaient tout pour ne pas être vues, alors qu'on était dimanche et que la maison était déserte. Isabel dit : « Eva », puis elle insista : « Eva. » Alors Eva demanda : « Quoi ? » Elle posa la main sur celle d'Isabel, la serra plus fort autour de son sein, dit : « Quoi, ma chérie ? Dis-moi. Dis-moi. »

Puis Johan téléphona et comme Isabel s'attendait à Louis, elle se montra si ravie et soulagée que ce ne soit pas lui qu'elle se mit à rire et annonça joyeusement à Johan qu'il valait mieux qu'il ne vienne pas, qu'elle s'absentait quelque temps pour rendre visite à de la famille. Sur le seuil de la porte du bureau, Eva, immobile, l'observait.

« Vas-tu lui dire ? » demanda-t-elle lorsqu'Isabel eut raccroché.

Interrompue dans son mouvement, Isabel la dévisagea. « Lui dire ? » Le ton était celui d'une question, celui d'un : termine donc cette phrase.

« Que tu n'es pas intéressée », dit Eva. Elle s'adossa au chambranle. Elle faisait la moue, comme si elle s'attendait à ce qu'Isabel réplique *Qui a dit que je n'étais pas intéressée ?* Alors le ventre d'Isabel se noua aussitôt.

« Je n'ai pas… » commença-t-elle, avant de s'interrompre. Elle baissa les mains le long de sa jupe. « Je ne sais pas comment.

— Ah bon ? » fit Eva.

Isabel la dévisagea. Elle fit un pas, hésita. Dit : « Voudrais-tu que je le fasse ? »

Elle savait ce qu'elle voulait entendre, détestait de voir combien c'était évident : elle voulait qu'on lui dise qu'on voulait d'elle. Eva inspira. Isabel, perdue et incapable de rester immobile, alla vers elle. Toujours vers elle. Ses mains tremblaient sur les hanches d'Eva. Eva leva les yeux. Lui dit : « Le sujet n'est-il pas ce que tu veux, toi ? » Eva se cambra entre ses mains, doucement. « Le sujet n'est-il pas ce que tu ne veux pas ?

— Ce que je veux… » dit Isabel, penchée au-dessus d'elle, les lèvres fermées. Elle n'avait encore jamais rien voulu. Et à présent, d'un jour à l'autre, Louis pourrait frapper à la porte et ce qu'Isabel voulait ne compterait plus. Neelke se trouvait dans la salle à manger, à deux portes de distance, et au fond de la poche d'une jupe dans un placard il y avait une liste, oubliée. Ce jour-là, Eva portait autour du cou une petite écharpe en soie nouée. *Sinon, Neelke va se poser des questions*, avait-elle dit le matin en ajustant la soie sur les traces dans son cou. Elle avait fixé Isabel dans le miroir. *Ne me regarde pas comme ça. Elle va se poser des questions, elle est plus maligne que tu ne crois.*

« Ce que tu veux », répétait maintenant Eva en posant les mains sur les poignets d'Isabel, puis en remontant, le long de ses bras, jusqu'à ses coudes. Puis plus haut. Il y avait du muscle à cet endroit-là. Résultat du temps passé à creuser, les genoux enfoncés dans la terre et le dos voûté.

Elles n'avaient plus beaucoup de temps. Il y avait encore des endroits qu'Isabel voulait montrer à Eva. C'est ainsi qu'elle le lui formula : *Il y a des endroits que je veux te montrer*, ce qui fit rire Eva, ce qui la poussa à saisir l'épaule d'Isabel, à lui dire *Tu parles comme un psychopathe de cinéma*. Isabel n'était allée au cinéma que deux fois dans sa vie, elle avait trouvé cela très bruyant, et tout le monde s'était assis trop près. Mettant entre elle et Eva quelques centimètres indignés, elle rétorqua, sèchement : *Je suis sérieuse*, alors Eva se décala vers elle de ces mêmes quelques centimètres, pour l'attraper et glisser avec un grand sourire : *Je sais je sais je sais je sais.*

Elles partirent visiter à bicyclette ces endroits qu'Isabel voulait lui montrer. Des paysages de carte postale : pâturages, moutons, peupliers d'Amérique aux frondaisons bouffantes. Pendant tout le trajet,

Isabel lui jetait des regards du coin de l'œil, certaine qu'elle n'appréciait rien dans cette idée ; qu'elle n'appréciait pas la campagne, la nature, le côté « été guimauve » de l'ensemble. Elles firent une halte dans un salon de thé. Eva commanda une glace, qui lui fut servie dans un grand bol en verre. « Je ne peux pas la finir », dit-elle. Elle tenait sa cuillère en l'air, vaincue. La glace coulait le long de son poignet. Et Isabel, possédée par une impétuosité qui ne lui était pas familière, lui saisit le bras et l'en débarrassa d'un coup de langue. Eva la repoussa, vite, jeta des regards alentour.

Elle parla, sans plus aucun amusement dans la voix, sans regarder Isabel : « Elle peut voir dehors. »

Isabel battit aussitôt en retraite. Elle savoura le sucre dans sa bouche, puis avala. « Qui ? demanda-t-elle.

— La propriétaire », dit-elle. Il y avait eu une propriétaire. Elle les avait autorisées à s'asseoir dehors ; elle était venue prendre leur commande. Isabel l'avait oubliée, elle ne se rappelait même plus son visage – ne lui restait que le vague souvenir d'une voix. Un accent marmottant, cette façon qu'ils avaient à l'est d'avaler les syllabes.

Elles reprirent leur promenade. Eva en silence, une radio pendue à son épaule, et Isabel légèrement humiliée, légèrement agacée. La brusquerie avec laquelle Eva s'était dégagée, avec laquelle elle l'avait repoussée, et la façon dont son corps avait sursauté, occupaient toutes ses pensées. Elles arrivèrent : un lac peu profond où Isabel faisait du patin à glace l'hiver. Elle avait voulu emmener Eva ici pour une raison qui lui avait paru importante et qui était devenue vague à présent : il n'y avait pas grand-chose à voir. Elles abandonnèrent leurs bicyclettes sur la pente le long de la route. « J'y vais », dit Eva en se levant et en ôtant sa robe. On ne pouvait rien voir depuis la route, et ici, il n'y avait qu'elles deux ; que le lapement de l'eau sur les roseaux.

Eva s'avança dans l'eau en sous-vêtements. Un « Oh, ça n'est pas si froid ! » plein de surprise et elle plongea. Isabel la regarda, sourcils froncés, allongée sur ses coudes. Elle tirait sur les touffes d'herbe et la regardait.

Eva faisait la planche. Elle disparut, tache rose et floue sous le vert de la surface. Elle ressortit, dégoulinante, tremblante. Elle apportait la fraîcheur de l'eau, debout près des jambes d'Isabel. Le tissu de sa culotte était transparent, collé à son corps.

« Tu as fini de te baigner ? » demanda Isabel.

Eva essora ses cheveux courts, sombres et mouillés. Elle haletait. Elle acquiesça. « Ouais. Ouais, j'ai fini. »

Elle s'installa à côté d'Isabel. Elle avait la chair de poule. Elle vit qu'Isabel la regardait mais ferma tout de même les yeux, le visage offert au soleil. « Tu te souviens, dit-elle au bout d'un moment. Tu te souviens quand tu me détestais ? Quand tu me regardais comme si tu ne rêvais que de me voir mourir ? »

Elles évitaient de mentionner Louis. Depuis le début, elles évitaient de le mentionner dans leurs conversations – elles contournaient à tâtons sa silhouette invisible, au bout d'une table, sur un matelas, sur une jambe nue.

Isabel ne percevait plus du monde qu'une étroite bande de peau sur l'épaule d'Eva. Elle ne regardait rien d'autre, ne levait pas les yeux. Elle refusait d'avoir cette conversation. Eva, elle, y tenait. « Tu ne te rappelles pas ? insista-t-elle. C'était hier, pourtant. Tu ne me connais pas vraiment. » Elle disait cela d'une voix forte, d'un genre qui donnait l'impression qu'elle se parlait à elle-même autant qu'à Isabel.

Eva fut parcourue d'un frisson. Puis tout d'un coup : elle roula sur Isabel, lui prit la bouche avec fougue, les joues, le cou, et partout ailleurs ses mains tremblantes. Eva était encore mouillée, l'eau traversait la robe d'Isabel, laquelle ne pouvait qu'attraper le train en marche ; qu'essayer de la serrer dans ses bras en retour, qu'essayer d'adoucir l'étreinte, ou du moins de l'égaler – égaler les doigts d'Eva qui s'enfonçaient dans sa chair, égaler le rythme de son mouvement. « Eva », dit-elle. Et elle répéta, « Eva », tout en voulant dire : *Je n'ai jamais, j'ai seulement, voulu seulement, je suis…*

Il n'y avait personne alentour. Ce fut rapide, furtif. Les baisers d'Eva brouillons, sa bouche maladroite, glissant puis revenant sur celle d'Isabel. Ses doigts remontaient résolument sous la robe d'Isabel, écartaient le fond humide de la culotte. Ça ne traîna pas ; elle connaissait le corps d'Isabel à présent, savait comment la porter jusqu'à l'extase. « C'est bon ? demanda-t-elle à Isabel, brûlante et étourdie sous elle. Comme ça ? C'est bon ? »

Isabel jouit, submergée et surprise, agrippée aux épaules d'Eva. L'ensemble n'avait pas duré plus de quelques minutes. Toutes les deux respiraient fort, et le visage d'Eva – si proche – se froissa un instant. À peine un instant puis elle n'était plus là, elle se retirait de l'étreinte, en s'essuyant la main sur sa peau, les yeux hagards : perdue, comme si elle avait oublié où elle avait posé ses affaires.

Isabel la tira à nouveau vers elle. Eva tenta de la repousser mais Isabel ne la laissait pas faire, comme si elle rassemblait les morceaux d'elle, ses coudes, sa taille, son visage. Elle prit le visage d'Eva entre ses mains, tout près, et dit : « Il faut que tu saches. Il faut que tu saches à quel point je… » Puis déglutit avant d'ajouter : « Ne m'en veux pas. »

Eva n'essaya pas d'échapper à l'étreinte, mais elle ne s'abandonna pas – promesse d'une fuite à venir. « T'en vouloir pour quoi ? demanda-t-elle.

— De ne pas avoir compris avant.

— Compris…

— Quoi faire de toi. Quoi faire de toi, Eva. »

Eva eut un étrange sursaut, comme si quelqu'un l'avait poussée dans le dos, de l'intérieur. Une interjection, un rire ou un sanglot. « Et maintenant ? Que vas-tu faire de moi maintenant ? »

La réponse d'Isabel vint d'un endroit secret, les mots s'étaient si bien pliés et repliés sur eux-mêmes au fil des jours qu'ils sortirent râpeux et déformés, à peine audibles : « Tu me laisseras faire quoi ? »

Eva se pencha contre la bouche d'Isabel. Sans répondre.

11

C'était un vendredi soir et le restaurant était bruyant. Une semaine s'était écoulée depuis la lettre de Louis, les jours étaient trop courts et elles s'y accrochaient trop fermement. Eva s'était mise sur son trente-et-un : une jupe qui chatoyait à la lueur des bougies, une jupe qu'Isabel ne lui avait jamais vue, pas neuve mais de bonne facture. Elle avait recourbé ses cheveux de telle façon qu'ils soulignaient les contours de son visage ; elle portait du rouge à lèvres qui avait coulé : une traînée colorée sous sa lèvre inférieure.

Isabel l'avait embrassée dans la voiture, juste avant qu'elles ne partent. Elle avait embrassé sa bouche, son cou. Lorsque, une main sur l'épaule d'Isabel, Eva avait dit *Isa, il faut qu'on y aille*, Isabel avait enfoui le visage derrière l'oreille d'Eva, et s'était emplie de l'odeur de sa peau. Elle avait serré sa cuisse entre ses doigts, sous la jupe, dans le pli de sa jambe.

Eva avait roulé vers elle pour accueillir le geste, une main sur la nuque d'Isabel, tout en disant cependant :

Isabel. La réservation. Et il avait fallu un instant à Isabel pour se souvenir du sens de ce mot : quelle réservation ? Puis le brouillard qui avait accompagné le corps d'Eva sur elle s'étant un peu dissipé, elle avait répété dans sa tête : *La réservation.* Au restaurant.

L'idée n'avait pas conquis Eva. *Ce sera étrange*, avait-elle dit plus tôt dans la semaine, à quoi Isabel avait répondu : *Étrange en quoi ?* Alors Eva avait dit : *Deux femmes ? Seules ? Pour dîner ?* Et s'était entendu rétorquer : *N'as-tu jamais dîné avec une amie ?* Ce qui lui avait arraché un *Oh, tu sais bien ce que je veux dire.*

Eva disait souvent cela : *Tu sais bien ce que je veux dire*, et la plupart du temps, Isabel ne savait pas, non, pas exactement. Elle comprenait simplement qu'Eva avait peur, et qu'elle percevait les gens comme un danger. Isabel comprenait la peur. Isabel prenait rarement en considération les autres gens. Mais un dîner pouvait être quelque chose d'assez innocent, d'assez paisible, poli et réservé, même si Eva n'avait que consenti du bout des lèvres lorsqu'Isabel, qui avait pris les devants, avait annoncé : *J'ai réservé.* Eva pouvait se montrer susceptible et cela l'avait suffisamment agacée, suffisamment irritée pour qu'elle remarque : *Je n'avais même pas encore dit oui, tu... Tu te permets de décider ces choses et je n'ai pas d'autre choix que...*

Sur quoi Isabel s'était approchée. Et approchée encore. De toute sa hauteur. La voix d'Eva était devenue un murmure ; puis elle s'était tue et elle avait levé la tête. Un voile distrait sur les yeux. Et la main sur la hanche d'Eva, Isabel avait demandé : *Tu ne veux pas y aller ?*

Il fallut du temps à Eva pour répondre. *Je n'ai pas dit ça*, avait-elle fini par articuler, mots murmurés dans la première mesure d'un baiser à pleine bouche.

Et à présent, leurs verres étaient servis, elles avaient commandé et Eva continuait à jeter des regards autour d'elle comme si un bruit venait de l'effrayer – comme si elle cherchait la sortie.

« Qu'est-ce qui ne va pas ? » s'enquit Isabel, et Eva la regarda, les yeux écarquillés, surprise. « Ce qui ne va pas ? » répéta-t-elle. Alors Isabel expliqua : « Tu es tendue », avant d'ajouter : « Tu te comportes comme si nous étions deux criminelles en fuite. »

Eva eut un rire étranglé. Qu'elle étouffa d'une main. Elle attrapa sa serviette et la porta à son décolleté ; il faisait chaud et l'endroit était bondé.

Leurs assiettes arrivèrent. Eva avait commandé du poisson. Isabel ne l'avait jamais vue manger comme elle le fit : gestes précautionneux à l'excès, coudes repliés contre elle, chaque arête prélevée entre couteau et fourchette puis posée délicatement sur le bord de l'assiette. Elle mangeait le poisson une miette de chair après l'autre ; on eût dit des flocons blancs. Son rouge à lèvre laissait une trace huileuse sur la fourchette.

« C'est bon ? » demanda Isabel. Eva acquiesça d'un signe, « Mm-hmm ». Isabel contempla sa propre assiette quelques secondes, le temps d'éprouver pleinement ce qu'elle voulait dire : « Tu aurais apprécié ce moment davantage si j'avais été... un homme, n'est-ce-pas ? Si j'avais été un homme et que je t'avais emmenée ici. Dans ce cas-là, tu aurais passé du bon temps.

— Isabel, siffla Eva, comme un ordre : *Pas si fort.* Je t'en prie. Ne...

— Je fais comme je veux », la coupa Isabel, sèchement, incapable ensuite de continuer sur sa lancée : la gorge trop serrée pour avaler, une chaleur coupable dans le ventre, le long de son échine. Elle ne regarda pas Eva, n'ajouta rien. Elle disparut aux toilettes après un brusque *Excuse-moi.* Un seul mouvement rapide et la serviette était sur la table, la chaise repoussée.

Il n'y avait qu'un box aux toilettes et l'éclairage était trop vif. Dans le miroir, Isabel se vit : luisante de sueur, des poches sous les yeux. Elle dormait peu ces derniers temps. Et lorsqu'elle y parvenait, lovée tout contre Eva, celle-ci se réveillait souvent, haletante, donnant des coups de pied : ses terreurs nocturnes.

Un coup contre la porte. Isabel fit couler le robinet comme si elle se lavait les mains, puis le referma. Un autre coup et Eva prononça son nom, doucement – à travers le bois : « Isabel. »

Isabel jeta la serviette en papier. D'un geste hésitant, elle entrouvrit, à peine, et Eva dit : « Oh, s'il te... » Avant de forcer le passage et de tirer le verrou derrière elle ; rouge, en colère, elle cherchait tout de même le contact d'Isabel : les bras d'Isabel, son cou, elle la tirait contre elle. Isabel se dégagea, voulut poser une question mais Eva secoua la tête et dit : « Chut, ne parle pas » et « Viens, viens là », tout en prenant les choses en mains – en lui prenant les mains, les bras, pour la forcer à l'enlacer, à l'enlacer tout à fait. « Tiens-moi, dit-elle. Tiens-moi, c'est tout. »

Isabel obéit. Isabel se lova entre ses bras – toutes les deux brouillonnes, s'affalant contre la porte avec un bruit sourd, le dos d'Eva contre le bois, avant qu'Isabel ne la rattrape et la soulève, la cambre contre elle, plaquant les lèvres sur la sueur de la peau d'Eva. Au-delà des toilettes, dans les cuisines, le personnel criait ; et en salle, le brouhaha de la soirée qui suivait son cours leur parvenait.

« Je suis toujours là, disait Eva. Je suis toujours là. » Elle embrassa l'oreille coquillage d'Isabel, et l'embrassa encore, et encore.

De retour à la table, Isabel demanda : « Comment est le vin ? » Sa voix était presque inaudible.

Eva posa son verre. Là, de nouveau : la trace de son rouge à lèvres sur le pourtour. « Il est bon », répondit Eva. Elle reprit son repas, un flocon de poisson après l'autre. Au bout d'un moment, elle s'interrompit. « Pourquoi me regardes-tu comme ça ? demanda-t-elle.

— Il faut que tu manges », dit Isabel. Il y avait eu des ratés dans sa voix, elle dut s'éclaircir la gorge.

« Comment ça ? C'est ce que je suis en train de faire, répondit Eva en agitant sa fourchette. Je mange.

— Je sais », fit Isabel, sans pouvoir s'expliquer davantage.

Les grillons les escortèrent jusqu'à la maison. Isabel alluma la radio, avant de l'éteindre aussitôt. Elle se gara devant la maison et, alors qu'elle s'apprêtait à ouvrir la portière, Eva posa une main sur elle. « On peut rester ici un instant ? » dit-elle.

Isabel se réadossa à son siège. Eva lui tenait toujours le bras.

« Ici, demanda Isabel. Dans la voiture ? »

« Oui, fit Eva. Je ne veux… je ne veux pas rentrer tout de suite. Peut-on juste… »

La maison était une silhouette sombre contre le ciel. Deux sapins fiers s'en détachaient. Une unique étoile apparut sous la lune descendante, comme un grain de beauté sous un œil feignant la pudeur. Pendant la saison chaude, la nuit bruissait comme jamais elle ne le faisait l'hiver, il y avait des insectes dans les broussailles, des créatures s'affairant dans le noir.

Isabel la sentait à présent, elle aussi : cette imminence menaçante. Les portes, les fenêtres, et ce qui les attendait derrière. Elle ne parvenait pas à nommer cette peur, simplement à reconnaître que c'était celle d'Eva, et qu'à présent elle l'avait faite sienne.

Elle se tourna vers Eva. L'humidité avait eu raison de ses boucles, qui s'étaient distendues puis avaient gonflé. Son rouge à lèvres s'était étalé davantage. Dans la pénombre, dans la faible lueur de la nuit,

Isabel distinguait par contraste les contours de son profil : ses lèvres entrouvertes, sa joue, sa mâchoire. Duvet de pêche et os.

Isabel prit la main d'Eva et l'embrassa. Elle la porta à son visage, à sa bouche, l'embrassa : les jointures d'Eva et la peau fragile sur le dos de sa main, la peau entre ses doigts. Eva laissa échapper un gémissement. Fermant les yeux, Isabel répéta le nom d'Eva au creux de sa paume, à l'exact milieu de cette paume.

« Je ne fais que te contrarier, dit-elle. Je ne veux qu'une chose : être près de toi, et je ne parviens qu'à te contrarier. Eva. Eva. »

Eva posa une main sur la joue d'Isabel. Isabel se cacha dans cette main. « Il n'y a rien d'autre, Isabel. Nous n'avons que ça. Nous devrions faire la paix avec ça, d'accord ? D'accord, Isabel ? » Elle le disait d'une voix douce. « C'est comme ça, dit-elle. Je vais devoir partir avec Louis. Tu le comprends, n'est-ce pas, Isabel ?

— Non, dit Isabel.

— Ma chérie, fit Eva.

— Tu ne peux pas.

— N'est-ce pas mieux que rien ? insista Eva. N'est-ce pas suffisant ? »

Isabel prit une grande inspiration pour répondre, avant de se rendre compte qu'elle n'avait rien à répondre. Avant de se rendre compte qu'elle ignorait le sens précis du mot *suffisant*, tel qu'Eva l'avait employé – non pas ce qu'il signifiait par rapport à quelqu'un d'autre, mais par rapport à *elle*. Elle avait tenu une poire dans sa main et l'avait dévorée tout entière, la peau et le reste. Elle avait dévoré la queue et dévoré les graines, dévoré le trognon, et la faim était toujours là, en elle, comme une gueule ouverte. Elle songea : *Je peux m'apercevoir que ton corps me manque, même alors que je te tiens contre moi.* Elle songea : *Ta voix peut me manquer même alors que je t'écoute parler.*

Isabel ouvrit la bouche contre la peau d'Eva et mordit la partie charnue de sa paume, à la naissance du pouce – fort. Eva sursauta, souffla, ne se dégagea pas – elle bascula plus près. Isabel avait appris cela aussi la concernant : ce qu'elle aimait. Comment elle l'aimait. Isabel apaisa la morsure. Eva toucha son visage, sa bouche. Ses dents, leur contours sous les lèvres d'Isabel. La nuit était brumeuse et lointaine.

« Allons-y, dit Eva.

— Dedans ? » s'enquit Isabel, sans obtenir de réponse tout de suite : une hésitation. « Bien sûr, dit-elle alors. Dedans. Bien sûr. »

La maison semblait retenir son souffle : les fenêtres étaient des yeux vides, qui les regardèrent entrer. Les meubles dormaient, les fruits dans la corbeille sur la table – endormis aussi. La main d'Eva était lâche dans la sienne. Elles se séparèrent entre la cuisine et la salle à manger : Eva voulait un verre d'eau, et le téléphone sonna dans l'autre pièce, alors Isabel alla répondre.

« Isabel à l'appareil », dit-elle. Elle était distraite, concentrée sur la cuisine – deux marches derrière elle, inaccessible pour l'instant. Elle gardait un œil sur la porte.

« Isa, dit Louis. Isa, c'est moi, c'est Louis, comment vas-tu ? Écoute, Isa, écoute, j'ai une question, un service à te demander, Isa, j'ai besoin de... »

Au son de sa voix, elle sut. Cette seule première syllabe, et elle sut – elle sut de tout son être. Pas exactement *quoi*, seulement que cela approchait, vite, et que cela allait s'installer au fil de la nuit comme du givre.

« Qu'est-ce que... » Des deux mains, elle appuya le téléphone plus fort contre son oreille, le cacha. Son cœur se serra d'un seul coup. « Que veux-tu ? Es-tu rentré ? Est-ce que tu es rentré ?

— Écoute », dit-il. Il avait l'air nerveux. On aurait dit qu'il appelait d'une cabine. Lui aussi tenait le téléphone tout contre son oreille – un froissement, un bruit de bouche. « Écoute Isabel, c'est, euh... Est-ce qu'Eva est toujours avec toi ?

— Est-ce qu'elle est... Que veux-tu dire ? Où pourrait-elle être d'autre ? Tu... tu l'as *laissée* ici, si...

— Seigneur, je n'ai pas le temps pour ça, dit-il, non pas à Isabel, mais à lui-même aurait-on dit, à quelqu'un de proche – quelqu'un d'invisible. Eh, écoute, Isa, Isa, tu m'écoutes ?

— Ne me parle pas comme ça.

— Il faut que tu... m'écoutes. Peux-tu, euh... » Il se racla la gorge, hésita de nouveau. « Peux-tu t'arranger pour qu'elle parte ? Par exemple, dis-lui que je... je ne sais pas, que j'ai... que je me suis noyé dans le canal, que je ne rentre pas, je... ha ha... » Il voulait faire de l'autodérision. Il s'y prenait mal – il était trop sérieux pour faire de l'humour.

Un moment passa. Isabel l'écoutait respirer et... et voilà. Elle savait à présent. Elle venait de comprendre. Ils avaient déjà vécu ça. « Louis », dit-elle. C'était une accusation – c'était une menace, aussi.

« Je suis désolé, dit-il. Je sais, d'accord. Je sais, je suis désolé, je sais, c'est plus fort que moi, elle... On s'est rencontrés au... J'étais logé chez cette famille, et... c'est arrivé vite. Mary est rentrée avec moi. Isabel, je le jure, je jure que je n'ai jamais éprouvé ça. Il faut que tu me croies, Isabel. Tu me crois ? Je sais que j'ai... je sais que je demande beaucoup, mais mon Dieu, si tu pouvais éprouver ce que j'éprouve. Si tu la voyais. Si tu savais ce que... si tu avais déjà éprouvé ça, Isabel, mon Dieu, je te promets, je te promets, tu ne me jugerais pas aussi durement, tu ne...

— Ne... commença Isabel avant de s'interrompre car Eva venait d'entrer dans la pièce avec son verre d'eau et sut : à la posture d'Isabel, dans le ton de sa voix. À la façon dont elle tenait le téléphone.

« Qui est-ce ? » s'enquit-elle.

À l'autre bout du fil, Louis demanda : « C'est elle ?

— Personne », répondit Isabel, et Louis dit : « Ne lui dis pas, Isabel, ne... », sur quoi Isabel lui asséna :

« Tais-toi » et Eva posa son verre, avant de s'avancer : « C'est Louis ? Est-ce que c'est Louis ?

Isabel posa la main sur le combiné. « Eva, s'il te plaît, dit-elle.

— Donne-moi le téléphone », supplia Eva.

Isabel entendit Louis dire : « Non… ne lui… ne lui passe pas le… » puis il y eut une empoignade : Eva essayant d'arracher le téléphone à Isabel, qui ne fit pas de grands efforts pour le retenir, les bras mous, les coudes lâches. Eva la poussa – sans violence. Elle la poussa simplement sur le côté. Isabel recula, un seul pas vacillant.

Eva dit au téléphone : « Bonjour, mon cœur. » Sa voix était haut perchée. C'était terrible – inadapté, mielleux. Elle n'avait pas parlé ainsi depuis des lustres. Elle tenait le combiné exactement comme Isabel, caché derrière ses deux mains. Isabel n'entendait que le timbre de la voix de Louis, sans pouvoir distinguer ce qu'il disait. Eva lui répondait : « Quand sont… Mm-hmm… alors quand… Oui, je… Moi aussi, mon cœur, oui, tellement, quand… D'accord. Non… plus tôt. Plus tôt. D'accord. Quoi ? »

Elle se tut un instant. Louis parlait. Elle acquiesçait. Une main sur la poitrine, sur le cœur.

Isabel déglutit pour ravaler sa nausée. Elle s'aperçut qu'elle était en colère, et que cette émotion ressemblait fort à une autre, familière : celle qu'elle avait éprouvée au début, quand jour et nuit elle vivait dans l'ombre d'Eva qui l'agaçait et qui l'obsédait, dont elle était incapable de détourner les yeux. Elle avait cru que c'était de la haine. À présent, elle savait que non. Les mots de Louis bondissaient dans sa tête. *Je le jure*, disait-il, *je jure que je n'ai jamais éprouvé ça, je jure que…*

« D'accord », dit Eva. Puis : « Moi aussi, mon chéri. » Et : « À bientôt alors. »

Elle raccrocha. Baissa la tête, abattue. Les mains sur le visage, elle respira profondément plusieurs fois – bruyamment, comme si elle allait pleurer. Mais elle ne pleura pas. Elle inspira, dégagea les cheveux sur son visage et pivota vers Isabel. « Il est de retour, dit-elle. Il vient demain. Me chercher. »

Isabel serra les dents. Elle dut déglutir avant de répondre : « À ta demande.

— À ma demande », répéta Eva. Elle était blême à présent. Sa jolie jupe, son rouge à lèvre fané.

Tout se nouait. Eva se tenait là, feignait la fierté, le menton relevé, comme si elle allait s'en prendre à Isabel, et Isabel lui dit en silence : *Mais qui es-tu donc ?* Dans la voiture, elles s'étaient embrassées. Elles s'étaient enlaçées. « Alors il ne t'a rien dit, asséna-t-elle.

— Rien dit ?

— Oui, fit Isabel.

— Rien dit à propos de quoi ?

— Tu veux me quitter, dit Isabel. Tu as hâte d'être loin de moi.

— Isabel », dit Eva. Un nom devenu creux.

« Tu crois que tu l'aimes ?

— Seigneur ! » Eva se détourna – se tamponna le visage avec le col de son chemisier, elle transpirait. « Qu'est-ce que c'est que cette question ?

— Une question simple. »

Eva lui décocha un regard : dangereux. Elle resta là sans faiblir un moment. Soutint le regard d'Isabel, les narines gonflées, avant de s'en aller – elle partit sans savoir où, fit un pas puis s'arrêta, avant de faire un autre pas et de s'arrêter de nouveau. « Il faut que… dit-elle. Il faut que j'aille faire mes valises. Il faut…

— Il se fiche complètement de toi, lui lança Isabel.

— Oh, qu'en sais-tu, Isabel. »

Isabel ne la regardait pas. « Il a rencontré quelqu'un d'autre, dit-elle. C'est pour cela qu'il m'a téléphoné. Il a rencontré quelqu'un d'autre. Il veut que tu disparaisses de sa vie.

— Quelqu'un d'autre, sans doute, fit Eva. Sans doute que je disparaisse de sa vie, oui. » Elle ne semblait pas surprise, ni vexée. Plutôt distraite. Elle ajouta : « Puis Louis en rencontrera encore une autre après ça, et une autre encore, et alors ? Elles ne feront que passer et… et moi je serai là, je serai sincère et il le verra, je resterai, je ne vais pas… Je ne peux pas…

— Crois-tu être la première qu'il ait ramenée ? lança Isabel. Crois-tu être la première à qui il a promis de l'épouser ?

— Et alors ? » Eva se mit à rire, un rire triste et sans conviction. « Donc il n'est pas amoureux de moi ! Et alors ? Qu'est-ce que ça peut faire ? Qui se soucie de… ?

— Moi, moi, je m'en soucie, dit Isabel. Je… » Sa voix s'étrangla.

Le visage d'Eva était une grimace autour d'un sourire. Son menton froissé tremblait. « Et en quoi ça va m'aider ? dit-elle. En quoi ça va m'aider que toi… Je n'ai rien, Isabel. Je n'ai rien du tout dans cette vie. Comprends-tu ce que ça veut dire, pour quelqu'un comme moi, d'obtenir la promesse d'un…

— Donc, c'était l'argent, dit Isabel. Je pourrais… Tu pourrais, tu pourrais rester, nous pourrions…

— Nous pourrions *quoi* ? Seigneur, Isabel. Tu as une *pension*. Qu'est-ce que tu crois, que tu me garderais ? Que tu me garderais ici ? Comment ? En tant que quoi ? Ta bonne ? Ta… » Elle déglutit, deux fois, et Isabel essaya de répondre du tac au tac, mais Eva l'interrompit, parla plus fort : « Et dans une semaine, un mois, un an, quand tu en auras assez de moi, quand tu te seras lassée, alors quoi ? Que me restera-t-il ? Tu me mettras dehors ? Tu me laisseras à…

— Non. Je n'en aurai jamais assez.

— Ah non ? Comme c'est gentil. » Eva était acerbe à présent, acerbe et cinglante : « Est-ce que tu m'écoutes ? Moi, je te le dis : ta parole ne vaut rien, c'est… c'est du vent. Quelle certitude a-t-on dans la vie ? Quel genre d'assurance peux-tu me donner ? Quel genre de *foyer* ?

— Ce foyer, dit-elle. Ma maison. »

Eva secoua la tête. « Non, tu ne peux pas me la donner, dit-elle. Elle n'est pas à toi. »

Isabel faillit répondre, puis se ravisa. La dispute tournait en rond autour d'elle et elle n'était pas sûre de savoir où elle avait commencé, pas sûre de savoir où elle avait fini ; ni ce qu'elle avait dit, ou pas dit, ou pourrait encore dire. Elle voulait simplement répondre – rien d'autre que répondre, produire un grognement misérable qui arriverait aux pieds d'Eva comme une explication, claire et cohérente : *Ne pars pas. Reste.*

« Seigneur », répéta Eva en s'essuyant les yeux dans ses manches. Elle portait du mascara, et le tissu se tacha. Elle le répéta deux fois de plus, « Seigneur, oh, Seigneur », avant de quitter la pièce d'un pas décidé. Isabel s'apprêta à la suivre, mais d'un geste vif dans l'espace important qui les séparait, Eva le lui interdit :

« Non. Laisse-moi tranquille. »

Isabel s'arrêta. Rivée au sol : deux mains jaillies du parquet la tenaient par les chevilles. Même si elle l'avait voulu, bouger aurait été impossible.

Les pas pressés d'Eva résonnèrent dans la salle à manger, dans la cuisine. Une porte s'ouvrit, une porte se ferma.

Et Isabel : coincée entre le mur et le canapé. Sous un toit qu'elle n'était pas en mesure d'offrir.

Ce fut au cœur de la nuit, noire et profonde, qu'Eva revint. Isabel, dans sa chambre, tendait l'oreille : les bruits de quelqu'un qui s'affaire en bas, les pas lents dans l'escalier. Elle n'imaginait pas et imaginait trop bien où Eva était allée : les voisins, la ville, un bar, une voiture, un lit. Celui de Louis, peut-être – elle avait pu retrouver Louis et avait pleuré dans ses bras, et Louis avait pu décider qu'il l'aimait de nouveau, davantage que cette autre fille, et il avait pu l'emmener chez eux, ou à l'hôtel, en lui disant : *Oh, tu m'as tant manqué !* Et il pourrait lui offrir une nouvelle garde-robe, des vêtements, des chaussures et de jolis anneaux pour ses oreilles, ainsi qu'un toit s'il le voulait et…

Allongée tout habillée sur le lit qu'elle n'avait pas défait, Isabel se convainquit que tout ceci était vrai, qu'Eva l'avait bel et bien fait, qu'elle avait fait le pire en quelques heures. La photo de la mère d'Eva se trouvait toujours dans sa chambre. Eva ne partirait pas sans cela, se dit-elle. Elle reviendrait au moins pour cette photo.

Je n'ai rien du tout dans cette vie, avait-elle dit. Et ce n'était pas la première fois. Isabel croyait qu'elle voulait dire – qu'elle avait voulu dire qu'elle n'avait pas de famille. Qu'elle n'avait pas de proches. Isabel avait cru qu'elle disait : Je suis comme toi.

Ce qu'elle avait en tête en réalité : l'argent. À présent, Isabel déduisait des pas d'Eva dans le couloir qu'elle essayait de ne pas faire de bruit, de ne pas faire craquer les lattes du plancher. Eva se déplaçait dans l'autre pièce, pareille à un murmure. Quelque chose de silencieux qu'on traînait sur le sol, le raclement d'une chaise, le grincement des gonds de l'armoire. La lumière dans sa chambre était allumée et filtrait dans le couloir, infime lueur orange s'insinuant jusque dans la chambre d'Isabel.

Isabel se leva, gagna la chambre d'Eva. Pas la chambre d'Eva – celle de Mère. Eva, à genoux par terre, faisait sa valise. Elle s'y prenait n'importe comment. Étant donné ses gestes, on aurait dit qu'elle pliait les vêtements alors qu'elle ne les pliait pas, elle les jetait en tas. Tout ce qui se trouvait sur la table était à présent par terre : ses flacons de parfum, ses poudres, la photographie de sa mère, son journal.

Lorsqu'elle leva les yeux son visage était tavelé de rouge, irrité d'avoir été trop frotté, gonflé. Isabel se souvint de sa voix avec Louis au téléphone, mielleuse et haut perché. Elle se souvint d'avoir remarqué la couture bombée de la jupe d'Eva ce premier soir, au restaurant ; se souvint de sa répulsion, de son agacement, de l'humidité des toilettes.

Tandis qu'Eva continuait à faire sa valise, Isabel prononça son nom. « Eva. » Eva ne répondit rien, elle ne la regardait plus, alors Isabel vint s'agenouiller à côté d'elle et essaya de retenir ses mains – lui saisit les bras, qui se rebiffèrent, se dégagèrent. « Eva, répéta-t-elle, puis : S'il te plaît, s'il te plaît, ne… »

Comme Eva la repoussait dans un souffle, un sanglot, Isabel la prit par les épaules et la tourna vers elle, l'obligea à la regarder. Eva s'effondra. Elle pleura quelques instants, le front contre la poitrine d'Isabel, puis se ressaisit et dit : « Nous avons été si bêtes. » Isabel la serra contre elle. Eva continua : « Nous n'aurions jamais dû, je n'aurais jamais dû, quelle catastrophe, quelle…

— Non », dit Isabel. Eva avait cessé de pleurer. Elle se laissa aller de tout son poids entre les bras d'Isabel, à genoux sur le sol dur. Isabel lui dit : « Il n'existe aucune version de moi qui aurait pu se détourner de toi. »

Elles gagnèrent le lit. Brouillonnes, les yeux fermés. « Éteins, éteins », disait Eva, et Isabel, qui avait déjà à demi retiré sa robe, dut retourner éteindre ; ses pieds heurtaient ce qui traînait par terre, elle renversa quelque chose, un bruit de flacon qui roule. Du début à la fin, les mains d'Eva tremblèrent. Isabel disparut entre les jambes d'Eva, qu'elle tenait par ses cuisses lourdes, par son cul. Elle était gonflée, hors d'haleine. Isabel la mangea, bruit de succion sonore d'un fruit à maturité ; elle en dévora la chair, les pépins, le trognon, tout.

Eva s'endormit ensuite presque sur le flanc, offrant à Isabel le dessin de son échine. Leurs pieds étaient toujours entremêlés. Isabel avala le goût d'Eva ; avala encore, et encore. Elle avait la gorge sèche. Se dirigea vers la salle de bains, trébucha. Elle but au robinet, dans le miroir son visage était une ombre aiguisée, à la bouche gonflée et aux yeux grands ouverts. L'eau s'écoulait dans sa gorge. Elle avait l'air d'un cauchemar.

Elles dormirent presque ensemble, séparées par la largeur d'un doigt. Isabel flottait sur des presque rêves, somnolente. Elle abandonna au petit jour, apogée du plein été, s'assit contre les oreillers et attendit. Avec le jour, Eva partirait. Avec le jour, la valise se fermerait, descendrait, et la maison se viderait.

Sortant les pieds du lit, elle les posa sur une surface étrange et se pencha pour voir : le journal intime. Il dépassait de sous le sommier. Elle l'avait heurté la veille au soir. Elle le ramassa. La couverture était douce, en cuir, un bel objet. La première lumière du jour jetait les ombres des grands sapins sur les rideaux, silhouettes avachies aux branches lourdes. Eva, dans son sommeil, poussa un profond soupir.

Isabel retourna le carnet dans ses mains. Elle l'ouvrit à la première page, juste pour voir – voir l'écriture, voir quels mots Eva utilisait et comment, voir si le nom de Louis apparaissait en un tourbillon rond de O et de U. Le mot *pomme*, avec un P enfantin.

Ça n'était pas le texte d'un journal, sur cette première page. C'était une liste. Une bonne poignée d'articles avaient été rayés. Tout en haut : *petites cuillères.* Eva avait inscrit le nombre entre crochets : douze. L'article suivant, rayé : *couteau à pain (manche en bois).* Puis : *carreaux (décoratifs, lièvres).* Le coupe-papier, les ronds de serviette, le couteau à génoise au manche gravé. Et la liste continuait ainsi, deux colonnes sur une page, qui empiétait sur la suivante : l'inventaire d'une maison.

Isabel contemplait la liste. Elle tint le carnet si serré pendant si longtemps que son pouce laissa une trace sur la page : moite, collante. L'ombre des sapins bougea sur les rideaux. Un oiseau s'envola d'une branche.

Isabel fouilla dans la commode, enfila sa robe de chambre et descendit. Elle fit du café. Compta les cuillères : cinq. Il en restait cinq. Elle n'avait plus compté ces derniers temps, et à présent il n'en restait que cinq. Attrapant une tasse pour son café, elle la lâcha par accident. La tasse rebondit sur le sol de la cuisine, l'anse se brisa, la bordure s'ébrécha. Isabel la jeta à la poubelle et en attrapa une autre.

Eva descendit peu après, habillée n'importe comment, des croûtes de sommeil au coin des yeux. Elle appela Isabel avant de la trouver : « Isabel ? » dans le salon, puis : « Isabel ? As-tu vu… » dans la salle à manger, puis en haut de la volée de marches de la cuisine : elle s'arrêta.

« Bonjour », fit Isabel. Elle était assise à la table, les mains croisées sur les genoux. Le café fumait sur la table. Le journal d'Eva était ouvert, avec à côté les feuilles où Isabel dressait son propre inventaire, celles qu'elle avait griffonnées dans un accès d'inquiétude, un accès de paranoïa, toutes ces semaines plus tôt.

Le soleil brillait si fort qu'il les aveuglait aujourd'hui. Il inondait la pièce de sa lumière comme dans un conte de fées. Dehors, les insectes volaient bas, leurs ailes prises dans l'or de cette journée.

« Isabel, articula Eva. Isabel. C'est… je te promets, je…

— Tu voulais me connaître. C'est ce que tu lui as dit. Tu m'appréciais tellement après ce dîner. Tu ne parlais presque plus que de moi, m'a-t-il dit. Je t'avais fait une forte impression, m'a-t-il dit. De fait, c'est toi qui avais *suggéré* de venir t'installer ici pendant son absence, c'est bien ça ? »

Eva la fixait. La bouche entrouverte, encore ensommeillée. Elle posa les yeux sur le journal, puis sur Isabel, puis de nouveau sur le journal. « Tu n'as pas… dit-elle. Tu n'as pas…

— Tu es une voleuse. Tu es venue pour me voler. » Isabel parlait d'une voix calme. Comme si, en se réveillant, elle avait compris et, lentement mais sûrement, fait la paix avec l'idée. C'était l'image qu'elle voulait donner.

« Non, se défendit Eva, comme si elle n'était pas d'accord avec cet argument ; argument qui avait encore du mal à percer la brume du sommeil. Non, répéta-t-elle, assertive.

— Non ? Tu n'es pas une voleuse ? » Isabel posa la main sur la page ouverte. « Alors où sont mes affaires ? »

Eva cligna des yeux, stupéfaite. « Oh », dit-elle alors. Elle sembla s'endurcir et ajouta d'une voix différente à présent : « Elles ont disparu. »

Isabel déglutit. « Disparu.

— Disparu. Tu ne les récupéreras pas.

— Donc tu avoues. Tu es une voleuse. Tu es venue me voler. C'était ton intention depuis le début, n'est-ce pas ? C'était pour cela qui tu étais si déterminée – si sûre de – hier, et Louis, et, oh ! » Un rire fusa de la gorge d'Isabel, un croassement. « Inoffensive ! Une fille inoffensive. Tiens donc ! »

Eva, dans l'entrée de la cuisine, prit appui contre le chambranle de la porte.

« Alors ? la pressa Isabel. Qu'as-tu à dire pour ta défense ? » Sa voix flancha. « Rien, tu n'as rien à dire. »

Eva fixait le journal. Elle paraissait… distante, ailleurs, si bien qu'Isabel avait envie de claquer des mains, pour la ramener. Pour la forcer à raconter. Elle haussa le ton. « Tu les as vendues ? Combien cela a-t-il pu te rapporter – quelques cuillères, un couteau. Pathétique. Je suis sûre que cela valait la peine. »

Eva lui asséna, enrobant ses mots tel du goudron mêlé à du gravier : « Tu es aveugle.

— Je l'étais, oui. Te concernant, je l'étais. Mais c'est fini. Non… » Elle porta la dos de sa main à ses lèvres, déglutit. Elle ne regardait plus Eva. «Va-t'en. »

Il n'y avait plus un bruit dans la cuisine.

« Sors de cette maison. Va chercher ta valise, va-t'en. »

Eva ne bougea pas. Elle avait toujours le regard rivé sur la table – sur le journal. Elle respirait fort. Elle fit un pas, puis fonça, voulut se saisir du journal qu'Isabel referma d'un geste vif.

Eva s'interrompit. « Rends-le-moi, dit-elle.

— Non. »

Sans desserrer les dents : « Rends-le…

— Je vais appeler la police. » Isabel plaqua le carnet contre sa poitrine. « Si tu ne pars pas, j'appelle la police. »

Eva, le visage figé, grimaçait, les yeux larmoyants, les narines gonflées, la mâchoire serrée. Quand elle était descendue, sa peau était encore chaude de sommeil. Sentant monter la bile, Isabel se détourna d'Eva, ferma les yeux.

« Va-t'en. »

Elle entendit Eva battre en retraite, hors de sa vue. Lorsqu'elle fut partie, Isabel se leva si brusquement de sa chaise que celle-ci se renversa. Elle se rua vers l'évier et se pencha pour vomir. Rien ne sortit. Elle avait les mains tremblantes, le visage poisseux de sueur. En haut, c'était un grand remue-ménage. Isabel glissa le carnet dans la poche de son peignoir, alla ouvrir la porte d'entrée et attendit.

La valise d'Eva était trop grosse pour qu'elle puisse la porter seule dans l'escalier. Elle heurtait furieusement chaque marche ; cheminait avec embarras et maladresse. Le visage d'Eva était cramoisi. Elle avait remis son chapeau rouge, et en dessous, sa chevelure peroxydée et négligée laissait apparaître la racine de ses cheveux, soit plusieurs grossiers centimètres d'un châtain très foncé.

Isabel regarda Eva se débattre. À quelques marches du rez-de-chaussée, la valise échappa à Eva et dégringola. Elle avait été fermée à la hâte – seulement les lanières à boucles, pas la fermeture éclair –, si bien que la chose, en heurtant le sol, s'ouvrit d'un coup. Les vêtements en jaillirent. Eva devint plus écarlate encore. Un genou à terre, elle s'empressa de tout remettre à l'intérieur.

Isabel fit un pas, puis deux. Debout au-dessus de la pagaille, elle se baissa et ramassa un des objets qui avait roulé un peu plus loin.

Un morceau de céramique. Des fleurs bleues sur une bordure de quelques centimètres – l'arrière d'une patte de lièvre là où l'assiette s'était…

Eva leva la tête, les yeux noirs, mouillés. Isabel voyait battre son cœur sous sa peau, dans son cou.

« Sors de chez moi », dit-elle.

Eva posa un regard sur l'éclat de porcelaine, sembla sur le point de dire quelque chose, quelque chose de désespéré et de suppliant, mais Isabel ne la laissa pas faire. « Je te le jure. Je te jure que je vais appeler la… »

Eva fourra tout dans la valise. En la refermant, elle s'essuya les yeux d'un revers du bras, plusieurs fois, entre chaque mouvement – elle s'essuyait les yeux. Sans un mot. Quand Eva se releva et partit vers la porte, Isabel recula d'un pas.

Un pied au-dehors, Eva s'arrêta. Se retourna. « Tu n'étais pas censée l'avoir, dit-elle. Ça n'a jamais été à toi. »

Isabel ferma la porte derrière elle. La verrouilla avant d'aller verrouiller aussi celle de la cuisine. Elle avait du mal à respirer : c'était comme si une crécelle s'était logée dans ses poumons, un animal dans sa gorge, qui produisait un son horrible à chaque inspiration, à chaque expiration. Elle gagna le salon et grimpa sur le canapé pour regarder dehors. Eva s'éloignait dans l'allée de gravier, avec sa valise. Elle marchait vite. Elle ne s'arrêta pas, ne posa pas sa lourde charge, pas une seule fois. Elle devenait de plus en plus petite. Le dos de son corsage n'était pas rentré correctement dans son pantalon, et le pan de tissu blanc lui tombait sur la taille.

Isabel fixa le tissu jusqu'à ce qu'Eva ne soit plus qu'une silhouette floue, un vague mouvement au loin. Puis elle parvint à la route, partit vers le bosquet d'arbres, et disparut.

Louis arriva en début de soirée. Il la réveilla. Elle était toujours sur le canapé. Toujours en peignoir. Elle s'était endormie. Elle avait le visage chiffonné, le nez pris. Gêné, il resta à distance, sans trop savoir que faire. Isabel se redressa et tira sur les pans de son peignoir pour le fermer davantage, essaya de rassembler ses cheveux d'une torsion.

« Tu es malade ? demanda Louis.

— Elle est partie, annonça Isabel. Elle n'est pas là. Elle est partie.

— Oh, fit Louis, avant de se laisser tomber sur le fauteuil avec un grand soupir. Seigneur ! s'exclama-t-il avec un petit rire. Quel soulagement ! »

Isabel monta à l'étage. Avant de partir, Louis annonça qu'il allait lui appeler un médecin. Du bas des marches, il lui cria : le médecin viendra demain au plus tard. Du bas des marches, il lui cria : va-t-on bientôt dîner ensemble ? Du bas des marches, il lui cria aussi : cela fait longtemps que nous n'avons pas dîné. Puis : ce serait une belle occasion de te présenter Mary. Et : Tu vas l'adorer.

Elle était, de fait, malade. Le médecin l'avait confirmé : malade, une grippe d'été, avec de la fièvre. Elle passa plusieurs jours à vomir et à frissonner sous les couvertures pendant que Neelke boudait au rez-de-chaussée et lui apportait de temps à autre à manger : un bouillon, du pain sec. Qui n'avaient goût de rien. La petite main de Neelke lui appliquant un tissu mouillé sur le front ne lui faisait rien.

Elle peina à se remettre. Elle se réveillait en nage au milieu de la nuit, encore à demi plongée dans des rêves enfiévrés où il était question de bouches, d'un corps soyeux collé au sien. Elle se réveillait certaine d'avoir entendu du bruit à la porte – un coup, un ébranlement. Mais il n'y avait personne et la pièce était toujours déserte, la maison aussi.

Des vents violents vinrent sonner la fin de juillet et le basculement vers août. Louis amena sa nouvelle conquête à dîner à la maison. Il avait appelé Isabel pour la prévenir, mais Isabel n'avait pas entendu grand-chose de ce qu'il lui avait dit, elle était trop vaseuse, trop fatiguée pour suivre ses divagations : quelque chose à propos du fait qu'il voulait que Mary voie d'où il venait, à propos d'un œil sur l'avenir. Isabel toussait dans le combiné et n'entendait pas tous les mots. Louis enchaîna sur une plaisanterie, lui promit qu'il n'abandonnerait pas Mary à la maison. Après avoir raccroché, Isabel voulut aller se promener, elle l'annonça à Neelke, alors Neelke l'aida à enfiler son manteau, et comme Isabel vacillait, Neelke lui dit : « Ça fera du bien de sortir de la maison. Prendre le frais. » Elle n'avait cependant pas l'air convaincue. Isabel, dans le couloir, avait l'impression d'avoir du coton plein la tête. Elle avait embrassé Eva contre ce mur. Embrassé Eva sur ce seuil. Autant de souvenirs qui pesaient, des choses creuses au fond de ses tripes qui ne lui inspiraient que de la colère : elle ne supportait pas que le seuil de sa porte lui ait été enlevé comme ça, qu'une enfance et une jeunesse et même une vie entière passée à franchir ce seuil puissent disparaître, remplacées par un seul être. Le chemisier qu'Eva portait ce jour-là, la façon dont elle s'était coiffée.

Isabel marcha jusqu'au bout de l'allée, contourna le bosquet, avant de devoir s'arrêter. Elle prit appui contre un arbre. Une main recouvrant ses yeux, elle respira.

Hendrik ne s'était pas joint à eux. Au téléphone, il avait dit : « Oh, j'en ai assez, Isa, combien d'autres filles allons-nous devoir divertir encore cette année ? Elles vont, elles viennent, nous n'entendons plus jamais parler d'elles. Non, sans façon. » Il y avait eu un bruissement sur la ligne, puis il avait ajouté, un brin distrait : « Comment a-t-il rompu avec Eva, d'ailleurs ? Pauvre enfant. Elle était trop maligne pour lui, de toute façon. »

Isabel avait laissé échapper sa surprise. Malgré elle. « Isabel ? » avait dit Hendrik, et Isabel avait marmonné : « Je vais aller m'allonger, j'ai mal à la tête », sur quoi Hendrik avait demandé : « Es-tu toujours malade ? Cela fait longtemps, tout de même, non ? »

Mary était une fille mince, les joues creuses, une grande bouche rouge. Sa coiffure était impeccable. Elle portait une jolie robe. Elle ne parlait pas le néerlandais, seulement l'anglais et le français. Elle tenait son sac à main contre son ventre et ne touchait à rien dans la maison. On aurait dit qu'elle ne regardait rien avec attention, qu'elle se contentait de jeter des coups d'œil. Sur le tableau dans le salon, elle dit : « Oh, jolies, ces dunes », à quoi Louis répondit, dans son anglais approximatif : « Bien sûr tu as bon goût », sans la corriger le moins du monde.

Elle ne ressemblait en rien à Eva. Cela aurait dû être un soulagement mais ça ne l'était pas. Louis la regardait toujours comme s'il voulait tomber à genoux devant elle, comme s'il voulait pencher le menton et ouvrir la bouche pour elle. Isabel la connaissait, cette expression, à présent. Elle savait quel air cela lui donnait à elle qui lui ressemblait tant. Et la soirée suivit son cours, Mary assise sur la chaise qui avait un temps été celle d'Eva. Elle s'accrochait au bras de Louis, comme Eva l'avait fait.

Il n'y avait eu personne pour le voir. Personne n'avait été au courant. Isabel, épuisée et rendue vaseuse par un reste de fièvre, en était à se demander si elle n'avait pas tout imaginé. Neelke leur avait préparé à tous les trois un bon dîner : pommes de terre, légumes, viande. « C'est vous qui l'avez fait ? » demanda Mary et Isabel répondit « Non », en néerlandais. « Elle a quelqu'un qui l'aide à tenir la maison », précisa Louis, à quoi Mary réagit d'un « Oh, très bien » et Isabel eut l'appétit coupé. Louis s'inquiéta : « Tu n'as pas l'air bien. Tu es encore malade ? Ça commence à faire longtemps, Isabel. »

Lorsqu'elle partit aux toilettes, elle les entendit discuter à mi-voix. « Ça te plaît ? » demandait Louis et Mary répondait : « Le repas ? », mais Louis corrigeait : « Non, ici, la maison, la maison » et Mary disait : « Oh ! Oui, oui, c'est très très bien », avant de s'interroger : « Mais elle vit seule ici ? En permanence ? »

Lorsqu'ils partirent, elle se trompa de prénom et appela Isabel Isadora. Ce qui fit rire Louis, qui déposa un baiser sur sa joue et demanda de nouveau, tandis qu'ils marchaient dans l'allée : « La maison t'a plu ? » à quoi elle répondit : « C'est tellement loin de tout.

— N'est-ce pas ? » dit-il, d'une voix qui donnait l'impression qu'il avait décidé que c'était positif et que Mary était bien bonne, pour sa part, de l'avoir remarqué.

Isabel appela Hendrik. « Comment ça s'est passé, s'enquit-il, raconte-moi tout ! » mais elle en était incapable. Elle se tut. Elle respirait fort au bout du fil. « Isabel ? fit Hendrik. Isabel ? »

Elle raccrocha. Il la rappela, mais elle ne décrocha pas. Cette nuit-là, alors qu'elle était au lit, elle eut des nœuds terribles dans le ventre, elle se sentit nauséeuse et tendue. Quelque chose couinait sous les lames du plancher – une souris ou un insecte, ou peut-être l'air chaud de la journée qui rafraîchissait. Glissant la main sous son oreiller, Isabel en sortit le carnet d'Eva. Elle alluma la lampe de chevet. Elle voulait revoir la liste. Elle voulait se rappeler, voulait à nouveau sentir la colère, voulait que son cœur fasse autre chose que se dévorer lui-même, que rétrécir sans cesse. Elle l'ouvrit et il n'y avait pas de liste. Un nom inconnu sur une page par ailleurs blanche. La fièvre aidant, elle se sentait perdue, dans les vapes. Elle retourna le carnet – l'ouvrit par la fin, et là : la liste. C'était à la fin que la liste se trouvait, et non pas au début.

Elle feuilleta rapidement le carnet : la première moitié était pleine de l'écriture sèche et affirmée d'Eva. Des journées consignées là les unes après les autres. De brefs passages, toujours moins d'une demi-page, la plupart du temps à peine quelques phrases. Des journées consignées là pendant des mois.

Isabel revint à la première page. Ses mains étaient moites et maladroites. Elle lut le nom une fois, puis le relut. Passa une main dessus, comme pour essayer de voir s'il allait changer, comme si l'encre était un stratagème – une illusion, un jeu.

Mais non. Isabel sortit du lit en chancelant et alla ouvrir une fenêtre. Elle se pencha dehors pour respirer. Une brise passa, la traversa et la fit frissonner. Sa chemise de nuit collait à sa colonne, à la sueur dans son dos.

Si vous trouvez ce carnet, disait l'unique ligne sur la première page, *rendez-le à* :

Puis venait un nom, qu'elle connaissait sans le connaître :

Eva de Haas.

TROISIÈME PARTIE

12

5 janvier 1960

Elle est partie il y a dix ans aujourd'hui. Nouveau journal. Le jour de sa mort, il neigeait beaucoup. Il a fallu longtemps au rabbin pour arriver. *Tante*[1] Malcha devenait nerveuse et elle a ouvert toutes les fenêtres afin de permettre à l'esprit de s'en aller. Dans le lit, le corps de Maman est devenu bleu. Il faisait froid. Sur la photo que j'ai d'elle, c'est l'été et elle est dans le jardin. Enfin bref, aujourd'hui il ne neige pas, il fait étrangement doux pour cette période de l'année. Dans le tramway qui m'emmenait chez Malcha, j'ai ôté mon écharpe. Il faisait trop chaud.

1. En français dans le texte (*N.d.T.*)

10 janvier 1960

Basje s'est foulé la cheville en descendant l'escalier, alors il nous manquait une fille sur la ligne aujourd'hui. Nous avons dû doubler la cadence à l'emballage. Terrible. J'ai à peine eu le temps de fumer une clope à la pause ! Mon deuxième et mon troisième doigt de la main droite étaient gonflés, mais ça va mieux. Écrire est douloureux, je ne vais pas m'attarder. Geertje a répondu à ma lettre, n'a pas trouvé de chemin, va mettre en contact avec qqu'un. Parfois, je

21 janvier 1960

L'infection va mieux maintenant – plus les doigts comme des quenelles ! Manqué une semaine à l'usine. Ils vont me reprendre, Jaw me le doit. Discuté au téléphone avec le gars de Geertje aujourd'hui. Exactement comme le dernier : 150 florins d'avance. Qu'ils aillent se faire foutre. Parfois je me dis : j'irai à l'ancienne maison moi-même. Je prendrai le train et j'irai. Je frapperai et ils ouvriront. J'entrerai et je ne sortirai plus. Qu'est-ce qu'ils feront ? Ils appelleront la police ? Et quand la police viendra, alors quoi ? Je leur dirai : essayez toujours, traînez-moi dehors. Je leur dirai : montrez-moi les papiers. Je leur dirai : montrez-moi l'acte de propriété. S'ils me touchent, je hurlerai, je jure que je hurlerai.

3 février 1960

Riz	39ct	9,80 florins	
Haricots	89ct	4,45 florins	
Café Bongo	1,69	4,08 florins ???	
Allumettes	39ct	5,35-	Marianne ? .45
Œufs (12)	1,09	1,00 – (Ruben)	?? Poisson
------------		0,22 – (Basje)	*le dire au propriétaire
		4,45 florins	0,05 – (LM)
--------			tl 05202-6 P *?* Ank. Yl.
		4,08 florins	

10 février 1960

Passée à pied devant une fenêtre ouverte et senti une odeur d'encaustique qui m'a rappelé quand je me cachais sous le bureau de Maman pendant qu'elle écrivait ses lettres. Les poils de ses jambes à travers ses bas. Avant notre départ, elle m'a demandé de ranger ma chambre, de plier mes vêtements dans une valise et de rassembler tous mes jouets dans un coffre. Elle emportait ses belles chaussures. Voilà ce que nous pensions pouvoir prendre avec nous en cas d'urgence : un coffre de jouets ! De belles chaussures et toute une valise de robes ! Je pensais beaucoup à ce coffre dans le temps, comme le morceau de sandwich qu'on a fait tomber par terre nous reste dans la tête longtemps après qu'on a mangé le reste. Je me demandais si quelqu'un avait trouvé mes jouets, et s'ils me les renverraient.

20 février 1960

Mark, l'âne, est passé ce soir. La cuisinière est en panne. Il a dit que son cousin en avait une vieille qu'il pouvait apporter. J'ai dit d'accord. Je l'ai laissé passer la main sous mon haut. Il voulait la glisser sous mon soutien-gorge. J'ai dit non. Et il a dit : Tu n'as jamais fait ça ? J'ai écarquillé les yeux et fait mine d'être affolée. Jamais, ai-je dit toute tremblante dans ses mains. Ne sois pas brusque, Mark ! Vas-y doucement avec une vierge comme moi ! Quel âne. Il apportera la cuisinière demain.
Ma main guérit lentement. Longues journées à l'usine. Basje a appris aux filles à souffler des anneaux de fumée. L'astuce : sortir la langue quand on souffle. Ah !

4 mars 1960

Qu'ont-ils gardé ? Qu'ont-ils vendu ? Je me demande. Je ne sais pas si l'idée qu'ils ont peut-être tout gardé est pire. Malcha m'a dit connaître une femme qui, en rentrant des camps, est allée trouver la famille qui s'était occupée de ses affaires. Ils lui ont annoncé qu'ils avaient tout vendu. Puis, un jour, en longeant leur

maison, elle a jeté un œil à l'intérieur et les a vus manger dans ses assiettes, et se servir de son argenterie, et le repas avait été cuit dans son plat à four. J'ai demandé à Malcha comment la femme avait réagi et Malcha m'a dit qu'elle n'avait rien fait. Qu'elle avait continué sa route. J'ai demandé pourquoi elle n'avait pas frappé. Pourquoi n'a-t-elle pas dit : Je vois que vous n'avez pas vendu mes affaires, rendez-les-moi à présent ? Malcha a dit que ce n'était pas la gêne qui les avait poussés à mentir. Ils avaient menti parce qu'ils n'avaient aucune intention de rendre les affaires.
Il y a un peu de soleil aujourd'hui ! Un tout petit carré de soleil dans la cour. Basje et moi sommes allées nous planter dans le carré, accrochées l'une à l'autre comme des hommes sur un bateau qui sombre. Elle chancelait et moi je criais : Non, ne tombe pas, ne m'abandonne pas ! Elle riait tant qu'elle reniflait comme un cochon et Jan nous a crié d'arrêter nos conneries alors nous avons dû rentrer. Plus du tout de soleil quand je suis arrivée chez moi. Triste. Nouvelle cuisinière. Bien.

16 mars 1960

2 h 30. Nuit. Des cauchemars, des cauchemars, des cauchemars, des cauchemars, des cauchemars, des cauchemars, des cauchemars, des cauchemars.
Un mouton tout doux. Une assiette de carottes au beurre. Un gros câlin de quelqu'un qui vous tient serrée

longtemps. De la musique dansante et de la danse sur la musique. Une odeur de café qui filtre par une fenêtre. Les chaussons à côté de la porte. Des draps secs. Des sourires ! Des sourires ! Un baiser lent. La plante d'un pied. La plante d'un pied. La plante du pied d'une personne qu'on aime. La plante du pied d'une personne qu'on aime allongée sur le canapé, jambes sur l'accoudoir, sans chaussettes parce que c'est l'été, et en passant on découvre la plante de son pied le long de laquelle on laisse traîner un doigt et

30 mars 1960

Sortie en ville avec Shula, Basje et Lola. Soirée amusante. Un petit bar, personne ne dansait, mais nous avons commencé et des gens nous ont rejointes. Qu'est-ce qu'on a transpiré ! Très saoules, pas terrible. Shula est restée ici, routes trop glissantes pour rentrer chez elle à bicyclette. Nous avons bavardé à n'en plus finir. Il faisait un froid de canard ! Je lui ai mis quatre couvertures dessus et elle tremblait encore. Elle ne cessait pas de dire : Tu as tant de chance ! Tu as tout ça pour toi, tu as tant de chance ! Et en regardant autour de moi, je vois une chambre grande comme une boîte qui est à la fois une cuisine, une chambre, un salon. La douche est un rideau et des champignons poussent sur le rebord pourri de la fenêtre. Je lui ai posé des questions sur le retour des camps. Lorsqu'elle m'a répondu qu'elle était très jeune à l'époque et qu'elle ne se rappelait probablement pas les choses correctement, je me suis dit : quelqu'un lui a soufflé de raconter ça, quand on lui poserait la question. Quelqu'un lui a dit de toujours porter des manches longues pour couvrir ses poignets. De toute façon, étant donné qu'elle a mon âge, elle devait avoir environ quinze ans. On se souvient de sa vie à quinze ans. J'ai gardé cette remarque pour moi. Un jour, sa cousine m'a dit que Shula avait été la plus jeune à rentrer des camps, ce qui n'est probablement pas vrai, je n'en sais rien. Elle n'y était qu'à la toute fin. Sa famille a pu récupérer sa maison à la fin de la guerre mais les taxes qu'on leur demandait de régler étaient si astronomiques qu'ils ont été obligés de vendre en 1947. À présent, ils vivent tous dans un appartement de Slotermeer, tous les six, dans deux pièces. Je lui ai demandé si elle n'avait jamais eu envie de retourner à cette maison et d'y pénétrer pour dire à ces gens de dégager, dégager, dégager, dégager. Non, m'a-t-elle répondu, nous l'avons vendue. Je n'étais pas d'accord et je le lui ai dit : être forcé de vendre quelque chose parce qu'on est devenu pauvre après s'être fait avoir, ce n'est pas honnête. Si on ne s'en est pas défait de son plein gré, ça nous appartient encore, ai-je soutenu. Elle avait trop bu pour discuter de tout ça. Elle s'est mise à pleurer très bruyamment et j'ai fixé les champignons sur la fenêtre jusqu'à ce qu'elle s'endorme. Le matin venu, nous sommes allées petit-déjeuner au Café Goededag. J'ai mangé trois petits pains ! Le fromage était bon. Miam.

11 avril 1960

Avril ! Avril ! Le mois qui n'en fait qu'à sa tête ! Aujourd'hui, il neige. Pauvres bébés fleurs, pauvres bébés oiseaux, pauvres bébés orteils au bout de mes pieds. Ils ont gelé en allant au travail, brrr ! C'est Erev Pessa'h.

15 avril 1960

Seder avec Tantine Malcha. Nous étions tous déjà ivres avant que toutes les plaies se soient abattues. Grenouilles ! Sang ! Boire boire boire. Elle possède une vieille Haggadah datant de notre enfance au dos de laquelle figure un petit dessin de mouton que Maman a dessiné quand elle avait huit ans. Maman bébé, j'ai du mal à imaginer ça. Des petits doigts en saucisse, bébé. Elle a été un bébé. C'est difficile à imaginer. Un bébé tout doux dans une couverture avec ses ongles et ses orteils minuscules.

3 mai 1960

J'ai dansé avec un homme hier soir. Comment s'appelait-il déjà ? J'ai oublié. Il a posé les mains dans le creux de mon dos. Touche-moi, ai-je pensé ! Touche-moi touche-moi touche-moi ! Puis il a essayé de m'embrasser et j'ai cru vomir. Je ne me rappelais pas avoir voulu un jour être touchée par quelqu'un, jamais. J'ai reculé mais il refusait de me lâcher alors je lui ai crié dessus et je lui ai fait sacrément peur. C'est vraiment étonnant un corps. Je ne connais pas le mien, je ne sais jamais ce qu'il veut. Y a-t-il des gens qui connaissent vraiment leur corps ? Je me demande.

30 mai 1960

Occupée. La semaine prochaine, c'est le mariage de Basje. Presque à sec. Soirées sans lumière, mais bientôt l'été, donc pas grave.

10 juin 1960

Le mariage ! C'était chouette. J'ai pleuré.

13 juillet 1960

Allée voir des cousins de Maman dans le Nord. En train. Des champs partout. Vu deux lièvres sauter des hautes herbes. Ça m'a rappelé l'époque avec le lièvre. Je n'ai pas pu m'empêcher de penser au moment où Papa a compris que l'animal était incontrôlable. Sa tête – il était horrifié. Oncle Shimon a couru après le machin comme s'il allait pouvoir l'attraper mais il n'a pas réussi. Je me suis mise à rire dans le train sans pouvoir m'arrêter. Je crois que je ne respirais plus. Pour me calmer, j'ai fumé une cigarette et ça m'a aidée. Rita, la cousine de Maman, était gentille/triste. Elle m'avait écrit alors je savais qu'elle était amputée de la jambe gauche mais j'ai quand même sursauté quand elle s'est levée de sa chaise. Elle voulait qu'on regarde des albums photos ensemble. Alors on a regardé des albums photos ensemble. Elle m'a demandé si je savais qui étaient les gens sur les photos et j'ai répondu que non. Au moment où j'allais partir, elle m'a appris qu'elle avait vu mon père deux jours avant qu'ils le tuent et qu'il avait fière allure même si tout le monde pataugeait dans la merde jusqu'aux chevilles. Elle m'a dit qu'elle voulait que je sache ça, qu'il avait fière allure. Je ne sais pas pourquoi il est important que je le sache. Je n'aime pas y penser.

5 août 1960

Partie en claquant la porte, plus de boulot, qu'ils aillent se faire foutre. J'ai décidé d'aller voir au Bijenkorf ! Un endroit chic, un grand magasin, j'en suis capable. Je me teindrai en blonde, je prendrai une autre voix, ils ne sauront pas. Je peux ressembler à n'importe quelle vendeuse de grand magasin. Peut-être que je déménagerai de cette grotte humide qui me sert de maison, peut-être que je trouverai mieux et tout ira bien.

1er octobre 1960

Yom Kippour. Un samedi cette année. Pas bougé de chez moi et fumé tout un paquet. Je voulais jeûner mais j'ai mangé un concombre à quatre heures. Dieu va-t-il me punir à présent ? Haha

12 octobre 1960

Première semaine chez De Leeuw. Je sens les pickles et la saumure. Peut-être que je sentirai toujours les pickles et la saumure à partir de maintenant. Je me douche mais l'odeur reste. Je me suis aspergée de parfum mais après, c'était pire. Je vais m'y résigner : je suis Miss Pickle maintenant. J'ai eu le poste par Shula qui m'a mise en relation avec une cousine que le fils des proprios avait toujours à la bonne. Il commence à faire froid. Aujourd'hui, l'air sentait l'automne.

30 octobre 1960

Mon anniversaire. J'ai rêvé de Papa. La poisse.

11 novembre 1960

Shula est venue avec une amie, Miriam, qui était vraiment antipathique. Un moulin à paroles. N'a pas enlevé ses chaussures. Une histoire qu'elle a racontée était tout de même intéressante. Elle avait entendu parler d'une fille du Prinsengracht qui s'était fait passer pour une bonne et s'était fait embaucher par les gens qui occupaient maintenant la maison de sa famille. Elle a vécu chez eux six mois en se faisant passer pour une bonne et a récupéré, l'une après l'autre, des choses que sa famille avait abandonnées. D'abord une fourchette, puis une serviette, puis un tableau, et ensuite un collier. Quand ils s'en sont rendu compte, elle s'était déjà envolée. En entendant cette histoire, j'ai eu l'impression que mon sang prenait feu dans mon corps. Je me suis dit : je vais faire pareil. Je ne l'ai pas dit à voix haute, je l'ai simplement pensé et Shula m'a longuement regardée comme si elle pouvait le lire sur mon visage, avant de me dire que c'était un mythe et que de toute façon ce genre de chose ne se produisait jamais dans la vraie vie. Puis Miriam m'a dit que personne ne m'embaucherait comme bonne de toute façon, parce que je ne savais pas tenir une maison et parce que tout le monde reconnaîtrait un visage juif et parce que je sentais la saumure de pickle. Miriam a encore plus l'air d'une Juive que moi, mais je n'ai pas dit ça. Je n'ai rien dit du tout. Je suis allée à la fenêtre et j'ai fumé ma cigarette sans un mot jusqu'à ce qu'elles ne sachent plus quoi faire et s'en aillent. Bon débarras. Non, pas Shula, elle je l'aime bien, la pauvrette.

2 décembre 1960

Il a commencé à neiger et ça ne veut plus s'arrêter. Basje est enceinte. Elle m'a dit qu'elle pourrait me teindre les cheveux dans leur nouvelle cuisine, elle a un grand évier maintenant et une fenêtre qui s'ouvre complètement.

15 décembre 1960

J'ai envie de rhubarbe. Avec de la crème et du sucre, tout juste sortie du four, miam. Maman avec son chapeau de paille dans le potager qui arrache la rhubarbe. En fermant les yeux, je la vois je la vois. La dispute avec Papa quand il avait annoncé qu'il allait couper les sapins parce qu'ils faisaient de l'ombre et Maman qui les adorait lui avait répondu : Parce que tu es Dieu maintenant ? Tu es Dieu et c'est toi qui décides où tombe l'ombre et où elle ne tombe pas ?

25 décembre 1960

Des petits Jésus partout. Ça ne les dérange pas de laisser des Juifs entrer chez eux tant qu'ils sont sculptés dans du bois, hein ?

5 janvier 1961

Ça fait onze ans aujourd'hui qu'elle n'est plus là. Je me suis réveillée en pensant que c'était la faim qui me creusait le ventre mais plus tard dans la journée, j'ai compris que ce n'était pas la raison. Vraiment envie de tenir dans ma main quelque chose qu'elle a tenu dans la sienne. Demandé à Malcha si je pouvais fouiller dans les cartons pour essayer d'y trouver les vieux journaux intimes de Maman et Malcha m'a dit d'accord mais qu'il n'y avait probablement rien, beaucoup de choses avaient été jetées ou brûlées en 1942. Je me souviens de la fois où elle m'a donné un carnet pour écrire dedans quand j'étais petite. Je lui ai dit que je tiendrais un journal mais je ne l'ai jamais fait. Je ne voulais pas qu'elle m'embête avec ça alors j'ai donné le carnet à une copine en faisant croire que je l'avais perdu. Quand elle a appris la vérité, elle était hors d'elle. Eh bien, regarde-moi maintenant, Maman !

21 janvier 1961

Encore de la neige. Je pense à la maison sous la neige. Le son de la neige qui tombe des branches comme un mot étouffé. *Hmph !* Le soleil le matin et l'ombre des arbres sur le rideau. La fois où nous y sommes allées en 1946, il faisait nuit et c'était le soir. Nous nous sommes garées devant, je ne voyais que les lumières allumées à l'intérieur. Est-ce que je me souviens à quoi ressemblait la famille qui vivait là-bas ? Non. Il me semble avoir jeté un œil à l'intérieur mais mes souvenirs n'en sont peut-être pas. Quelques enfants, plus jeunes que moi, assis à table autour d'un grand dîner. Il faisait froid, j'ai eu envie de partir en courant quand cette femme a ouvert la porte mais je suis restée là, figée. Est-ce que je me souviens de ce qu'elles se sont dit ? Elles criaient, et je ne sais plus avec quels mots exactement, Maman a dit qu'elle voulait qu'on la laisse entrer, que c'était notre maison, et la femme a répondu qu'elle appellerait la police si on ne partait pas. Maman a crié : « Appelez la police ! Qu'ils viennent ! Appelez-les ! » Et je me suis mise à pleurer. La femme a fermé la porte et Maman a tambouriné des poings contre les vitres pendant un bon moment. La police n'est pas venue. Il faisait un froid glacial pendant le trajet de retour. C'est l'année où la vitre était tombée à l'intérieur de la portière sans qu'on puisse la réparer. Je n'arrêtais pas de sangloter et Maman s'est énervée, elle m'a dit d'arrêter de geindre. Elle fumait, sans gants. Il lui manquait quelques dents et les autres étaient jaunes. Une maladie attrapée dans les camps dont un médecin nous a parlé plus tard, mais j'ai oublié comment elle s'appelait. Elle a tenu quelques misérables années de plus et puis elle est morte, gelée dans un petit lit et c'est moi qui l'ai trouvée le matin.

8 février 1961

Seigneur...
En allant chercher mes chaussures chez le cordonnier (semelle), je suis tombée sur une ancienne voisine. Je ne l'ai pas reconnue tout de suite. Je détachais ma bicyclette et elle se trouvait sur le trottoir d'en face, une vieille femme à l'air goy vêtue d'un grand manteau d'hiver, avec des cheveux comme des plumes. Elle me fixait. Elle me fixait de telle façon que j'ai su qu'elle allait vouloir me parler. Je n'avais pas envie. Elle s'est approchée de moi à l'instant où j'allais enfourcher ma bicyclette pour partir et m'a dit que j'étais la fille d'Esther. « C'est bien ça, tu es bien la fille d'Esther ? Mais oui, je le sais. » Je ne savais pas quoi dire. Comme si quelqu'un m'avait mis un caillou dans la bouche qui m'empêchait de parler. Qui prononce le prénom de ma mère mis à part Malcha maintenant ? Je ne l'entends plus jamais de la bouche de personne. La femme voulait à tout prix me parler. M'inviter à prendre un thé au coin de la rue. Je me suis dit que quelqu'un devait l'attendre là-bas pour m'enlever et me livrer aux Allemands. Voilà ce que je me suis dit ! Avant de prendre conscience que ce genre de chose n'arrivait plus. N'est-ce pas étrange ? Il peut nous venir une idée qui n'est plus vraie, mais à laquelle on croit encore dans ses tripes. Je suis allée m'asseoir avec elle au café. Je ne voulais pas rester longtemps, je détestais ça. Elle était très bavarde. Elle m'a d'abord demandé

des nouvelles de Maman et Papa et, comme je refusais de répondre, elle a compris et ne les a plus mentionnés. Puis elle a voulu me dire à quel point, elle, elle avait toujours apprécié notre famille, à la différence des autres voisins. Elle m'a raconté qu'une fois, quand j'avais trois ans, elle était venue déjeuner chez nous et que Maman avait été très aimable avec elle. Elle répétait sans cesse qu'elle ignorait ce qui se tramait. Elle voulait que je lui assure que je la croyais. J'ai fini par le lui dire. Après tout, je m'en fiche. Je voulais simplement qu'elle se taise, je voulais partir. Elle m'a dit qu'elle avait entendu plus tard que c'était un autre voisin qui nous avait envoyé les Bottes en 1942. Ça ne m'intéresse pas ça ne m'intéresse pas ça ne m'intéresse pas ça ne m'intéresse pas.
Au moment où je m'apprêtais à partir, elle s'est accrochée à mon bras et m'a dit que je ressemblais à ma mère, et que ma mère aussi était une jolie Juive. Je lui ai demandé de bien vouloir me lâcher. Elle m'a demandé si je lui pardonnais, de lui dire que je lui pardonnais. Je le lui ai dit : Je vous pardonne, pour qu'elle me lâche. Elle m'a lâchée. Avant de partir, je me suis tournée vers elle et j'ai demandé : Qui vit là-bas maintenant ? Elle m'a répondu qu'il s'agissait d'une famille où il n'y avait pas de père, mais que la mère était morte quelques années plus tôt, puis les deux fils avaient déménagé. Il ne reste plus que la fille, elle y vit seule. J'ai demandé comment ils s'appelaient. Et elle m'a appris que leur nom de famille était Den Brave. Ils se sont installés pendant

l'hiver de la famine, ils venaient d'ici, d'Amsterdam. Un fils prénommé Louis et un autre prénommé Hendrik. La fille s'appelle Isabel.

9 février 1961

Il y avait une fille prénommée Isabel à la dernière adresse où j'ai vécu, quand je me cachais encore à Friesland. Elle était plus âgée que moi. Les cheveux si blonds qu'ils paraissaient blancs. Un jour, la famille n'a pas voulu que je descende parce qu'il y avait des Bottes dans les parages et les parents l'avaient envoyée m'apporter à manger. Elle tenait l'assiette comme pour me dire : Viens donc la chercher, et quand j'ai tendu la main pour la prendre elle l'a lâchée par terre et le repas s'est renversé dans un grand vacarme. Elle a raconté à ses parents que c'était moi la responsable, que j'avais lâché l'assiette. Chaque fois que j'entends ce prénom, Isabel, j'y pense. Maintenant, une Isabel vit dans ma maison. Je suis sûre que ça signifie quelque chose. Mais quoi ? Forcément quelque chose.

27 février 1961

J'ai rencontré un gars au bar et nous sommes allés chez lui. Il habitait un bel appartement qui donnait sur l'un des canaux. Des plafonds incroyablement hauts ! Tout était impeccablement propre. Je voulais connaître le prix de tout. Je faisais le tour et lui demandais : Ce canapé, combien a-t-il coûté ? Et cette chaise ? Et ce miroir ? Il me répondait qu'il n'en savait rien tout en m'embrassant dans le cou etc. etc. Il n'en savait rien ! Inimaginable. Si vous venez chez moi et que vous me demandez combien ma chaise a coûté, je saurai vous répondre.

1er mars 1961

Une femme s'est présentée au magasin aujourd'hui avec une petite fille prénommée Isabel. Elle disait sans arrêt : Viens ici Isabel ! Isabel, ne mets pas ta main dans ta bouche ! Je voulais me boucher les oreilles, faire quelque chose. Les enfants ne sont que des enfants, ils n'ont rien fait, son prénom, elle n'y est pour rien. Mais elle a fini par étaler ses doigts gras sur le verre et lorsque j'ai demandé à la femme si elle pouvait lui dire d'arrêter, la femme m'a répondu : Oh ça n'est qu'une enfant ! J'étais hors de moi. Elle n'est qu'une enfant et alors ? Je vais devoir nettoyer ça, moi !

3 mars 1961

Je me demande comment va Fred. J'ai vu une fille qui lui ressemblait aujourd'hui. Ça n'était pas elle.

Quand l'ai-je vue pour la dernière fois ? Avant que Maman me trouve, en 1946, à peu près. La chaleur de Fred me manque la nuit. Il fait froid ici. Elle respirait tellement fort dans son sommeil que c'étaient presque des ronflements mais elle n'a jamais ronflé. Un jour elle m'a dit que tous les quartiers d'une orange comptaient exactement trois pépins. N'importe quoi. Menteuse. En quoi est-ce que c'est drôle d'aller raconter ce genre de petits mensonges comme si c'étaient des faits ? Et je t'ai crue, est-ce que c'est si bête ? Est-ce moi qui suis bête ? Je n'avais jamais vu de doigts aussi longs que les siens. Il n'empêche qu'elle était gentille avec moi dans ce lit. Tellement gentille et tellement silencieuse dans ce lit. Des baisers des baisers des baisers dans le lit mais à quoi servent les baisers finalement, je me demande, il fait encore froid ici et où es-tu maintenant alors à quoi servent

15 mars 1961

Je suis tombée sur un de leurs noms dans le journal aujourd'hui. Je mangeais une pomme et le morceau que je mâchais m'a jailli de la bouche. C'était un petit encadré sur l'inspection d'un bateau sur les docks et ils citaient deux ingénieurs, dont l'un s'appelait « Louis den Brave (31) ». C'est lui, non ? C'est forcément lui, sinon qui d'autre ? Voilà qui ne m'avance pas à grand-chose. Ce n'est qu'un nom.

Que puis-je faire avec un nom ? Rien. Je ne peux rien faire.

20 mars 1961

Lola le connaît. Lola le connaît. Lola le connaît. Alors que nous buvions des coups à Goededag, j'ai commencé à lui parler de la vieille voisine et des trois frères et sœur. Et elle m'a dit : « Oh je connais ce gars-là. » Je lui ai répondu : Arrête de dire n'importe quoi. Mais elle a insisté. Elle le connaissait pour de vrai ! Il vit à La Haye, il a fréquenté une amie à elle quelque temps et une fois où elle rendait visite à cette amie, il les a toutes les deux emmenées danser. Lola dit que c'est un flambeur et un beau parleur de la pire espèce et qu'il a plaqué son amie sans prévenir quelques semaines plus tard. Que son amie a eu du mal à s'en remettre, qu'elle l'avait eue en larmes au téléphone plusieurs fois. J'ai répondu que ce n'était pas étonnant que ce soit un enfoiré. Et c'est de nouveau arrivé, je me suis mise à rire sans pouvoir m'arrêter, ce qui a inquiété Lola. J'ai fumé une cigarette et ça m'a aidée. J'en ai profité pour lui demander où il habitait. Elle a refusé de me le dire. Je lui ai demandé le nom du bar où il les avait emmenées. Elle m'a assuré qu'elle me le dirait si je promettais de ne pas y aller et de ne pas l'embêter. Je lui ai promis que je n'embêterais pas le bonhomme, alors elle m'a donné le nom du bar.

Aujourd'hui, nous sommes lundi. Je prendrai le train vendredi.

25 mars 1961

Il est plus beau que je ne l'imaginais mais pour le reste, il est exactement comme dans mon idée.

26 mars 1961

En le voyant, je me suis demandé si je me souvenais de lui. Est-ce que c'était le visage que je me rappelais avoir vu à travers la fenêtre, assis à table en train de dîner ?

Il ne me disait rien. Maman cognait contre la vitre en leur criant de sortir et sa mère a asséné à la mienne en la regardant droit dans les yeux : « Ce n'est pas votre maison », avant de lui claquer la porte au nez. Pourtant, il ressemble à n'importe quel homme. Comme tous les hommes ressemblent à tous les autres hommes.

28 mars 1961

Si je lui parle de la cheminée dans la cuisine, je me demande s'il aura quelque chose à en dire. Dira-t-il que c'est son endroit préféré dans la maison ? C'est là qu'il fait le plus chaud et en m'asseyant sur une chaise, je peux présenter la plante de mes pieds nus aux flammes. Si je lui parle du craquement dans le couloir et des pins et des cuillères de ma mère saura-t-il de quelles cuillères il est question s'en sera-t-il servi saura-t-il

30 mars 1961

Basje est énorme à présent, ce n'est plus qu'un ventre. Elle m'a décoloré les cheveux dans l'évier de la cuisine. Sans plaisanter, ce machin est une arme chimique. C'était il y a deux jours et ça empeste toujours autant l'ammoniaque, on ne sent que ça. Mon cuir chevelu a brûlé c'était horrible et à présent ça démange. Chaque fois que je croise mon reflet dans le miroir, j'ai du mal à savoir ce que je regarde. Ce n'est ni spécialement joli ni spécialement moche. Très jaune, très étrange. Je retourne à La Haye samedi. J'emprunte à Basje une de ses vieilles robes et son beau rouge à lèvres.

2 avril 1961

C'était horriblement facile. J'ai dansé avec un de ses amis et tout en dansant avec le gars, je ne quittais pas l'autre des yeux à l'autre bout de la pièce. Tout est là, non ? La plupart des gens veulent simplement

qu'on les remarque. Je l'ai laissé m'offrir un verre, je lui ai donné mon nom puis j'ai prétendu plusieurs fois que j'avais oublié le sien alors qu'il me le rappelait sans arrêt. Je lui ai demandé de me parler des bateaux. « Vous voulez dire des navires », a-t-il dit et j'ai répondu : Oh, je n'y connais rien, je ne sais rien, parlez-moi des bateaux. Il a dit de nouveau : Des navires, vous voulez dire des navires. J'ai dit : Des navires, si vous voulez. Il a voulu me revoir. Je lui ai rétorqué : Oh mais je vous connais à peine. Il a insisté : Vous n'avez pas envie de faire ma connaissance ? J'ai dit : Qui sait, peut-être ?
Pessa'h. Chag Samech.

6 avril 1961

Nous avons déjeuné ensemble. Il aime commander pour vous et vous regarder manger. Nous nous sommes promenés sur le boulevard. Il faisait gris et le vent soufflait fort, les vagues étaient grosses. Mon chapeau s'est envolé et il me l'a rattrapé. Comme je le tenais devant mon visage, il m'a demandé : « Que faites-vous ? » Alors j'ai expliqué que je me protégeais des gouttes pour que mon maquillage ne coule pas et il s'est mis à rire comme si je venais de dire quelque chose de très drôle. Il m'a dit que j'étais une drôle de fille et qu'il m'aimait bien. Il a demandé s'il pouvait me raccompagner chez moi et je lui ai dit que je logeais chez une amie à Amsterdam parce que je cherchais un appartement. Je savais ce qu'il allait dire et dans la foulée il l'a dit : « Vous pouvez toujours rester chez moi. » Oh ? ai-je dit. Oh ? Où habitez-vous ? Il me l'a expliqué. J'ai dit : « Est-ce votre seul logement ? Où vivez-vous ailleurs ? » Il a ri de nouveau comme si j'avais dit quelque chose de très étrange.

15 avril 1961

Pas sérieuse au boulot & virée. Rentrée avec Louis hier soir. Un appartement humide, une cuisine et une salle de bains partagées. Colocataire absent. Il avait les mains baladeuses et la bouche vorace. Il rongeait plus qu'il n'embrassait. Ça a été expéditif. Au lit, à un moment donné, il a dit : « Tu as un corps abondant, ça me plaît » et comme je lui demandais ce qu'il voulait dire par corps abondant, il m'a répondu : « Oh, tu sais bien » de sa voix douce en me pelotant partout. Il n'est pas si mal j'ai clairement eu pire dans le genre causes perdues. Je lui ai demandé de me parler de sa famille. Il m'a assuré qu'il n'y avait pas grand-chose à en dire. Dis-moi leur nom, ai-je demandé, que font-ils, où habitent-ils. Il voulait savoir pourquoi ça m'intéressait. J'ai dit : « Je veux connaître ta vie et d'où tu viens. » Il m'a raconté que ses parents étaient morts. Que son frère Hendrik vivait aussi à La Haye et qu'il était comptable. Sa sœur Isabel habite dans l'Est dans leur vieille maison de famille. Seule ? lui ai-je demandé. À quoi il m'a répondu : « Elle a quelqu'un pour l'aider à tenir la maison un jour sur deux. » J'ai remarqué que ça n'enlevait rien au fait qu'elle vivait seule. Il a répondu : « Dans ce cas, j'imagine qu'elle vit seule, oui. » Je lui ai demandé s'il avait déjà songé à retourner vivre là-bas, dans une si grande maison de famille, il devait y avoir de la place. Il s'est tu un instant puis il m'a avoué qu'en fait la maison était à lui. « Que veux-tu dire ? » ai-je demandé. Il m'a expliqué : « La maison. C'est mon oncle qui a l'acte de propriété mais c'est à moi qu'elle échoit. » J'ai répété : qu'elle échoit ? Alors il m'a expliqué que la maison lui reviendrait lorsqu'il déciderait de fonder une famille. Lorsqu'il se marierait. Lorsqu'il voudrait avoir des enfants. Mon cœur battait si vite que j'étais certaine qu'il pouvait le sentir. J'étais allongée en partie sur lui, nue, il aurait dû sentir les *boum boum boum* de mon cœur ! Mais non. J'ai demandé : « Et ça te tente ? De te marier et d'avoir des enfants ? » Alors il m'a serrée fort dans ses bras en disant : « Quand j'aurai trouvé la bonne » puis il m'a embrassée comme s'il voulait que je me sente spéciale.

17 avril 1961

Je pourrais le convaincre de m'épouser. Je pense que ce serait facile. Je ne pense pas qu'il me faudrait longtemps. En écrivant ça, en voyant les mots sur la page j'entends ma tête qui me dit c'est dingue, c'est une idée dingue, qu'est-ce que tu racontes, espèce de dingue. Et puis en y réfléchissant, je me dis n'y a-t-il pas des gens qui se marient pour de mauvaises raisons ? J'aurais pu le rencontrer dans un bar sans savoir qui il était ni d'où il venait. J'aurais pu le rencontrer tout aussi facilement et il aurait tout de même craqué pour moi, parce qu'il est comme ça. Il a la sécurité un bel avenir et qui n'a pas envie de ça ? Il y a pire chez les hommes. C'est un hasard s'il a quelque chose qui m'appartient. Un hasard s'il a le pouvoir de me le rendre. Cela aurait pu se passer de n'importe quelle autre façon.

18 avril 1961

J'ai vu une femme au marché aujourd'hui avec un numéro qui n'était qu'à deux numéros de celui de Maman. J'ai eu envie de lui parler. Qu'aurais-je pu lui dire ? Il n'y avait rien à dire. Un jour Maman m'a dit qu'elle et les autres Néerlandais avaient été les derniers à quitter le camp. Que la Croix-Rouge était venue pour les Français, les Suisses et les autres et que les Américains répétaient sans cesse : Oh vous devez attendre que quelqu'un vienne vous chercher pour vous ramener chez vous. Et que certains sont partis quand même car qui les en aurait empêchés ? Mais d'autres sont restés et dormaient sur les mêmes lits superposés qu'avant et il y en a qui sont morts pendant cette période. Plus tard ils ont appris que c'était long parce personne n'avait prévu de venir. Les Néerlandais n'ont envoyé personne récupérer leurs Juifs. Elle m'a raconté qu'elle connaissait un père et une fille qui avaient survécu, mais pas la mère, et ils n'ont pas voulu attendre, alors ils sont partis avec la Croix-Rouge suisse et c'est là-bas qu'ils ont échoué, en Suisse. Ils ont pu se refaire une santé dans de très bonnes conditions, avec une bonne literie et de bons repas, le père était dentiste. Il aidait tous ceux qui avaient besoin de soins. Ils sont restés quelques années là-bas puis, lorsqu'ils sont rentrés, ils ont reçu une facture de plusieurs milliers de florins – des milliers ! Le gouvernement suisse avait envoyé la note au gouvernement néerlandais et le gouvernement néerlandais leur disait que c'était à eux de payer ! Ils n'avaient pas les moyens, bien sûr. Ils ont été envoyés dans les vieilles usines d'Eindhoven dont on se servait comme d'une grande étable pour tous les Juifs restants. Moi aussi j'y suis passée pendant quelque temps. Maman racontait que lorsqu'elle était arrivée à Amsterdam Centraal pendant l'été 1945 dans son uniforme sale la femme à la réception des rescapés lui a dit qu'elle devait se considérer chanceuse d'avoir été dans l'un de ces camps, parce qu'au moins, on l'y avait nourrie. Tout le pays avait connu une grande famine, voilà ce que la femme lui avait dit. Maman ignorait où j'étais, et même si j'étais toujours vivante, s'ils m'avaient attrapée et envoyée dans un camp. Elle avait demandé à la femme si quelqu'un portant mon nom s'était présentée. La femme lui a répondu qu'elle n'en savait rien et lui a dit de circuler. Maman m'a raconté qu'elle s'était mise à crier, qu'elle avait attrapé la femme par le col et que des goyim qui travaillaient là l'avaient traînée dehors et que c'était la première fois qu'elle revoyait Amsterdam.

22 avril 1961

Hier, Louis a dit : « Je peux te dire une chose sur ma mère. Son animal préféré entre tous était le lièvre. » J'ai cru mourir. Il m'a raconté : « Elle avait des assiettes que personne n'avait le droit de toucher. » Quand elles étaient à nous, nous mangions dedans tous les jours, et puis il y a eu cet anniversaire avec le lièvre sauvage, et une assiette s'est brisée, Maman ne s'est même pas énervée. C'est la vie, a-t-elle dit. Nous n'avons presque rien pris quand nous sommes partis. Maman disait sans cesse : Ne vous en faites pas nous reviendrons nous reviendrons bientôt, mais c'était un mensonge. À présent, je pense à la maison qu'ils ont trouvée avec tout encore à l'intérieur, le livre de Papa toujours ouvert à la page où il en était, et ça me rend malade, ça me donne la nausée. À qui croyaient-ils que tout ça appartenait ? Sans doute qu'ils savaient je ne peux pas imaginer qu'ils ne savaient rien. Qui peut ne pas savoir ce genre de chose ? Ils devaient savoir.

23 avril 1961

Il m'épousera et s'il ne m'épouse pas je le forcerai à m'emmener dans cette maison et je fourrerai tout dans un grand sac et je m'en fiche je rentrerai à Amsterdam en courant s'il le faut je m'en fiche je le ferai.

30 avril 1961

Fauchée et en retard pour le loyer. J'ai emprunté de l'argent à la petite Daantje comme on m'a toujours dit de ne pas faire. J'ai dit à Louis que mon amie voulait que je quitte l'appartement, alors il m'a proposé de venir vivre avec lui. Pas plus compliqué que ça ! Viens vivre avec moi ! Vous auriez vu ces gens en 1942. La première adresse où on s'est cachés, Maman Papa et moi, les gens réclamaient mille florins par mois pour une petite pièce puante sous les toits avec de la paille par terre pour qu'on ne fasse pas de bruit et Maman discutait avec Papa en chuchotant, elle disait : On n'a plus les moyens, et Papa répondait : Combien de temps encore cela peut-il durer ? Dans un mois nous serons chez nous.
Puis l'adresse suivante aussi était trop chère pour nous trois, alors ils m'y ont envoyée toute seule.

Trois cents florins par mois pour une fille de douze ans, quelle bonne affaire ! Un lit de camp dans un garde-manger à Groningen. Une mère avec une tête d'oiseau et un père à qui il manquait deux doigts qui travaillait dans un moulin. Ils ont dit à tout le monde que j'étais une cousine de l'Ouest. Leur fils me disait que je sentais le caca. Six mois je suis restée là-bas, puis un jour des soldats sont passés et trois cents florins n'ont plus suffi. Ils m'ont jetée dehors et je… je me suis dit que si Maman et Papa me cherchaient, c'était ici qu'ils viendraient, alors si je partais ils ne pourraient plus me trouver. J'ai hurlé ! J'ai hurlé toute la journée ! Ça n'a pas aidé. À l'arrière d'une camionnette de fermier. Friesland, en plein hiver. Cinq cents florins d'avance. C'était tout ce qui me restait. Dans la Drenthe, des gens gentils, deux semaines, ils avaient des chiens, et les chiens ne m'aimaient pas. Trop de bruit. Je suis partie de moi-même. J'ai eu mes règles pour la première fois dans une cabane quelque part, mon Dieu, j'ai roulé du foin dans un bout de tissu arraché à l'ourlet de ma jupe et je l'ai fourré dans ma culotte, je ne savais pas du tout ce que je faisais, combien de temps étais-je censée saigner ? Un jour, deux jours, des semaines ? Je ne connaissais rien de rien. Je voulais Maman. J'ai dormi sous un crochet à viande tout l'été. Une grand-mère de la ferme d'à côté savait que je volais dans sa cuisine et faisait comme si elle ne me voyait pas. Qu'elle soit bénie, la seule bonne personne qui restait sur terre.

1er mai 1961

C'est un jour de mai magnifique. Le soleil est doux tout est en fleur et l'air a l'odeur d'un point d'exclamation annonciateur de quelque chose. Louis est au travail. J'ai rencontré son colocataire, Maurice, que je connais, c'est le cousin de Geytele dont l'ami m'avait trouvé cette deuxième adresse où me cacher à Drenthe en 1943. Il ne m'a pas remise. Plus de quinze ans ont passé et à présent je suis blonde. J'ai peur qu'en me regardant un peu trop longtemps il ne finisse par se souvenir, alors je vais rester dans la chambre ou sortir. Je crois que je vais réussir à convaincre Louis de m'épouser. J'ai emporté mon journal, j'ai décidé de ne pas m'en faire : Louis ne fait pas vraiment attention à moi ni à mes affaires ni à ce que je fais. Il me désire ! Évidemment. Mais il ne fait pas attention à moi.

2 mai 1961

C'est comme ça que je l'imagine. C'est comme ça que j'imagine un grand amour. Parfois je pense à Papa et à la fois où il avait voulu m'apprendre à jouer aux dames mais j'avais refusé, quel jeu ennuyeux. Je voudrais hurler tellement je m'en veux. Maintenant, tu ne sauras jamais comment il joue aux dames ni comment il explique les règles, voilà des choses que tu n'auras plus jamais jamais l'occasion de savoir.

C'est ce qui se passe quand les gens meurent. Ils emportent tout ce qu'ils sont avec eux et on n'apprend plus jamais rien de neuf à leur sujet.
Je crois que le grand amour est comme ça mais sans personne qui est mort ou mourant. Puis je me dis : c'est beaucoup mieux de simplement aimer beaucoup quelqu'un. Qui prend de bonnes décisions en étant amoureux ? Moi, je n'en connais pas.

4 mai 1961

Je me croyais amoureuse de Martijn. Il embrassait bien et il gardait le lit bien chaud, et mon Dieu quand je parlais il me regardait comme si j'étais la personne la plus intelligente du monde. Et quand je cuisinais pour lui il s'extasiait, miaaaam ! Comme s'il n'avait jamais rien mangé d'aussi bon de sa vie. Mais il est parti, ça m'a mise en colère deux jours puis je me suis dit : Oh, c'est agréable d'avoir à nouveau du temps pour moi. Et quand Basje m'a dit qu'il couchait avec Janneke j'ai pensé : Bonne chance Janneke, alors en fait je ne pense pas que c'était de l'amour.

12 mai 1961

Louis veut m'emmener à un dîner de famille la semaine prochaine pour me présenter son frère et sa sœur.

16 mai 1961

Les jours se réchauffent mais les nuits restent froides. Aujourd'hui, j'ai repensé au jour où cette femme qui avait décidé que me garder au sous-sol était trop dangereux m'a fichue dehors en pleine nuit c'était aussi en mai et il faisait un froid de canard. Ils bombardaient quelque part non loin si bien que je n'avais pas fermé l'œil de la nuit. Louis a ce tic quand il dort il ne me prend pas dans ses bras mais pose une main légère sur ma hanche. Je déteste ça, ça me rend folle. J'ai envie de crier : Soit tu m'enlaces soit tu ne me touches pas du tout !! Qu'est-ce que c'est que cette main ? Rien !! Je roule sur le côté pour m'éloigner.

21 mai 1961

Dîner avec son frère et sa sœur hier soir. J'étais terriblement tendue. Je pensais qu'ils sauraient qui j'étais dès que je poserais les yeux sur eux. Je pensais qu'en les voyant, je les reconnaîtrais eux alors que je n'avais pas reconnu Louis, comme si j'avais pu me souvenir de leurs visages à eux mais pas du sien. Mais non. C'étaient des inconnus. J'espérais qu'elle (sa sœur) serait quelqu'un de sympathique et j'avais échafaudé un plan selon lequel je dirais que j'avais une envie folle d'aller à la campagne pour la pousser à nous inviter pour le week-end mais rien de tout ça ne s'est produit. Elle est affreuse. Elle est amère et méchante et elle m'a regardée

comme si j'étais arrivée jusque-là collée sous la semelle de la chaussure de Louis. Elle me regardait sans arrêt comme si elle essayait de… je ne sais pas. Elle me regardait sans arrêt. Hendrik et elle sont venus ici boire un verre après le restaurant, oh, c'était affreux ! Mais je n'ai rien montré, j'ai souri et souri encore et j'ai dit : Oh j'ai été ravie de faire votre connaissance Isabel ! Ravie ! Nous espérons vous revoir bientôt !
La tête qu'elle faisait, je vous jure. Même le miel ne pourrait pas adoucir ce vinaigre-là.

1er juin 1961

Un miracle. Louis a été appelé pour remplacer un collègue, un voyage d'affaires, l'un ou l'autre. Il va partir un mois. J'ai dit que je ne pouvais pas rester seule ici avec Maurice. Il m'a suggéré d'inviter une amie pour me tenir compagnie. J'ai demandé si je pouvais aller chez sa sœur. Isabel ? a-t-il demandé. J'ai répondu : Oui Isabel. Nous partons dans dix minutes. Ma valise n'est qu'à moitié pleine. Je vais la finir.

2 juin 1961

J'y suis. J'y suis. J'y suis. J'y suis. J'y suis. J'y suis. L'odeur n'a pas changé. Les murs. Les objets. Les sapins et le jardin. Le tableau du Veluwe qu'Oncle Avrum a apporté un jour emballé dans du papier kraft et oh, ils n'ont presque rien changé. Ces gens… eux ! Les rideaux sont nouveaux. Ce lit est nouveau. Je ne peux pas m'empêcher de toucher à tout, à tout. La chambre de Maman. Maintenant, je touche des choses qu'elle a touchées. Son secrétaire – toujours là. Les initiales que j'ai gravées sous le tiroir. De qui croient-ils qu'il s'agit ? De qui ? Se sont-ils déjà posé la question ? Non, jamais. Ces gens ne se posent pas de questions. J'y suis. J'y suis. J'y suis j'y suis j'y suis.

3 juin 1961

Quelqu'un va-t-il me reconnaître ? Les voisins ? Le facteur ? Le fermier de l'autre côté de la digue ? Que feront-ils ? Étrangement, je n'ai pas peur et je ne suis pas inquiète. Je me suis réveillée et le soleil passait à travers les sapins à travers la fenêtre et à travers les ombres des rideaux. Je l'entends seulement, comme si elle était en bas : Oh tu es Dieu maintenant et c'est toi qui décides où tombe l'ombre ? Je suis née dans cette chambre, et ces murs en ont été les témoins, et ce bureau, et aussi ces fenêtres. La maison veut que je sois là même si elle est la seule.

6 juin 1961

Elle croit que je convoite l'argent de son frère. Ha ! Je me suis réveillée pendant la nuit et j'ai pris une cuillère. Demain, j'irai en ville envoyer la cuillère à Malcha, de sorte qu'elle sera de nouveau à moi. Peu importe ce qui se passera, au moins j'aurai cette cuillère.

7 juin 1961

Elle a pris soin du jardin de Maman. C'est joli. Je l'ai vue cueillir de la rhubarbe aujourd'hui. Elle s'y est prise comme dans mes souvenirs, avec le panier et les ciseaux. Je suis restée là et j'ai essayé de penser : Voleuse, tu n'es qu'une voleuse. Difficile d'envoyer ces pensées à quelqu'un qui coupe de la rhubarbe en plein soleil. Puis elle m'a dit de rouler le bas de mon pantalon avant de monter sur la bicyclette et je l'ai fait. J'ai envoyé la cuillère à Malcha.

8 juin 1961

Elle a fait de cette maison le plus étrange des pièges. Elle a tracé un cercle autour d'elle dans lequel elle vit et tous ceux qui entrent et sortent doivent obéir à ses règles, qu'elle vous aboie, comme une gardienne de prison. Une maison de fous. J'évite de bouger. Elle a toujours les yeux sur moi. Je me réveille et elle est là. Je me retourne et elle est là. Elle refuse de m'adresser la parole. J'ai quitté la maison l'autre jour et on aurait presque dit qu'il y avait de

l'inquiétude dans sa colère, elle m'emporte dans sa folie. Je lui demande : Quelles sont les joies de ta vie ? Qu'aimes-tu, que détestes-tu, quelles sont tes envies. Elle me regarde comme si elle était la gardienne des joyaux de la couronne. Comme si chaque mot qu'elle m'adressait était une chose précieuse que j'allais malmener.
Il y a une bonne (Neelke) qui vient l'aider à tenir la maison. La pauvrette.

9 juin 1961

Je cherchais le coupe-papier de Papa quand elle est entrée, je lui ai dit que j'avais perdu une boucle d'oreille. J'ai failli m'arracher le lobe en l'enlevant si vite. J'ai cru que mon cœur allait bondir hors de ma poitrine. Elle… je ne sais pas. Elle s'est approchée très près de moi et elle est restée là. Parfois, je me dis qu'elle sait. Parfois j'ai envie de la pousser pour voir sa réaction. Parfois, la nuit, j'ai l'impression qu'elle se tient derrière ma porte. Si je m'en vais de nouveau, je me demande si ça la mettra encore en colère. Peut-être que je devrais tout simplement partir. Peut-être que c'est la pire idée que j'ai eue de ma vie. Je n'avais jamais rencontré de femme aussi grande, et elle n'est même pas si grande que ça.

10 juin 1961

J'ai rêvé qu'elle était au pied de mon lit en train de me regarder dormir et je me suis réveillée mais elle n'était pas là. Je ne parviens pas à me rendormir. Elle tient cette maison tellement propre. Aujourd'hui, elle a sorti tout le service en porcelaine de Maman, celui avec les lièvres, et a passé chaque pièce sous l'eau d'une main aussi douce que si elle caressait le cou d'un bébé. Elle a trouvé un tesson de l'assiette cassée dans le jardin qu'elle a posé sur le manteau de cheminée comme s'il s'agissait d'un trésor. Elle est complètement seule ici. Pendant des années elle s'est assise à la table de la cuisine complètement seule et a pris dans ses mains les affaires de ma mère pour les nettoyer.

12 juin 1961

Louis a téléphoné aujourd'hui. Sa voix m'a fait l'effet d'un seau d'eau glacée. J'ai l'impression d'être dans un rêve depuis que je suis ici, ou bien endormie. Je ne peux pas l'expliquer. Je suis ici. Je ne peux pas l'expliquer.

13 juin 1961

Si c'était n'importe quelle autre maison je partirais. Je prendrais mes jambes à mon cou. Si je n'avais pas d'autre but, je serais déjà loin. Je vais devenir folle, elle va me rendre folle. Un verre, j'ai bu un seul verre avec la bonne et… qui suis-je pour elle ? Qu'est-ce que je lui dois ? C'est à moi qu'on doit des choses, à moi, et elle me parle de sa vie, elle m'empoigne et j'ai encore le bleu qu'a laissé sa main sur mon bras. Oh, j'ai trop bu je crois…

14 juin 1961

Je me demande si elle se souvient du jour où nous nous sommes presque rencontrées. Après la guerre, quand j'avais seize ans et que j'étais de l'autre côté de la porte, pendant qu'elle, plus jeune de quelques années seulement, était de ce côté-ci. Maman frappait avec insistance et ils refusaient de nous laisser entrer. Parfois je sens ses yeux sur moi comme s'ils étaient sur ma peau. Je crois qu'elle pense que je ne le remarque pas. Elle me regarde comme si elle voulait me prendre dans ses bras, m'étreindre, et quand je croise son regard, elle me couvre de méchancetés. J'ai envie de voir ce qui se produirait si je montais me cacher au grenier, si elle ne me trouvait pas. Perdrait-elle la tête ? Retournerait-elle la maison pour me trouver ? Je crois bien que oui. J'ai envie de voir ce qui se passerait si je me plantais devant elle et collais mon visage pile en face du sien, pour lui donner enfin ce qu'elle cherche et qui est de ne pas avoir à regarder quelque part où je ne suis pas.

15 juin 1961

Que Dieu me vienne en aide. Je sens encore sa bouche.

16 juin 1961

Hendrik est là. Elle a dit… oh, elle a dit : Je crois que j'ai de la fièvre. Je lui ai dit : Non, non tu n'as pas de fièvre. Mais moi aussi je la sens cette fièvre maintenant. J'ai la tête brûlante. Je ne parviens pas à dormir. Je suis malade. Je suis malade. Je la veux là avec moi. Je la veux dans ce lit, mon Dieu, qu'est-ce que j'ai fait. Je ne sais pas… oh, qu'avons-nous fait ? Quel désastre. Stop, non, stop, c'est fini.

18 juin 1961

S'il te plaît mon Dieu, fais en sorte qu'elle non plus elle ne sache pas. Fais en sorte qu'elle se soit trompée. Fais en sorte qu'elle l'aime plus que tout. Qu'elle ne sache plus où elle en est et qu'elle ne sache plus faire la différence quand on la touche et qu'on l'embrasse et fais en sorte qu'elle l'aime lui plus que moi. Éloigne ça de moi et éloigne-la de moi, s'il te plaît mon Dieu, s'il te plaît, prends-la-moi.

21 juin 1961

Je crois qu'elle veut me manger. Je crois qu'elle m'aspirerait tout entière par le nez si elle le pouvait. Je crois qu'elle ramperait tout entière en moi si elle pensait y trouver quelque chose que je lui ai caché. Aide-moi mon Dieu. La laisserais-je faire ? Je la laisserais faire, oui. Aide-moi mon Dieu elle me regarde. Aide-moi mon Dieu je ne veux pas qu'elle regarde ailleurs.

22 juin 1961

Ai-je déjà été un corps auparavant ? Je ne sais pas. Je crois que je suis un corps à présent. La nuit dernière elle m'a réveillée d'une terreur et m'a tenue comme une camisole. Je sentais que j'avais de la peau là où elle touchait et je sentais où j'avais des os et où j'étais humaine. Mon Dieu quel sens a donc tout cela, aucun aucun, aucun sens, aucun sens du tout. Elle se réveille avant moi et prépare le petit-déjeuner pour qu'il soit prêt quand je me réveille et ça me donne envie de pleurer. Des gens ont déjà fait ça, ça n'a rien de spécial, et pourtant j'ai envie de pleurer. Je devrais fuir, mon Dieu, je devrais fuir pourquoi suis-je là ?

~~- Petites cuillères de Maman (12)~~
~~- Couteau à pain (manche en bois)~~

- ~~Coquetiers jaunes (2)~~
- Bagues (? si elles sont là)
- ~~Presse-papier~~
- ~~Carreaux (décoratifs, lièvres)~~
- ~~Coupe-papier~~
- ~~Cadres photos (les petits de la chambre de Maman)~~
- ~~Ronds de serviette~~
- ~~Couteau à génoise au manche gravé~~
- ~~Petit couteau à pain~~
- ~~Livre illustré jaune (? Titre ?)~~
- ~~Chandeliers (Shabbat)~~
- ~~Petit plat à four bleu~~
- Grand plat à four bleu
- Vase (marbre, manteau de cheminée)
- Assiettes plates lièvres (5)
- Assiettes creuses lièvres (6)
- Grand saladier lièvres
- Sucrier lièvres
- Pot à lait lièvres
- Menorah (si toujours là)
- Dé à coudre bleu
- Boîte à crayons
- Serre-livres (4)
- Haasje

13

C'était la fin de l'été. Des nuages au ventre gris et une bruine de trois jours. Allongée sur le dos sous le secrétaire, Isabel effleurait les initiales qui s'y trouvaient gravées : EDH.

Eva était née dans cette chambre. Sa main d'enfant avait tenu le couteau qui avait gravé ce bois.

Isabel essaya de s'occuper du jardin car l'automne approchait. La terre collait à ses mains. Elle n'osait pas creuser, elle avait sans arrêt l'impression que des aiguilles la piquaient par en dessous – mais il n'y avait rien. Pas de tessons, rien, aucun nouveau secret jaillissant du sol.

L'information ne lui provenait que par bribes, une vérité entraperçue entre des mailles, là un instant puis disparue : un lièvre libéré lors d'une fête, un coffre à jouets au grenier, un cheval dessiné au crayon par un enfant sur un mur derrière une penderie. La rhubarbe. Les arbres. Tous les jours elle se réveillait et tous les jours la maison se dépliait autour d'elle comme une main sombre. Quand Isabel se penchait vers une pièce, la pièce penchait dans l'autre sens. Eva en regardant son visage avait écrit : *Même le miel ne pourrait pas adoucir ce vinaigre-là*. Isabel refusait d'affronter son reflet maintenant, elle ne supportait pas de voir ce qu'Eva avait vu. Elle essaya de garder le dos droit et trouva cela trop lourd ; sa posture s'affaissa davantage. Elle prit le fragment de porcelaine sur le manteau de cheminée et le cacha : dans le tiroir, le placard, dans une boîte, avec les légumes dans le cellier. Et chaque fois, aussitôt elle regrettait, retournait le chercher le cœur battant, un cœur qui refusait de se calmer tant qu'elle ne l'avait pas reposé à l'endroit qu'elle lui avait choisi au départ : en hauteur, montant la garde.

Elle ne pouvait pas le regarder. Ses cauchemars la réveillaient : des aiguilles piquantes des bombes les coups sourds contre la porte et… Entortillée dans ses draps, elle tremblait, se débattait, pleurait…

« Es-tu », commença-t-elle avant de s'interrompre. C'était le milieu de la journée et Neelke mettait la bouilloire à chauffer. Isabel était assise dans la cuisine en chemise de nuit. En robe de chambre. Elle s'adressait à la fenêtre, pas à la fille. Elle demanda : « Es-tu très semblable à ta mère ?

— Pardon ? » fit Neelke. Isabel ne répéta pas. Neelke avait entendu. Et finit par répondre, en servant le thé. « Non. » Elles burent. La conversation en resta là.

Isabel voulait savoir à quoi ressemblait Eva lorsqu'elle était enfant. Elle était petite, sans doute. Des joues comme deux boules de pâte à pain.

Fut un temps où un tailleur juif était installé en ville. Sa boutique avait de grandes fenêtres et lui était assis devant ces grandes fenêtres avec sa machine à coudre, si bien que quand les passants regardaient, ils le voyaient travailler, penché sur son ouvrage. Isabel et ses frères aimaient jeter un œil lorsqu'ils passaient devant chez le tailleur et leur mère les en empêchait – elle les forçait à presser le pas en disant : *Non, on ne regarde pas à l'intérieur les enfants, venez.* Isabel se demanda soudain comment elle avait pu savoir que l'homme était juif, mais aussitôt après, elle comprit, l'histoire lui revint tout entière : celle du jour où sa mère était allée récupérer une jupe apportée chez le tailleur pour des retouches et avait trouvé une trace de terre sur l'ourlet ; l'histoire de sa mère reprenant la voiture et retournant jusque chez le tailleur avec la jupe pour exiger qu'il paie le nettoyage. L'histoire de lui qui avait refusé, assuré que c'était probablement elle qui avait sali le vêtement en montant dans la voiture. Et la conclusion de cette histoire, le ton sur lequel elle avait été délivrée : « Ce *Juif.* »

Le matin de l'anniversaire de la mort de sa mère, Isabel fit ce qu'elle avait toujours fait : elle sortit une des belles assiettes en porcelaine de la vitrine pour y prendre son petit-déjeuner. Il était tôt et dehors, il faisait encore sombre. Sous la lumière faible du plafonnier, elle toucha les bleus, les blancs. Le contour d'une patte de lièvre, une queue, une oreille.

Eva l'avait regardée manipuler ces objets, les affaires de sa propre mère, elle avait regardé Isabel les laver, les appeler siens et elle avait dit – elle avait dit : *Tu fais ça avec tant de soin.*

Isabel avait l'appétit coupé. L'assiette était sur la table, vide. Elle posa la tête entre ses bras. L'émotion qui la submergea n'était pas nouvelle, elle était devenue familière au fil des semaines qui s'étaient écoulées depuis le départ d'Eva : l'envie soudaine de se supprimer. La pensée – *trop lourd, c'est trop lourd* –, l'envie que quelqu'un lui ôte tout ça. Les assiettes, les murs, le poids de ses cheveux, ses maudites mains – de s'en décharger sur quelqu'un d'autre. De ne plus jamais les voir.

Puis, comme toujours, l'émotion laissait rapidement place à un frisson, une reprise en main : tiens-toi droite. Une voix, peut-être celle de sa mère, peut-être la sienne : *du cinéma.* Le pire des verdicts, le pire des comportements : du cinéma.

Elle se laissa affamer ce jour-là. Tenta de corriger sa posture. Elle laissa l'assiette sur la table, où elle demeura, intacte, pour le restant de la semaine.

Les averses ne prévenaient pas, une bouche qui s'ouvre puis se ferme. Il avait plu à l'aller et les rues sentaient la pierre mouillée. L'oncle Karel habitait une maison face au canal, une grande bâtisse avec un escalier en triangle équipé de deux volées de marches. Il avait un jardin à l'arrière avec une étroite pelouse et un prunier à demi étêté : les branches qui avaient poussé au-dessus de chez le voisin avaient été coupées au niveau de la clôture.

Karel tenait à ce qu'ils s'installent dehors. Il n'allait pas pleuvoir, assura-t-il, et il faisait si doux cet après-midi – un cadeau, dit-il, après l'été qu'ils venaient d'avoir. Isabel acquiesça en marmonnant. Elle portait sans arrêt la main à son cou, comme si elle essayait de tirer ses cheveux vers le bas – comme elle aurait tiré sur l'ourlet d'une jupe dans laquelle elle aurait été mal à l'aise. L'oncle n'avait encore fait aucun commentaire. Il lui avait ouvert la porte, l'avait fait entrer avant de marquer une courte pause et de s'exclamer « Alors ! » puis plus rien.

Le thé fumait sur la table du jardin. L'oncle avait sorti deux biscuits de la boîte à biscuits pour les poser sur une petite assiette – un pour elle, un pour lui – avant de remettre le couvercle et de ranger la boîte. Il s'était assis en lui faisant bien face, les coudes sur les accoudoirs. Les mains croisées sur son ventre, il avait fait claquer sa langue pour lui signifier : *J'attends. Parle.*

C'était Isabel qui avait voulu le voir. Elle l'avait appelé, exigé qu'il trouve le temps. Sans accepter de dire pourquoi. Et lorsqu'il avait demandé qu'elle lui dise au moins vaguement de quoi il s'agissait – pour savoir à quel point il devait s'inquiéter –, elle s'était tue au bout du fil, le souffle frémissant. Les mains agrippées au combiné.

Le thé était amer, il avait trop infusé. Les feuilles du matin qu'il avait réutilisées. Isabel se brûla la langue en buvant trop vite.

Karel dit : « Tes cheveux. »

Isabel les toucha de nouveau. Elle les avait coupés sur un coup de tête au milieu de la nuit. Une coiffeuse avait ensuite fait ce qu'elle avait pu, mais pas grand-chose n'était possible – la coupe était brouillonne et irrégulière. C'était maintenant un épais carré qui lui tombait sous les oreilles. Elle croisait son reflet dans le miroir ces derniers temps et détournait prestement le regard.

« Mes cheveux, oui », dit-elle. Elle se demanda si son oncle voyait autre chose, autre chose que les cheveux. Elle sentait que oui. Elle sentait qu'elle n'était plus la même. Et que cela devait se voir de très loin.

« C'est à ce sujet que tu voulais me voir ? demanda-t-il. Une nouvelle coupe ? »

Isabel cessa de se toucher les cheveux. Elle prit sa tasse et lui demanda comment il allait. Bien, répondit-il, avant de dresser la liste des produits qui avaient considérablement augmenté en un an, puis de se taire.

Il y avait des oiseaux dans le prunier. Posant un ongle dans une ébréchure sur le pourtour de la tasse, Isabel se lança : « La maison…

— Quelque chose est en panne, conclut-il. Tu es venue me demander de l'aide. Bien sûr, Isabel. Allons, quel genre de famille est-ce donc, que penses-tu que…

— Non, l'interrompit-elle. Rien n'est en panne. »

Il la considéra un moment.

« Tu as acheté la maison, dit-elle.

— Quelle maison ?

— La nôtre. Pendant la guerre.

— Oui », répondit-il. Ce fut lent. Il réfléchit un moment, ajouta : « Pour toi. Toi et tes frères. Ta mère.

— Était-ce… » Elle lissa sa jupe avec ses paumes, par-dessus ses genoux. « Elle était vide », dit-elle sur un ton qui n'était pas une question, alors que c'en était une.

Karel prit son biscuit. « Quelle étrange remarque, Isabel. Que cherches-tu à savoir ? Quelle étrange question. C'était une maison, vous vous y êtes installés tous les quatre, bien sûr qu'elle était vide. Tu l'aurais remarqué, non, si quelqu'un d'autre y vivait ? Quelle question ! » Il mangeait tout en parlant et des miettes s'agglutinaient sur sa veste en molleton.

« Il y avait des choses dans la maison ? demanda-t-elle. Des meubles, je veux dire. Des assiettes. » Un courte pause. « Des cuillères, ce genre de choses. »

Il sembla la remarquer à présent. Une lenteur dans ses mouvements, une lenteur dans son regard. Il termina son biscuit avec résolution, pensif. « Cherches-tu à me demander si j'ai obtenu cette maison par des moyens malhonnêtes ? »

Isabel ne répondit rien. Elle redressa légèrement le dos. Se retint de déglutir.

« As-tu lu quelque chose dans le journal, Isabel ? Est-ce pour cela ? Quelqu'un t'a-t-il fait le récit fantastique de voleurs et de cambrioleurs pendant la guerre ? Quelles inepties. Toi, entre tous, croire ces…

— Personne ne m'a rien dit. Je… » Elle déglutit. S'éclaircit la gorge, se lança : « Un souvenir m'est revenu. Je me suis rappelé, lorsque nous avons emménagé, que la maison… était pleine d'objets. »

De la main, Karel se débarrassa des miettes sur sa poitrine. Il prenait son temps. « Tu étais très jeune », dit-il. C'était un jugement. « Ces choses ne sont pas telles qu'on les voit enfant, Isabel. Et à présent, tu n'es plus une enfant. Oui, une famille habitait là. Mais ils sont partis. Ils n'ont pas remboursé leur crédit, ils n'ont pas payé leurs impôts. Ce genre de chose arrive, cela arrive tous les jours, les gens font des paris qu'ils ne peuvent pas tenir, font leur valises et s'en vont sans emporter leurs… leurs assiettes et leurs cuillères. Bon sang ! Comprends-tu ? Cela arrive tous les jours. Il n'y a rien d'inconvenant, Isabel. C'est la loi. »

Isabel sentait quelque chose se tordre au bas de son ventre. Cette chose se répandit dans ses poumons et la prit à la gorge : une dispute. Elle allait devoir articuler des mots bientôt. Elle transpirait sous le soleil frais de midi, à moitié à l'ombre des toits des maisons de ville.

Karel insista : « Nous avons acheté la maison, Isabel. Elle nous appartient. Nous ne l'avons pas obtenue par la ruse. Il y a un acte de propriété, il y a… » Il ralentit. Avala bruyamment une gorgée de son thé, continua : « La maison était vide. Que crois-tu qu'il arrive aux maisons vides ? En temps de famine, de guerre ? Qui veut voir des maisons vides lorsque des gens dorment dans la rue ? Aurais-tu préféré que je ne vous offre pas de toit ? Aurais-tu préféré rester à Amsterdam, affamée, sous les bombes, Dieu sait ce qui… » Il s'interrompit de nouveau. Détourna le regard un moment. Il avait un grain de beauté au milieu de la joue, le même que Mère. Ses cheveux étaient coiffés vers l'arrière pour cacher son crâne dégarni, la peau de ses joues était douce. Il avait toujours semblé vieux à Isabel, et ce avant même de l'être.

« En quoi est-ce important, dit-il, le regard toujours de côté, que quelqu'un ait vécu là avant vous ? Ils sont partis. Ils ne sont pas revenus la réclamer. Toutes les maisons ont une histoire. Quelle maison n'a pas d'histoire ?

— Qu'en sais-tu ? demanda Isabel.

— Pardon ?

— Tu dis qu'ils sont partis et qu'ils ne sont pas revenus.

— Comment sait-on que quelqu'un est de retour, à ton avis ? »

Isabel le toisa. Sous la table, elle tenait la peau de sa main fermement pincée entre deux doigts.

Son oncle ajouta : « Ils frappent. »

L'expression d'Isabel avait dû trahir quelque chose. Karel poussa un grognement exaspéré, la gratifia d'un petit sourire, et dit : « Isabel, à quoi joues-tu ? *Meisje*, les gens raisonnables appelleraient le conseil municipal, ce n'est pas si insurmontable que ça. On appelle, on envoie un courrier, on… agit. Et puis… » Il se pencha vers le second biscuit, prit conscience en le faisant qu'il avait déjà mangé le sien. Se réadossa à sa chaise. « Le crédit était astronomique. La banque a saisi la maison. Une vente par adjudication immédiate – une procédure standard. Tu sais ce que je crois, *meisje* ? »

Il l'appelait *meisje* dans ce genre de moments. Dans les moments où il voulait qu'elle se rappelle qui il était, qui elle était. *Petite fille. Fillette chérie.*

Elle dit : « Quoi ?

— S'ils avaient voulu récupérer la maison, ils seraient revenus. Si elle était importante à leurs yeux, ils seraient revenus. Non. Ils ont disparu. Ils ont disparu ou ça leur est égal. Il y en a tant qui ont disparu. Tu ignores tout ça, Isabel. Tu étais si jeune. »

Une image vint à l'esprit d'Isabel : Eva, une enfant. Des joues comme de la pâte à pain. Seule dans un champ, seule dans un grenier. Des mères avec des numéros sur les bras. *Jeune,* disait-il.

« Je veux la maison », asséna-t-elle.

Karel dit : « Pardon ?

— Je veux la maison. Je veux que la maison soit à moi. J'y habite. J'en prends soin, je la garde en bon état, je veux… » La suite resta coincée dans sa gorge. Elle se passa la langue sur les lèvres. « Je veux vieillir là, dit-elle. Donne-la-moi.

— Ma chérie. » Le mot fut prononcé lentement – trop lentement. L'oncle Karel lui adressa un froncement de sourcils préoccupé. « La maison a été promise à Louis. »

Isabel lâcha le dos de sa main. Elle tendit les doigts, posa les deux mains bien à plat sur la table. Les laissa là et dit : « Je sais. Mais si Louis ne la veut pas ? Il n'en a pas l'utilité. » Elle essaya de ne pas bouger, pour avoir l'air forte, pour avoir l'air déterminée : « Si Louis veut qu'elle me revienne ?

— Isabel…

— Tu peux modifier ça ? Si nous nous mettons d'accord ? » De nouveau, elle fit passer sa langue sur ses lèvres. « Est-ce qu'elle peut me revenir ?

— Vous êtes-vous disputés, Louis et toi ? demanda Karel. Est-ce que c'est… Isabel, est-ce que c'est ça ?

— Pas du tout.

— Je sais que lui et toi, vous n'êtes plus… aussi proches que dans le temps. Je sais qu'Hendrik et toi…

— Non, le coupa-t-elle. Tout va bien entre lui et moi. Nous… » Elle prit une inspiration pincée : « En fait, nous sommes devenus plus proches ces derniers temps. J'ai vraiment… »

Des oiseaux étaient perchés dans le prunier. Un entrelacs de nuages légers voila le soleil, projetant une ombre silencieuse, une ombre vive et silencieuse.

« Je l'avais mal jugé », dit Isabel.

Le froncement de sourcils de Karel changea de nature. « Ah bon ? »

Elle confirma du bout des lèvres. « Nous devrions peut-être venir te voir bientôt tous les deux. Ce pourrait être chouette. » Elle poussa un peu vers lui l'assiette du biscuit. « Prends le mien, je t'en prie, dit-elle.

— Oh ! » Il avança le bras, hésita, demanda : « Tu es sûre ?

— Oui. Il est à toi.

— Merci, dit-il en attaquant le biscuit.

— Je vais demander à Louis, voir si cela lui dit de venir te voir. »

Karel lui décocha un regard mais n'insista pas. Il y avait de nouveau des miettes sur sa veste en molleton. De nouveau, il les chassa. Dans un autre jardin, masqué par la clôture, des enfants crièrent joyeusement quelque chose. Les oiseaux, apeurés, s'envolèrent du prunier. Isabel et Karel se tournèrent à l'unisson pour les regarder : leurs battements d'ailes, leur arabesque dans le ciel, la recherche d'un autre endroit où s'installer.

Les ronds de serviette. Les cadres photos, les petits, de la chambre de Maman. Le grand plat à four bleu. Un vase en marbre. Cinq assiettes, celles en belle porcelaine. Avec les lièvres. Six assiettes creuses. Un saladier. Le sucrier, le pot à lait, la menorah. Isabel trouva cette dernière dans la cave où l'on conservait le vin : enveloppée dans un tissu, à l'intérieur d'un tissu, lui-même à l'intérieur d'une valise. L'argent était devenu gris, marron.

Elle l'astiqua. Pendant des heures.

Quatre serre-livres : une ballerine à chaque bout, penchée vers l'avant.

Haasje. Le lièvre en peluche avait le ventre usé. Isabel le déposa au fond d'un saladier, qui lui fit office de lit. Les perles à la place des yeux jetaient en l'air un regard vide, puis Isabel éteignit la lumière de la cuisine. Elle quitta la pièce et ferma chaque porte entre la cuisine et elle – comme si cette chose allait bondir et la retrouver pendant la nuit.

Rien ne changeait jamais chez Tante Rian. Cela faisait un moment qu'Isabel n'y était pas allée et rien n'avait changé : ni la poussière sur les étagères, ni la place des vases, ni le vieux marc de café dans la cafetière dans le papier filtre marron aux bords gondolés.

Rian était intarissable sur la coiffure d'Isabel. Elle manifesta sa désapprobation par des claquements de langue, lui dit qu'elle était ridicule et se rassura en songeant que cela repousserait, puis elle devint intarissable sur les mois qu'elle avait passés sans une visite d'Isabel. Elle était intarissable aussi sur le fait que personne d'autre n'était venu la voir depuis un bon moment, que c'était une preuve qu'on l'oubliait, que plus rien n'était pareil qu'avant, du temps où la mère d'Isabel était encore là. Où Isabel était jeune. « Tu m'adorais », dit-elle, presque pour elle-même, en vacillant jusqu'à la cuisine. La maison sentait le renfermé. « Toi et tes frères, vous m'adoriez tous ! Tante Rian ci, Tante Rian ça. Vous m'apportiez des dessins que vous faisiez pour moi. Je les ai toujours, tu sais. Je les ai tous gardés. Est-ce que tu me crois ? Veux-tu les voir ?

— Je m'en souviens », dit Isabel.

Puis Rian fut intarissable sur le plat à four, celui qu'on lui avait ou qu'on ne lui avait pas offert avant la guerre. Elle avait croisé la vieille voisine au marché plus tôt cette semaine-là. La femme avait fait allusion au plat et Rian n'avait pas relevé, « J'ai juste fait comme si je ne l'avais pas entendue, j'ai acheté mon fromage comme si de rien n'était et voilà. Merci, monsieur, ai-je dit au fromager. En rentrant chez moi, je me suis dit Rian, bien joué. Bien joué. Tu ne l'as pas laissée prendre le dessus, bien joué. »

Isabel la rejoignit dans la cuisine. La pièce était étroite, tout juste si on pouvait y tenir à deux. Elle avait été ajoutée sur le côté de la maison une dizaine d'années plus tôt. La vieille cuisine, la cuisine du personnel, était devenue une chambre : Rian ne pouvait plus monter à l'étage. Elle n'y était pas montée depuis les années 1940.

Isabel regarda Rian attraper deux tasses. Elle avait les doigts gonflés au niveau des articulations. « Donc elle… commença Isabel avant de s'interrompre et de demander : Tu dis qu'elle t'a donné ce plat ?

— Oui, oui, assura Rian en servant le café.

— Elle te l'a donné comment, à quel titre ? »

Rian ne sembla pas comprendre la question. « Comment ça ? dit-elle. Elle me l'a donné. Donné pour que je le garde.

— Que tu le gardes. » Isabel accepta le café. Il était tiède. Il datait d'avant qu'elle arrive. « Où était-elle partie pour que tu doives le garder ? »

Rian la regardait à présent. Elle avait levé sur Isabel des yeux larmoyants. De petits yeux couleur de rouille. Elle s'était maquillée, comme toujours lorsqu'Isabel lui rendait visite : du fard à joues, une lèvre pâle. Cela lui donnait une expression décontenancée, comme si elle rougissait. Sa tasse tintait contre la sous-tasse. « Partie ? dit-elle. Où partaient les gens, Isabel. C'était la guerre, c'était la famine. On crevait de faim, nous étions rationnés. Sais-tu ce qu'on mangeait chaque jour, quelle quantité ? Deux tranches de pain, un verre de lait, pas de viande – ou à peine ! Les gens venaient mendier à ma porte et je n'avais rien à donner. Personne n'avait rien à donner. Est-ce que j'avais le temps, moi, de faire attention aux autres ? Des gens partaient, des gens arrivaient, des gens fuyaient ou se cachaient, je ne sais pas. Je ne tenais pas le compte des allées et venues. Mais j'ai gardé ce plat pour elle, tu sais. Parce que c'était une amie. Elle n'était pas là et je le lui ai gardé.

— Elle te l'a offert en cadeau ? Ou bien tu le gardais ? »

Rian se détourna d'elle. Elle regagna le salon en disant : « Tu joues avec les mots maintenant. Offert, gardé, qu'est-ce que ça change ? Elle me l'a donné. C'était une époque terrible. Elle n'est pas revenue pendant des années. Oh ! » Une exclamation. « Oh, je n'ai pas envie d'en parler ! »

Isabel, sur le seuil de la cuisine, voulait lui dire : *Tu le mentionnes chaque fois que je viens.* Mais elle se tut. Elle tenait toujours la soucoupe à la main, la tasse par son anse. Elle avait du mal à digérer son petit-déjeuner, devenu amer tout d'un coup. Rian lui tournait le dos. Elle arrangeait une plante sur le bord de la fenêtre, la tournait – tournait les feuilles décolorées vers la lumière. Isabel l'avait énervée.

Au bout d'un moment, Isabel dit : « Je vais faire réchauffer les pâtisseries. » Elle avait apporté des pâtisseries.

« D'accord », fit Rian sans cesser de s'occuper de la plante.

Les pâtisseries sentaient bon comme tout juste sorties du four ; elles étaient jolies dans leur sac en papier, le badigeon de jaune d'œuf rendait leur surface luisante. Isabel resta là un moment. C'était une belle journée, ensoleillée, mais ça n'était plus une lumière d'été. Elle portait son chapeau. Elle avait ôté sa veste en sortant de voiture. Un frisson la parcourut, si soudain et si vif qu'elle en claqua des dents.

Elle serra les bras contre elle. Dehors : un poirier, les bras grands ouverts, et par terre, tout autour, un cercle de fruits pourris. Ouvrant un placard, elle inspecta les plats à four de Rian. Il y en avait cinq : deux en verre transparent, deux en verre blanc décoré et un en céramique. Elle ne parvenait pas à deviner lequel était celui que sa tante avait gardé. Rian ne préparait pas ses repas elle-même. Une aide à domicile venait s'en charger, et les plats étaient conservés dans une glacière puis chauffés et réchauffés.

Elles mangèrent leurs viennoiseries en silence. Lorsque Rian reprit la parole, ce fut pour dire : « Quelle tasse délicieuse. » Elle parlait de son café. Elle le but jusqu'à la dernière goutte.

« Oui, acquiesça Isabel. Oui, c'est délicieux. » Elle ne dit pas grand-chose de plus avant son départ. En rentrant, elle évita de poser les yeux sur la porte, la cheminée, la caisse remplie d'objets. Quand elle ouvrit le tiroir, les couteaux s'entrechoquèrent. Elle enveloppa la moitié de son contenu dans un torchon et en fit un paquet. Elle roula tous les objets fragiles dans de vieux journaux. Sa paume heurta un clou qui dépassait sur le côté de la caisse, ce qui la fit saigner sur le papier plein d'encre, mais ce n'est que plus tard, en se lavant les mains, qu'elle remarqua la blessure : un trait rouge, à vif.

L'eau prit une teinte rose. Elle tira sur la peau tout autour. Cela ne faisait pas mal. Lorsqu'elle alla rendre visite à Hendrik, deux jours plus tard, celui-ci lui demanda ce qui lui était arrivé. Leurs valises étaient faites, posées dans le couloir : ils étaient prêts à partir pour Paris le lendemain matin. Ils s'assirent sur le balcon d'Hendrik, le jour sentait la mer. Hendrik avait insisté pour qu'ils s'installent dehors parce que Sebastian et lui n'avaient pas profité du balcon de toute la saison, il fallait qu'ils se rattrapent, malgré la fraîcheur. Sebastian restait en retrait, silencieux, ailleurs. Isabel ignorait quelles étaient les dernières nouvelles concernant sa mère. Elle ne pouvait pas les imaginer bonnes.

Hendrik lui prit la main et dit : « Oh, que t'est-il arrivé ? Ce n'est pas joli du tout, ça m'a l'air bien enflammé », à quoi Isabel répondit : « Ce n'est rien, ça ne fait pas mal », alors Hendrik posa les yeux sur elle, longuement, et lui dit : « Cette coiffure, décidemment, je ne m'y fais pas, tu sais.

— Alors ne regarde pas », rétorqua-t-elle.

Il se mit à rire. Alluma une cigarette, lui en offrit une. Elle fumait rarement, et seulement sur l'insistance d'Hendrik. Elle n'appréciait pas l'odeur, le goût poisseux qu'elle laissait derrière elle. Mais celle-ci, elle l'accepta. « Tu sais que tu ne m'as jamais dit comment ça s'est terminé, entre Louis et Eva et tout ça. Tu étais là ? »

Isabel alluma sa cigarette. « Là pour quoi ?

— Là quand il a rompu avec elle ? L'a-t-il fait à la maison tout de suite ? Ou bien est-il venu la chercher et…

— Elle est partie », dit Isabel. Elle avait les yeux secs. « Il a appelé en avance et… elle est partie. »

Hendrik laissa échapper un son : il pouffa, rit, quelque chose entre les deux. Sebastian leva brièvement la tête. Il regarda Hendrik, puis Isabel, et sembla voir quelque chose – sembla déduire quelque chose. Isabel se détourna de son regard, prit une grosse bouffée de sa cigarette. Elle ferma les yeux comme pour se protéger de la clarté du ciel.

Hendrik dit : « Eh bien, au moins tu as récupéré ta maison. Ce doit être agréable. »

Isabel se tut. Ils buvaient un verre de porto, et comme Isabel avait le ventre vide, elle en sentit sans tarder la chaleur dans tout le corps : dans sa tête, dans ses membres. Ses mains restèrent froides. Elle les glissa sous le plaid. Le vent s'était levé.

Hendrik tendit la main vers elle, tira sur une mèche de ses cheveux. Le geste lui fit pencher la tête. Il dit, doucement : « Bon, vas-tu me dire ce que c'était que tout ça, alors ? »

Elle repoussa sa main. « Laisse ça, dit-elle.

— Ça ne te ressemble pas.

— Qu'est-ce qui me ressemble ? » demanda-t-elle en tapotant ses cheveux pour les aplatir. Elle se toucha la nuque. Il faisait froid. « Ça ne veut rien dire. Me ressembler. Si je le fais, c'est forcément que ça me ressemble. » La cigarette l'avait rendue nauséeuse. Elle la posa dans le cendrier, toujours allumée.

Hendrik la regarda. Sebastian rentra. Il toucha l'épaule d'Hendrik en passant.

« Quoi ? fit-elle.

— Tu te comportes bizarrement. »

Elle ne voulait pas qu'il l'observe, préféra se tourner vers le toit du bâtiment situé en face. « Alors Paris demain ?

— Oui.

— Tu es si dévoué.

— Isabel.

— Tu sais… Tu sais que tu souffrais de terreurs nocturnes, quand tu étais enfant. Tout le temps. Tu avais si peur. Toutes les nuits, raconta-t-elle. Je te tenais dans mes bras. Tu pleurais et je te tenais dans mes bras. »

Il essaya d'en rire et n'y parvint pas. Au lieu de quoi, pouce replié contre le sourcil, il tira sur sa cigarette, faillit dire quelque chose mais n'en fit rien, si bien que ce fut Isabel qui se chargea de la suite.

« Tu nous a quittées », dit-elle. Le porto lui montait à la tête. « Maman et moi. Mais surtout moi. Tu m'as laissée – seule. »

Cette fois, ce fut lui qui détourna le regard – qui le posa sur les toits. « Tu avais Mère.

— Je te voulais toi.

— Oh, Isabel, tu sais que je ne pouvais pas… je ne pouvais pas être là. Je ne pouvais pas… »

Isabel prit une longue gorgée de son verre. Ils n'avaient jamais parlé de cela. Elle n'était plus la même que jadis, et ne pouvait pas imaginer que c'était pour le mieux. Elle se sentait à fleur de peau, sa poitrine s'ouvrit et elle dit : « Je sais. » Elle dit : « Je sais que Mère était… rigide. Elle s'inquiétait. »

Hendrik souffla. « Je ne crois pas qu'elle s'inquiétait, non.

— J'ai vécu avec elle après ton départ. Je la voyais tous les jours. Elle attendait tes lettres comme… comme si tu étais un soldat au front. Elle écrivait à

Oncle Karel presque tous les jours pour avoir de tes nouvelles. Elle…

— Est-ce que tu t'entends ? Un soldat au front ! Quel front ? Quelle guerre ? Cette guerre n'était pas la mienne, c'était la sienne. Je n'étais pas mort, il n'y avait aucun combat. J'étais là, j'ai toujours été là, elle aurait pu venir à moi, elle aurait pu me parler, elle… » Il s'interrompit. Marqua une pause et ajouta, la voix râpeuse : « C'est plus facile pour toi. De voir son affection. Elle n'a jamais eu de raison de ne pas te l'offrir. Seigneur. » Il rit dans un soupir. « Tu lui ressembles tant. »

Isabel acquiesça. « Tu me crois sans âme, dit-elle. Tu crois que je ne sais pas…

— Bien sûr que non je ne crois pas que…

— Je le sais. Je sais ce que cela veut dire de désirer. De… de seulement désirer… » Elle avait élevé la voix et à présent, elle s'en voulait. Il se mit à pleuvoir. Hendrik la regarda, surpris ; elle voulait lui dire – voulait en finir, faire de tout ça le fardeau de quelqu'un d'autre. Personne ne savait pour son cœur, personne ne savait pour son chagrin et c'était une torture.

Elle ferma la bouche et la pluie arriva, bruyante. Ils rentrèrent et Sebastian, qui lisait à la table de la cuisine, fit mine ne pas avoir entendu leur échange. « Ça va ? » dit-il, et Hendrik répondit : « Non, non, la barbe, il pleut ! »

Lorsqu'elle partit, elle leur souhaita à tous les deux un bon voyage – laconiquement. Elle aurait voulu être plus spontanée. Aurait voulu être plus douce qu'elle ne l'était. Hendrik la prit brièvement dans ses bras, toujours irrité par leur querelle, mais il dit : « Tu peux venir nous voir. Tu devrais. Je te l'ai dit. »

Elle acquiesça, elle avait la gorge serrée et le couloir devint flou. Elle s'engagea dans l'escalier. Sebastian la suivit aussitôt et la rattrapa, une main sur son bras, alors qu'elle allait franchir le seuil. Il semblait vouloir lui dire quelque chose. Il ouvrit la bouche, la referma. Il était en chaussettes.

« Quoi ? dit-elle.

— Vous lui en voulez. De m'accompagner.

— Non.

— Vous n'approuvez pas.

— Je… » Il lui tenait toujours le bras. Elle était lasse. Elle ne voulait pas pleurer devant Sebastian. « Vous êtes chanceux de l'avoir, c'est tout. Il faut que vous le sachiez. Que vous sachiez que c'est une chance d'avoir quelqu'un à ses côtés. S'il vous plaît, lâchez-moi. »

Il la lâcha. Elle savait qu'il y avait quelque chose dans ce mot, dans la façon dont elle l'avait prononcé – *chanceux*. Il était debout sur la dernière marche, un peu plus grand ainsi. Ils étaient tous les deux dans l'ombre, dans l'obscurité. « Vous semblez croire que vous n'avez presque rien au monde. » Elle voyait la bouche de Sebastian qui se tordait. « Mais vous avez tellement. Bien plus que la plupart d'entre nous. »

Elle inspira pour répondre mais se rendit compte que rien ne venait : sa gorge s'était serrée, seul un son pareil à un sanglot parvint à s'échapper d'elle. Elle ne l'avait jamais entendu parler sur ce ton – dur. Presque de reproche.

« Il a des regrets, vous savez, ajouta Sebastian. Vous pourriez faire preuve de plus de bienveillance.

— Il est *parti*, s'étrangla Isabel.

— Je sais. Mais il le regrette. Vous aussi, j'imagine. Les choses sont comme elles sont. On ne peut plus rien y changer. Demain, nous partons, que pouvez-vous y faire ? J'ai peur, que puis-je y faire ? »

Il soupira dans l'obscurité du vestibule. Puis elle partit, ou presque, se retourna – lui tendit la main. Sebastian fit de même, la rejoignit à mi-chemin, pour une brève poignée de main. Il avait la paume chaude. La maison avait leur odeur à tous les deux – celle d'Hendrik et celle de Sebastian, de leur savon, de leur eau de toilette, plus cette habitude qu'Hendrik avait de toujours ouvrir une fenêtre, et également une note d'autre chose. Qui se passe entre les corps proches, sous quatre murs et un toit.

Isabel repartit en train. Ballotée au gré des rails. Un vide au creux du ventre. En approchant de la maison, elle vit de la lumière dans la cuisine. Une chaleureuse lueur orange et quelqu'un qui bougeait à l'intérieur : une silhouette floue, des épaules, les cheveux relevés en queue-de-cheval. Isabel se figea – immobile, le cœur battant, son léger mal de tête tout d'un coup plus violent. Son corps avait décidé de ce qui se passait avant le reste de sa personne. Elle fit quelques pas, puis se mit à courir, poussa la porte et se précipita dans la cuisine. Elles lui revinrent en tête, ces images : la mémoire olfactive d'une cuisson, de la soirée, du feu dans la cheminée, de la radio allumée, et le corps d'une femme penché au-dessus de la table – un chiffon à la main, qui la nettoyait.

Neelke sursauta. Reprit ses esprits, salua Isabel. Elle semblait prise de court. Isabel avait couru jusqu'ici, hors d'haleine. Elle sentait battre son cœur ; l'effet de la pression sanguine irradiait jusqu'à la pulpe de ses dents. Neelke était jolie dans la faible lumière, jeune, les joues rouges, fatiguée. Isabel se souvenait de ce soir où, en rentrant, elle avait trouvé Eva et Neelke dans cette pièce, à cet endroit-là exactement, avec une bouteille de vin et Eva qui riait et touchait les cheveux de Neelke. Elles discutaient de la façon dont elle pourrait se les couper. La scène avait mis Isabel hors d'elle. Elle avait ordonné à Neelke de partir. Eva l'avait traitée de tyran. Isabel l'avait empoignée, elle lui avait empoigné le bras – et elle avait eu du mal à le lâcher, ce bras.

« Je n'ai pas… » commença Neelke avant de s'interrompre. Elle tenait le chiffon à deux mains devant elle. « J'avais prévu… d'avoir fini. J'ai pris du retard. »

Isabel ne répondit rien. Elle s'avança vers elle. Ce fut un moment de confusion. Neelke bougea, changea de position – sur le qui-vive. Interrompue dans son élan. Elle portait un chemisier rouge, orné de petites fleurs violettes, auquel il manquait un petit bouton : entre sa poitrine et son nombril. Elle portait au-dessous un maillot de corps blanc. Isabel, toute proche, un voile devant les yeux, étourdie, prit le visage de Neelke entre ses mains. C'était un si petit visage. Elle avait la peau douce, et chaude. Eva levait le menton, la bouche entrouverte, lorsqu'elle la tenait comme ça.

Le feu crépitait. Neelke respirait vite, on l'entendait. Isabel la regarda, et la regarda encore. Elle la lâcha. S'assit à la table, se passa une main sur le visage et enfonça les ongles dans ses pommettes.

Neelke ne dit rien. Elle s'éloigna doucement et lava le chiffon. L'essora, le suspendit à la porte du four. Elle s'apprêta à partir. Elle était à la porte, en manteau, quand Isabel se mit à parler.

« Neelke », fit-elle d'une voix enrouée, tel du gravier crissant sous des pas. Neelke s'était montrée extrêmement discrète la semaine où Isabel était tombée malade. De temps en temps, elle s'était assise à côté du lit pendant qu'Isabel mangeait sa soupe. Une fois, elle avait demandé où était Eva, sans obtenir de réponse, si bien qu'elle n'avait plus posé la question. « Est-ce que tu… » Isabel se racla la gorge. « Es-tu seule ? As-tu quelqu'un ? »

D'abord, Neelke ne sembla pas saisir le sens de la question. Elle inspira, décontenancée, puis dit : « Un petit ami ? » Sa voix était presque inaudible.

Isabel la regarda. « Un petit ami. »

Neelke rougit. Elle avait un manteau vert foncé. « Oui, dit-elle.

— Ah.

— Bas. Bas van der Laan. » Son nom complet, comme si elle voulait s'assurer qu'il existait vraiment. « Est-il gentil avec toi ?

— Il… oui. »

Isabel prit une inspiration. « Tu ne seras pas là pour toujours », dit-elle. Neelke sembla perdre pied. « Je ne suis pas en train de te renvoyer, ajouta Isabel. Je dis simplement qu'un jour, tu partiras.

— Non, répondit Neekle. Je ne sais pas ce qui…

— Peu importe. File. »

Neelke ne bougea pas, hésitante, une main sur la poignée. Elle avait fait de la cuisine un bel endroit. Isabel aurait pu en pleurer : pleurer de voir ce qu'une pièce pouvait devenir sous l'impulsion de quelqu'un, puis être abandonnée, et se changer en un endroit terrible sous l'effet de l'absence. De voir comment une personne pouvait manquer à un lieu. Comment une personne pouvait arrêter…

« Bonne nuit », dit Isabel.

Neelke attendit quelques secondes, puis s'en alla. Isabel écouta ce silence nouveau : le feu, le murmure des tuyaux. Dans la salle à manger, la vitrine était vide. Une vitre sombre, et derrière : rien. Un bout de céramique, un seul, et puis rien.

Isabel savait que Johan finirait par se montrer, et c'est ce qu'il fit. Elle refusa de le laisser entrer. Debout à côté de sa voiture garée dans l'allée recouverte de gravier, les mains dans les poches, il criait vers la maison. Il donnait l'impression de vaciller, et Isabel en imagina facilement la raison : il avait bu en ville avec ses amis – puis était passé par chez Isabel avant de rentrer chez sa mère. Isabel n'était sortie qu'à demi, elle avait ouvert la porte juste assez pour lui répondre depuis le seuil. S'il approchait, elle la fermerait.

« Donc, tu ne sors pas », dit-il. Cela avait l'air de le mettre en colère, ou alors il se montrait sarcastique, ou avait été blessé. « Tu as peur de moi, à présent ?

— Ce n'est pas le bon moment, Johan, dit-elle.

— Je ne t'ai pas vue depuis longtemps, fit-il remarquer en guise de réponse. Ta fille de cuisine m'a dit que tu étais malade. »

Isabel agrippa plus fort la poignée de la porte. « C'était le cas. »

Il laissa échapper un son. « Tu m'as l'air d'aller bien maintenant.

— Je vais mieux, oui. »

Il rit. Ce n'était pas un rire agréable. Il s'adossa à sa voiture. Il n'était pas pressé de partir, ça n'allait pas être simple. Il leva la tête pour la regarder, une mèche de cheveux lui recouvrait en partie les yeux. « Je croyais qu'on avait passé un bon moment, dit-il. Ce n'était pas un bon moment, Isabel ?

— Il vaudrait mieux que tu partes », répondit-elle, à quoi il répondit : « Attends, attends, attends » et s'avança vers elle, comme s'il allait gravir les marches, alors Isabel fit un mouvement pour fermer la porte – et il s'arrêta. Un pied sur le perron. La porte n'était plus qu'entrebâillée à présent. Johan pouffa, recula d'un pas, et dit, d'une voix plus forte :

« Cette coiffure ne te va pas du tout. Elle n'est pas flatteuse pour un sou.

— Pourquoi es-tu là ?

— Pourquoi suis-je… » Il s'interrompit d'un autre éclat de rire. Il bougeait, faisait de grands pas. Il avait l'énergie d'un animal tourmenté – un air qui ressemblait à de l'agacement mais qui empestait le danger. « Crois-tu avoir le choix, Isabel ? dit-il, plus fort. Crois-tu qu'ils font la queue pour toi ? À ton âge ? Avec ta… » Il se pinça les lèvres avec un bruit de succion. « Réfléchis bien. Je pourrais partir. Et ne plus revenir.

— Oui, dit Isabel, dont le cœur s'emballait.

— Oui ? Oui quoi ?

— Ne reviens pas. » Elle voulait le dire plus clairement. Le ton était trop doux, et sur le coup, elle ne fut pas sûre qu'il l'avait entendue, mais si : il se tourna vers la porte, d'un geste brusque, les pupilles dilatées. Elle ne voyait qu'une tranche de lui, à travers la porte entrebâillée.

Il ne dit rien. Puis : « Tu m'as fait perdre mon temps. Tu as joué avec moi.

— S'il te plaît, va-t'en.

— Ah oui ? » Il avança vers la porte. Elle sentait les vapeurs de l'alcool. « Ce n'est pas ce que je vais faire, non, je ne crois pas », dit-il, et Isabel s'empressa de claquer la porte et voilà qu'en quelques pas il était là – à frapper de toutes ses forces contre le bois. Sa silhouette était floue à travers le panneau vitré. Les mains tremblantes, elle verrouilla et le bruit de la clé sembla augmenter sa colère : il secouait la poignée, criait qu'on le laisse entrer. Il la traita d'arrogante, de salope puis, mielleux de nouveau, lui demanda de sortir, assura qu'il voulait simplement parler. Et ensuite : plus un mot.

Isabel resta figée là. Elle ne le voyait plus. D'abord, elle pensa qu'il retournait à sa voiture, avant de comprendre… et de se mettre à courir. Vers la cuisine. Elle y parvint juste à temps, au moment précis où il franchissait le coin de la maison pour gagner la porte de derrière. Qu'elle verrouilla avec un petit cri, et un sursaut quand il secoua la poignée pour essayer de l'ouvrir. Elle recula.

« Pourquoi tu n'envoies pas plutôt ta petite copine ? » cria-t-il à travers la vitre, sa main comme une tache huileuse sur le verre. Il avait l'air terrifiant comme ça, ébouriffé, cramoisi. « Elle était bien plus gentille que toi, dit-il. Plus agréable à regarder, aussi. Dis-lui de sortir, je veux lui dire quelque chose. Dis-lui de sortir. Dis-lui… »

Isabel alla fermer tous les rideaux du salon et resta plantée au milieu de la pièce. Johan resta dehors un moment. Il continua à lui crier des horreurs. Isabel monta le son de la radio au maximum, puis se couvrit les oreilles et ferma les yeux aussi fort qu'elle le put.

Elle mit du temps à les rouvrir, à décoller les mains de ses oreilles. Il n'y avait plus de bruit. À la radio, une chanson : un bop, les paroles disaient *I'd bounce to you, I'd bounce bounce bounce !*

Isabel écarta un rideau pour jeter discrètement un œil dehors. La soirée avait négocié son virage vers la nuit, et le crépuscule pâle n'était plus qu'un bandeau lointain. La voiture de Johan avait disparu. Johan avait disparu.

Cette nuit-là, Isabel ne s'endormit pas dans son propre lit. Elle ne se déshabilla pas. Elle s'allongea sur le lit de sa mère, qui ce soir-là n'était désormais plus le lit de sa mère. Elle se glissa sous les draps et pressa l'oreiller contre son visage.

Elle rêva de maisons plongées dans la pénombre, toutes lumières éteintes, et de gens qui frappaient aux fenêtres et aux portes pour entrer. Elle était très jeune et Eva était très jeune, elle était dehors, en train de pleurer. Il y avait une voix, à la fois forte et murmurante, et Isabel rampait sous une table. Eva l'appela, Isabel se boucha les oreilles. Elle se réveilla en sursaut, étranglée par le bouton le plus haut de sa robe. Elle ne parvenait pas à la déboutonner. Elle ne pouvait pas l'enlever. Elle tira, tira, la robe se déchira et elle se tortilla pour en sortir – haletante, étranglée.

L'automne avait à peine fait son entrée, il avait à peine ôté son manteau, que l'air sentait déjà l'hiver. Les gens passaient devant le café, l'air affairé, laissant dans leur sillage leur souffle vaporeux. Des manteaux, des chapeaux, des parapluies servant de cannes ; les rues étaient glissantes du froid glacial de la nuit dernière, et sur le trottoir d'en face, un marchand ambulant soufflait dans ses mains sans gants.

Louis resta silencieux un long moment. Il s'était présenté à leur rendez-vous en retard, et une fois arrivé, après avoir déposé un baiser rapide sur la tête d'Isabel, il annonça qu'il ne pourrait pas s'attarder longtemps – qu'il avait à faire, une longue liste d'obligations, et sa petite amie l'attendait chez eux – alors Isabel lui dit ce qu'elle était venue lui dire. Il s'assit, et elle lui dit ce qu'elle était venue lui dire : ce qu'elle voulait et ce qu'il devait faire pour le lui donner.

« Isabel... » dit-il à présent, et Isabel planta le regard dans le sien. Il avait prononcé son prénom comme un blâme. « Isabel, de nouveau. Qu'est-ce qui te prend ? Tu... n'as pas confiance en toi ? Tu doutes ? »

Elle ne suivait pas. « Pas confiance en moi ?

— Tu as peur de ne pas trouver d'homme ? Isabel, tu trouveras. Si tu essaies un peu, je suis sûr que tu trouveras. Habille-toi bien, fais quelques compliments, c'est vraiment... Regarde dans le journal. Il y a toujours des hommes qui cherchent des femmes, dans le journal. Je suis sûr que tu trouveras quelqu'un de gentil, Isabel, et quand tu l'épouseras, il ne voudra pas... » Un serveur vint prendre la commande de Louis. Il demanda un café et se cala contre le dossier de sa chaise. Essuya la transpiration sur sa lèvre supérieure. Il s'était dépêché et ne semblait pas encore s'être remis du trajet. « Quel homme veut s'installer dans la maison de son épouse ? dit-il. Non, non. Il voudra repartir de zéro, construire une vie qui ne sera qu'à vous deux. Il voudrait acheter, construire, pas...

— Je ne me marierai pas, dit Isabel.

— Isabel. Cesse donc, qu'est-ce qui...

— Je ne me marierai jamais, je te le certifie.

— Ne dis pas ça, insista-t-il. Tu n'en sais rien. » Son café arriva. Attrapant la pince, il se servit en sucre : trois morceaux. « Il faut simplement que tu sortes davantage. N'as-tu pas... d'amis ? Pour te sortir ? Bien sûr que tu ne rencontreras jamais personne cloîtrée dans cette lugubre...

— Hendrik, le coupa Isabel, ne se mariera jamais. »

Il cessa de touiller son café. Il avait le regard vide, les yeux d'un gris laiteux. Elle aussi elle avait ces yeux-là. Il dit : « Hendrik... Isabel. Hendrik...

— Je ne marierai jamais, répéta-t-elle.

— Ça n'a rien à voir. Tu sais bien que ça n'a rien à voir. Tu sais pourquoi il... » Louis jeta des regards autour de lui. Il faisait cela lorsque la vie d'Hendrik s'invitait dans la conversation : comme si quelqu'un pouvait entendre et conclure quelque chose, qui le contraindrait à devoir expliquer. À se mettre dans l'embarras.

Isabel le répéta : « Louis, je ne me marierai *jamais*. Hendrik ne se mariera jamais et je ne me marierai jamais. Comprends-tu ? » Elle fit un geste rapide vers Louis – imprévu, désespéré, sa main sur celle de son frère, posée sur la table. Elle serra ses doigts, fort. « Comprends-tu ? »

Louis la considérait, muet. Le regard fébrile, instable. Il s'empourpra : ses joues, son cou. Déglutit. Il posa les yeux sur l'endroit où la main d'Isabel couvrait la sienne, puis de nouveau sur elle.

« Cède-moi la maison », dit-elle.

Il ouvrit la bouche, la referma.

Isabel se pencha vers l'avant. Elle voulait montrer les dents. « S'il te plaît », dit-elle.

Louis ne réagit pas. Pour finir, il dégagea sa main et la posa dans l'autre, comme si Isabel l'avait blessé. Comme si elle avait serré trop fort. Isabel redressa le dos, le souffle court, elle avait chaud sous son col, sous les bras.

Louis exhala, lentement, longuement. Il tourna le regard vers la vitrine. Un couple passait : elle était petite, avec un manteau de fourrure. Il était grand, assez pour qu'on le remarque, et devait se pencher un peu pour l'entendre parler ; elle se hissa à son niveau. Lui sourit. Elle avait du rouge à lèvres sur les dents.

« Louis », dit Isabel.

Louis posa une main sur son front, ferma les yeux. Il avait les cheveux de leur père : raides et épais. Mère racontait souvent que Louis, à quatre ans, avait pleuré toute une soirée parce qu'il ne pouvait pas être un chien – ne pouvait pas se transformer en chien. Il s'était on ne sait comment mis en tête cette idée que les gens pouvaient devenir ce qu'ils voulaient : chiens, oiseaux, avions.

« Louis, répéta-t-elle.

— Oui, donne... » Il inspira profondément. « Donne-moi une minute. Juste une minute. » Entre eux, le café fumait. Il répéta : « J'ai simplement besoin d'une minute. »

14

Janvier s'abattit sur Amsterdam et refusa de relâcher son étreinte. Les nuages restaient collés au sommet des immeubles et la neige de la veille s'entêtait au sol, elle fondait puis gelait dans les bouches d'égout. Debout sur le trottoir, Isabel tremblait. Elle ne parvenait pas à traverser. Son sac à main dans ses deux poings, elle marmonnait dans sa barbe un « Non, non », s'éloignait de quelques pas, puis revenait. Elle mit un pied sur la chaussée, au moment où un tramway passait en trombe – un coup de klaxon, les roues jetant en l'air un mur d'eau, de glace. Isabel recula, vacillante, une main sur le cœur.

La circulation ralentit. Isabel traversa.

C'était un immeuble étroit, une boutique aux vitres embuées. Et dessous, l'appartement en demi-sous-sol avait une petite fenêtre à hauteur de rue et un escalier d'accès derrière une grille basse. Il y avait de la lumière. Les gens passaient près d'elle et poursuivaient leur chemin. Il fallait qu'Isabel bouge ou se décale, elle gênait.

Les marches étaient glissantes. Elle appuya sur la sonnette et l'entendit retentir aussi fort à l'extérieur qu'à l'intérieur. Elle recula de plusieurs marches, sans pouvoir respirer.

Eva ouvrit. Elle portait deux pull-overs, l'un sur l'autre. Des collants et des chaussettes. Une écharpe sur les épaules comme un châle. Son visage était rougi par le froid. La poitrine d'Isabel se serra comme dans un étau, et ne se détendit pas. Eva avait l'air épuisé et perdu, mais quand elle vit Isabel, les traits de son visage se lissèrent. Une feuille blanche. Elle avait laissé pousser ses cheveux sans les teindre, ou les avait reteints dans leur couleur d'origine, ou bien coupés et laissés repousser comme ils l'entendaient : châtain, frisottant autour des oreilles. Cela lui donnait l'air étonnamment plus petite. Cette coiffure, et sa position à cet endroit-là, Isabel se tenant au-dessus d'elle, à mi-hauteur dans l'escalier.

« Ah, dit Eva en déglutissant. Tu m'as retrouvée. »

Isabel ne parvint pas à répondre. La voix d'Eva lui était aussi familière que la sienne propre. Elle la fixait. Dans son dos, les passants se pressaient toujours, bruits de pas dans la neige, bicyclettes, poussettes, la rame sonore d'un tramway se frayant un passage à travers l'ensemble.

« Tu es venue me faire arrêter ? » demanda Eva. Elle avait commencé à frissonner. « La police est en route ? Es-tu venue assister au spectacle ?

— Non, dit Isabel. Non, je... » Et puis : « Eva », simplement pour éprouver la forme de ce prénom. Pour la regarder et prononcer son nom. Elle avait mis au clair dans sa tête, avant de venir, ce qu'elle s'autorisait, et ce qu'elle ne s'autorisait pas. Peu importait, à présent qu'elle était là, elle savait déjà. Sa bouche ne lui appartiendrait plus. Elle dirait ce qu'elle voudrait.

« Qui était-ce ? demanda Eva.

— Qui ét... ?

— Qui t'a dit où me trouver ?

— Eva, dit Isabel. Je veux simplement...

— Qui ? » insista Eva, et Isabel serra son sac à main contre elle, les doigts autour du carnet à l'intérieur. « Je suis allée... au magasin. De Leeuw. Quelqu'un là-bas savait où tu avais... »

Eva se braqua. « De Leeuw ? » Puis ce son, qui présageait d'une question, qu'elle ne posa pas, elle avait compris : « Tu as lu mon journal. »

Isabel voulut agir vite mais il faisait froid et elle était au chaud sous son manteau, si bien que ses mains refusaient de suivre le rythme qu'elle voulait leur imposer. Avec des gestes maladroits, elle sortit le carnet de son sac. Le tendit à Eva. « J'ai compris trop tard. Je voulais seulement... je voulais, tout ce que je veux c'est... »

Eva le lui prit des mains et s'en alla dans l'appartement, sans refermer derrière elle, tout en disant : « Bon, dans ce cas, je suppose que tu es venue récupérer tes affaires. Tu ne les auras pas. On peut se battre si tu veux. Qu'en dis-tu ? C'est peut-être moi qui gagnerai. On essaie ? Tant qu'à faire. Tu peux appeler la police, après tout, ça m'est égal, on peut se battre si tu veux. »

L'appartement était une boîte d'allumettes, une maison de poupée. Isabel dut se pencher pour franchir le seuil. Une cuisine à côté de la fenêtre, une table près de la porte de derrière. Un lit dans un coin. Les draps étaient froissés. Une mousseline rouge enveloppait un abat-jour. Les lieux sentaient Eva. Eva et la cigarette, ainsi qu'une friture faite fenêtres fermées.

Il y avait un semblant de jardin à l'arrière : un unique mètre carré de béton. Une plante morte dans un pot plein de neige. Un bocal pour les mégots. Emmitouflée dans ses pull-overs tricotés, Eva ouvrit la porte qui y menait et s'adossa au chambranle : alluma une cigarette, souffla la fumée. Elle avait jeté le journal sur la table.

Isabel resta au milieu de l'appartement, en manteau et talons boueux, perdue et silencieuse. Il faisait froid. Le radiateur, dans le coin, était éteint. Isabel tenta de scruter Eva, tenta de scruter son visage, sa santé mais elle s'aperçut qu'elle en était incapable, qu'elle ne pouvait que détourner le regard. Elle s'aperçut que l'amour était une chose écœurante qui vous punissait chaque fois que vous faisiez un pas dans sa direction.

« Tu t'es coupé les cheveux », remarqua Eva. Puis, dans le silence qui s'ensuivit : « Bon sang, poser les yeux sur toi », puis elle aussi détourna le regard. S'adressa à la plante morte sur le pas de sa porte : « Ça te va bien. »

Ce pouvait être une insulte autant qu'un compliment. Eva fuma la moitié de sa cigarette, sans bouger. Isabel non plus ne bougeait pas. Puis elle avança d'un pas ; sortit le petit paquet de son sac, le posa sur la table. À côté du journal intime.

« Tu m'as apporté un cadeau ? Comme c'est gentil », dit Eva. Elle essayait d'être méchante, mais le ton n'était que las. Isabel la regarda attraper le paquet, la regarda le déballer. Eva tenait sa cigarette entre deux doigts, la fumée s'élevait vers le plafond et restait là. Eva avait la paume pleine de papier kraft, avec en son cœur : un bout de porcelaine. Un fragment aux bordures nettes, un tesson de quelque chose. Des fleurs bleues le long d'une bordure de deux ou trois centimètres, l'indice d'une patte de lièvre à l'endroit où l'objet s'était brisé.

Ma cousine a eu un lièvre, lui avait un jour raconté Eva. Un jour d'orage au lac. *Très mauvaise idée, bien sûr, de garder un lièvre à l'intérieur. Il bondissait de pièce en pièce, dans le jardin, affolé. Punaise. Il avait réussi je ne sais trop comment à grimper sur la table. Il avait cassé quelques assiettes…*

La gorge d'Eva remuait. Elle se lécha les lèvres, deux fois, posa le fragment sur la table.

« Alors qu'est-ce que c'est ? demanda-t-elle. Tu n'es pas venue te battre ? Tu es venue t'excuser ? Tu es venue pleurer à mes pieds et me supplier de te pardonner ? » Elle ajouta un éclat de rire. Lorsqu'elle voulut tirer sur sa cigarette, elle s'aperçut qu'elle s'était complètement consumée. « Je suis née là-bas, dit-elle. Tu le savais ? Oui, tu le sais. Tu l'as lu. C'est mon père qui a acheté la maison. Il était directeur d'école. Il est mort dans les camps. Il n'a pas payé ses traites parce qu'il est mort dans les camps. C'est pour cela que la maison a été vendue – parce qu'il ne payait pas ses traites. Parce qu'il est mort.

— Je... » Isabel s'interrompit. Elle serra les dents. Et dit : « Je ne savais pas. Rien. Je n'en savais absolument rien.

— Je sais. Évidemment. C'est drôle, non ? Personne ne sait jamais rien dans ce pays. Personne ne sait où il vit, qui a fait quoi, qui est allé où. Tout est un mystère. L'information est insaisissable. Les gens disparaissent dans la nuit et...

— Je ne m'exprime pas par énigmes. Je suis sincère, je ne savais vraiment pas, Eva, je... » Sa voix était tendue et Eva le remarqua, dit :

« Je suis désolée ! T'ai-je énervée ? » Un claquement de langue. « Alors, pardon. »

Il n'était pas possible de discuter. Eva était enveloppée d'épines. Isabel ferma fort les yeux, les rouvrit. Dit : « Pourquoi n'as-tu... » S'interrompit. Essaya de nouveau, et les premiers mots jaillirent : « Pourquoi de cette façon-là ? Pourquoi Louis. Ça n'avait pas à être lui, tu aurais pu venir à la maison, j'aurais... nous aurions pu nous rencontrer comme cela. Tu aurais pu dire, expliquer, j'aurais...

— Tu oublies, intervint-elle. Tu oublies, Isabel. Je suis venue en… en membre de la famille et tu m'as méprisée sur-le-champ. Mon Dieu ! » Elle se mit à rire. « Imagine si j'étais venue te trouver en étrangère !

— Je ne t'aurais pas mise à la porte.

— Ah non ? Vraiment, Isabel ? Sois honnête. Sois honnête sur celle que tu étais lorsque nous nous sommes rencontrées. Ne fais pas semblant. »

Une rafale de vent s'enroula dans le coin de jardin en sous-sol. Souleva la poussière de neige et la fit danser. Eva ferma la porte, la verrouilla. Le bruit de la ville fut assourdi. La bouche d'Eva était rouge et gercée. Elle n'avait pas l'air en forme. Isabel se souvint : elle en train d'embrasser Eva dans la voiture devant la maison. En train de lui mordiller la partie charnue de la main, à la naissance du pouce. Eva disant : Allons-y. Isabel demandant : Dedans ? Et Eva répondant : Oui. Dedans. Bien sûr.

Isabel s'assit à la table. Son grand manteau n'était pas à sa place dans ce petit espace. Elle demanda : « Étais-tu sincère ? » Ajouta : « Au moins en partie ? »

Eva était toujours adossée à la porte. Elle avait les bras serrés devant elle, tenait l'écharpe. « À propos de quoi ?

— Louis, dit Isabel. Moi. »

Eva rit, un son bref et cruel. « Isabel », dit-elle, comme si elle réprimandait un enfant trop théâtral. Puis : « Tiens-tu vraiment à le savoir ?

— Oui.

— Ne dis pas simplement oui. Réfléchis-y. »

Isabel leva les yeux vers elle. Elle laissa son cœur accuser le coup. Répéta : « Oui.

— Non », dit Eva, d'une voix dure, volontairement. Puis, dans un souffle rauque, d'un coup : « Oui. Mon Dieu, quelle question tu me poses ? Tu l'as lu. Tu sais… tu sais ce que je… » Elle avait baissé les yeux. « Louis m'aimait bien. Je croyais… peut-être que c'est ce qui était censé se produire. Peut-être que c'est comme ça que j'aurais pu récupérer... Tout, tout. Pas seulement des morceaux, pas seulement des miettes, deux cuillères et un couteau, tout. La maison lui reviendrait, et peut-être… cela aurait pu… » Elle inspira. Se reprit. « Mais ça n'était pas du tout ce qui était censé se passer, n'est-ce pas ? Mon Dieu, comme j'ai été bête. J'ai tout fichu en l'air. Je n'aurais jamais dû… » Quelque chose de terrible dont elle ne dit rien la fit sourire.

« Jamais dû quoi ? »

Eva la regarda. « Tu sais quoi.

— Pourquoi l'as-tu fait ? »

Eva ouvrit la bouche, la ferma. Un tremblement, la fossette à son menton. On aurait dit qu'elle allait pleurer. Elle dit, plus fort que précédemment : « Oh, je ne sais pas, Isabel. Tu étais là, tu... » Elle décida de ne pas finir sa phrase. Elle secoua la tête, regarda autour d'elle : la table, le lit, le plafond. Elle essayait de ne pas regarder Isabel. Elle s'adressa à l'abat-jour recouvert de mousseline : « Tu vois, quand pendant très longtemps on est… on est assez invisible, vraiment, et discrète, alors… Tu vois… » Un mot qu'elle ravala. « Je croyais que tu m'avais vue. L'espace d'une seconde là-bas. »

Isabel ne disait rien. Une main lui serrait la gorge.

Eva continua : « Je me trompais sur toi. Tu n'as rien vu. »

La voix d'Isabel jaillit comme d'un tonneau qu'on renverse : « Non, je… j'étais… je suis, Eva, je…

— Tu m'as vue ? Tu as vu ce que tu voulais voir. Une fille idiote. Puis tu as vu… je ne sais pas. Quelque chose que tu pouvais posséder. Et puis tu m'as prise pour une voleuse et tu as fait ce que tu aurais fait de toute façon. Ce que tu as toujours fait aux gens comme moi. » Elle ajouta : « Tu m'as chassée. »

Le dos de la main d'Isabel était rouge à force d'avoir été pincé. Elle voulait se défendre mais n'y parvenait pas, ne le ferait pas, elle avait la nausée et l'air ne faisait pas ce qu'il était censé faire : entrer. Sortir. Elle voulait partir, ne voulait surtout pas partir, elle voulait s'asseoir là et attendre jusqu'à ce que quelque chose se rompe.

Elle dit : « Viens à la maison. » Elle dit : « Eva. Il y a quelque chose que je veux… » Elle déglutit. « Te donner. »

Eva avait l'air confuse. Elle se mit à marcher. Il n'y avait guère de place pour marcher, si bien que les pas étaient saccadés, maladroits : de la porte au pied du lit puis au mur. Elle dit : « Non… je ne peux pas, je ne vais pas retourner là-bas, je ne peux pas, c'est… »

Isabel se leva. La chaise racla le sol.

Eva dit : « Tu ne sais pas, ce que c'est… d'avoir et de perdre, puis d'avoir et de perdre encore et encore… »

Le geste n'avait pas besoin d'être ample pour l'atteindre. Elle était, en fait, si proche. Isabel la prit dans ses bras et Eva la repoussa en sanglotant, et Isabel insista et Eva tira puis poussa puis s'accrocha : des deux mains au corsage d'Isabel. Elle se lova dans le cou d'Isabel. Elle s'y lova à la perfection. Isabel posa les mains sur sa nuque, sur ses côtes, palpa et embrassa ce qui était à sa portée : pommette, oreille, le cher contour de son oreille.

La respiration d'Eva était irrégulière. Isabel dit : « Eva. » La serra plus près d'elle : « Eva, Eva. » Ajouta : « Je suis désolée. Eva, tu ne vois donc pas ? Tu ne vois donc pas comment je… ce que je ferais pour toi. Comment je… » Elle déglutit, sa gorge contre celle d'Eva, peau à peau.

Eva se calma. Elle se dégagea assez de l'étreinte pour la regarder. « Comment tu quoi ? »

Isabel voulut la serrer plus fort. Elle ne le fit pas. Elle compta les secondes. Elle dit : « Imaginer que quelque chose pourrait te faire du mal me donne envie de mourir. »

Eva était si proche. Il y avait de la fumée dans son haleine, le café, le sommeil d'hiver, et la chaleur de sa peau. Elle posa le front contre le menton d'Isabel. « Et si c'est toi ? dit-elle. La chose qui fait mal ? Si c'est… ce que tu es ? Si c'est ce d'où tu viens et… »

Isabel baissa la tête : pour être plus proche. Pour sentir les mots et la chaleur de son haleine, sa bouche.

Eva murmura : « Que feras-tu dans ce cas ? »

Les mains sous les omoplates d'Eva, Isabel était incapable de lui répondre. Elle pouvait la toucher en revanche : le dos d'Eva, son visage, les cernes sous ses yeux. Eva se pencha vers Isabel, puis s'écarta. Lui tourna le dos et s'éloigna – une main sur la table. L'endroit était si petit qu'elles étaient encore assez proches pour se toucher. Et juste là, il y avait un mur. Eva ne pouvait pas s'en aller.

« S'il te plaît, va-t'en », dit Eva.

Isabel grimaça. « Eva.

— Va t'en », dit Eva. L'écharpe avait glissé de ses épaules, et elle n'était plus à présent que la courbe tendue d'un cou. Trois trous dans son pull-over : deux près du col, un sur l'échine – au milieu, exactement. Elle insista : « Il faut que tu partes. »

Le bruit lointain de la porte de la boutique au-dessus de leur tête, qui s'ouvrait et se refermait. Une voix disant à un petit enfant de se calmer avant de retourner dans son landau. L'enfant refusait : il hurlait, criait, disait : *Non non non non non non !*

Il faisait froid dans l'appartement. Le dos de la main d'Isabel était douloureux. Elle ouvrit la bouche mais nul son n'en sortit. Elle resta là un long moment, perdue, puis elle obéit. Elle s'en alla.

La maison ne salua pas son retour. Elle garda les yeux loin d'Isabel, honteuse. Isabel l'accepta. Elle n'alluma pas. Dehors, il neigeait toujours. Elle ôta son manteau, alluma un feu dans la cuisine, et se fit toute petite devant les flammes.

Et puis : par une journée tranquille et glaciale, Isabel partit se promener. Les arbres étaient nus, squelettiques et magnifiques avec leurs doigts tout de cristal et de blanc. Le givre avait rendu le paysage comme croustillant, les prés, les champs et les chemins recouverts de gravier. Les canaux avaient gelé. Isabel en testa un du bout du pied et vit que ça résistait, alors elle y mit le deuxième et resta là, debout, émerveillée : un miracle, songea-t-elle, de se tenir si solidement debout sur quelque chose qui pouvait aussi vous engloutir.

Le soleil se leva lentement, un rose brumeux. Au loin, une ferme où quelques moutons se contentaient d'herbe gelée. Deux levèrent la tête vers elle. Elle ne bougea pas, attendit, croisa leur regard.

Elle rentra chez elle. Raviva les flammes et les laissa lui réchauffer les doigts. Ces derniers temps, la maison était plus vide que jamais. Neelke ne venait plus. Bas et elle étaient allés à la mairie se marier un lundi matin pluvieux ; le coût de l'enregistrement était moins cher le lundi. Son dernier jour, Neelke lui avait apporté une liste de noms, des filles qu'elle connaissait en ville qui pourraient la remplacer ; puis Isabel avait dit : « Montre-moi tout ce que tu fais », ce qui lui avait valu de la part de Neelke un regard qui disait : *C'est vous qui me dites quoi faire.*

Cependant, elle le fit. Elles allèrent de la cuisine au salon, elles passèrent en revue les rideaux, le plumeau, l'encaustique qu'il fallait appliquer sur la rampe de l'escalier. Passèrent en revue les draps, le nom de la lingère qui s'en chargeait en ville, ainsi que la salle de bains, les lits, l'argenterie, les fenêtres.

Isabel dit : « C'est beaucoup, non ? »

Et Neelke, avec un froncement de sourcils, dit : « C'est une maison. » Elle dit : « Il y a toujours beaucoup à faire dans une maison. »

La liste se trouvait toujours sur la table où Neelke l'avait laissée. Isabel avait jeté un œil sur les noms et pris note d'en contacter quelques-unes ; elle avait eu l'intention de prévoir un entretien d'embauche, mais ne l'avait pas fait. Elle allait finir par devoir s'y résoudre : la poussière s'accumulait plus vite qu'elle ne savait en venir à bout, dans la salle de bains la moisissure avait gagné du terrain plus rapidement que ce à quoi elle s'attendait, et ses repas étaient toujours soit trop cuits soit pas assez.

Ses mains lui faisaient mal.

La journée commença. Installée dans le bureau, elle répondit à l'avocat d'Oncle Karel, puis à l'une des lettres les plus pragmatiques de Louis, avant d'envoyer un mot de remerciement en réponse à une carte postale de Neelke et Bas : ils étaient allés sur l'une des îles du Nord pour leur lune de miel. La photo d'un phare. Au dos, il était écrit, de l'écriture scolaire de Neelke : *Sincères salutations, Neelke & Bas.*

Elle alla poster son courrier en ville et récupérer les draps chez la lingère. Elle passa devant l'épicerie, passa devant le fromager, tourna dans Schoutenstraat en regagnant sa voiture et, brusquement, s'arrêta. Elle avait déjà remarqué la synagogue. Elle l'avait remarquée comme elle avait remarqué la plupart des bâtiments de Zwolle : comme des endroits qui étaient là pour elle ou pas. La poste, large et entourée d'arbres : pour elle. Les cafés bien éclairés, ceux où les femmes s'asseyaient : pour elle. L'église était pour elle, certaines boutiques aussi.

La synagogue, avec sa grande façade abstraite, n'avait pas été pour elle. Avec sa brique rouge, ses fenêtres damasquinées et sa grille en fer forgé, elle était posée là comme un goût amer, le mauvais souvenir d'une vieille chose. Isabel était passée devant plusieurs fois et avait pressé le pas. Elle avait essayé de ne pas trop y penser, elle n'était pas curieuse des gens derrière ses portes – ne s'était pas demandé combien d'entre eux restaient. Les inscriptions au-dessus des fenêtres avaient quelque chose d'effrayant : elle ignorait ce qu'elles signifiaient, ce qu'elles disaient. Ce pouvait être n'importe quoi. Comme elle ne pouvait pas les lire, celles-ci pouvaient aussi bien tout dire.

Elle la contemplait à nouveau à présent. Le givre l'avait touchée comme il avait touché toutes les autres maisons de la rue : il avait embué les vitres, recouvert ses portes, faisant luire la brique. À gauche du bâtiment, une étroite maison de famille. À sa droite, une autre maison, plus large celle-ci, plus haute. La synagogue était reliée à tout ce qui l'entourait.

L'écriture en hébreu était incrustée dans ce qui, dans le temps, avait dû être une pierre dorée, mais elle avait maintenant pris une teinte grisâtre, terne. Elle s'approcha. La citation était introduite par des lettres romaines : Isaïe, 56 : 7. Isabel rentra chez elle. Elle conservait sa bible dans sa chambre, sur l'étagère. Fermement maintenue par le petit dos du petit lièvre. Elle trouva le verset. Un doigt posé à côté du chiffre 7, elle lut : *Car ma maison sera appelée maison de prière pour tous les peuples.*

Elle s'assit sur le bord du lit. Effleura le papier fin, les lettres étaient si noires contre le grain. Elle effleura le mot *maison*. Effleura le mot *prière.*

Elle remit la bible à sa place et descendit finir sa journée : balayer les pièces, laver la vaisselle du matin, peler les pommes de terre du dîner. Les mains dans l'eau savonneuse, elle entendait les mots *ma maison, ma maison, ma maison* résonner en elle, faire des culbutes ; *dévotion, dévotion, dévotion*, une boucle : les mots formaient une boucle pendant qu'elle séchait un seul couteau. Une seule fourchette. Une petite cuillère, au collet tordu, le cuilleron comme une goutte.

La nuit tomba vite. Elle remit une bûche dans le feu, alluma la radio. Se servit un verre de vin et s'assit près de l'âtre avec une assiette à demi consommée, des pommes de terre, des haricots. Une tranche de viande, coriace et trop cuite. Elle leva sa jupe, baissa ses bas et écarta les jambes pour les réchauffer. Elle avait les genoux rougis et qui marquaient facilement. On aurait dit deux fruits durs qui s'étaient gâtés. Quelqu'un frappa.

La maison retint son souffle. Isabel crut avoir mal entendu, prit cela pour le bruit d'une branche contre une vitre, ou quelque chose qui était tombé dans la pièce voisine. Elle se figea et tendit l'oreille.

On frappa de nouveau. Trois fois d'affilée.

Isabel remit ses bas, baissa sa jupe. Et gagna la porte. Le vin lui était monté trop vite à la tête et elle se sentait les joues rouges, vacillante. De nouveau : un coup. Ce n'était pas urgent, ce n'était pas un ordre, simplement un intervalle de quelque chose. *Je suis là*, disait-il. *Viens à moi.*

Isabel vit sa petite silhouette à travers le verre, enveloppée dans un grand manteau d'hiver, elle se frottait pour se réchauffer sur la marche devant la porte. Un instant, Isabel crut l'imaginer, crut qu'elle s'était endormie devant le feu et avait rêvé qu'elle avait traversé le couloir jusqu'à la porte. Mais ici, le froid était mordant et son ventre trop noué, l'appréhension trop vive pour qu'il s'agisse d'un rêve.

Elle ouvrit la porte.

« Je suis venue de la gare à pied », dit Eva. Elle claquait des dents. Elle portait un chapeau mais les pointes de ses cheveux qui en dépassaient avaient gelé. Ses chaussures n'étaient pas de saison. Elle rit et dit : « Je ne… pensais pas, mon Dieu c'était une mauvaise idée, oh, mon Dieu, je ferais mieux de… »

Elle commença à tourner les talons, comme si elle allait repartir, alors Isabel tendit la main, mais sans la toucher… prudente cette fois. « Non, dit-elle. Non, s'il te plaît, s'il te plaît ne t'en va pas. S'il te plaît. Entre. Tu es… tu es gelée, entre vite. »

Tout était très calme à l'extérieur. Calme à l'intérieur aussi. Isabel entendait à peine le gémissement de la radio dans la cuisine. Il commença à neiger, légèrement, doucement. La neige serait plus franche dans la soirée. Elle recouvrirait le jardin. La terre était gelée, cela tiendrait.

« Le feu est allumé dans la cuisine », dit Isabel.

La lumière du dedans diffusait vers l'extérieur une faible lueur orange. Les yeux d'Eva brillaient.

Elles rentrèrent. Isabel se sentit tirée vers la gauche, comme si elle flottait. Elle prit le manteau d'Eva. Eva frissonna. Elle portait les deux mêmes pull-overs, ceux qui étaient troués. Le bas de sa jupe était mouillé. Ses chaussures aussi étaient mouillées.

Elle était un corps qui avait besoin qu'on l'étreigne mais Isabel n'était pas autorisée à le faire. Elle passa devant, Eva un demi-pas derrière elle. *Et si j'essaie de lui prendre la main ?* songeait-elle. Mais Isabel n'était pas autorisée à lui prendre la main. Il faisait bon dans la cuisine. Isabel baissa la radio, débarrassa la table et posa les restes de son dîner sur le plan de travail, avant d'aller chercher quelque chose pour Eva, sans trop savoir quoi. « Je t'en prie, assieds-toi, dit-elle. Tu veux… du thé ? Ou… du vin ? J'ai… »

Eva restait debout, échouée entre table et cheminée. Elle regardait autour d'elle d'un air triste. Puis un sourire sarcastique, comme si elle s'apprêtait à se moquer : d'elle-même, de la pièce. Quand elle s'assit, elle frissonnait toujours. « Du vin », dit-elle, platement.

Isabel attrapa un verre et découvrit tout d'un coup ce que cela signifiait d'être si distraite par la présence de quelqu'un qu'elle pouvait à peine bouger. Tout d'un coup, elle découvrait aussi la souffrance que c'était. Piteuse, elle servit le vin. En tendant le verre à Eva, elle se rendit compte que son cœur n'était pas plus léger qu'il y a quelques mois, qu'il n'était pas plus léger aujourd'hui en voyant Eva. Elle l'aimait d'amour. Peut-être pour toujours.

Eva ne but pas tout de suite. Elle tendit les mains vers le feu. Isabel se demanda si, assise au même endroit qu'à présent, elle faisait ce geste étant enfant. Eva pouvait voir, de là où elle était assise, la vitrine dans le salon. Isabel surprit l'instant où elle la remarqua, et remarqua qu'elle était vide, sans faire le moindre commentaire, alors Isabel se lança, désigna le coin de la pièce : « J'ai tout emballé. Pour toi. Et… d'autres choses. Dans des malles. Si tu… si tu veux…

— Ah. C'est pour cela que tu voulais que je vienne ? demanda Eva. C'est donc ce que tu voulais me donner ? Des malles ? » Elle se tourna vers Isabel. « Tu voulais me renvoyer chez moi avec des malles ?

— Non, commença-t-elle, mais Eva ne la laissa pas répondre, s'empressant d'ajouter :

— Tu as tout emballé. Net et efficace. J'imagine bien que tu ne pouvais plus voir traîner tout cela, maintenant que tu sais qui en était propriétaire, que tu sais…

— Ce n'est pas vrai », dit Isabel. Eva n'écoutait pas. Elle continua, sans regarder Isabel, en balayant la pièce des yeux, en regardant les malles :

« Est-ce devenu affreux, désormais, de dormir dans un lit dont tu sais qu'il n'était pas à toi ? De manger dans des assiettes qui n'étaient pas à toi ? J'imagine que oui. Oh, j'imagine que tu as détesté ça, ou bien… non, peut-être que ça t'était complètement égal. Peut-être n'as-tu rien éprouvé. Peut-être as-tu dormi comme un bébé, jusqu'au matin, paisiblement ! Mon Dieu, qu'est-ce que je fais là ? Je ne devrais pas… je n'aurais pas dû…

— Je suis ravie que tu sois venue, dit Isabel.

— Ravie ?

— Non… » Rien de ce qu'elle dirait ne serait perçu comme il le fallait. Elle essaya malgré tout : « Oui, tu… tu m'as manqué. Je voulais te dire combien je… regrette… »

Mais Eva ne pouvait plus l'entendre. Elle s'énervait, parlait en même temps qu'Isabel, plus vite, disait : « Tu te rappelles… n'est-ce pas ? Te rappelles-tu ? De ce jour où nous étions juste là, juste là, Maman et moi… » Elle voulait dire à la fenêtre, elle voulait dire dehors, dans l'allée menant à la maison. « Tu l'as entendu, ça ? Tu t'en souviens ? Elle suppliait. Elle suppliait qu'on lui rende la maison et toi, où… » Elle fixait Isabel à présent. « Où étais-tu ? »

La pièce était devenue floue, comme un film mouillé. Ça n'était pas une vraie question : elles savaient toutes les deux où Isabel se trouvait. Pourtant, Isabel répondit, un faible « J'étais… jeune. J'étais…

— Et moi, j'étais quoi ? rétorqua Eva. Peux-tu imaginer ce que j'étais, moi ?

— Je sais », dit Isabel, et c'était vrai, elle savait – elle le savait dans ses os, dans sa moëlle, elle avait été hantée par cela pendant des semaines, des mois. Eva, une adolescente qui tenait les bras bien serrés contre elle, comme pour une étreinte solitaire, dehors à côté du buisson, qui attendait tandis que sa mère hurlait qu'on la laisse entrer, qu'on lui rende sa maison. Eva avant la guerre, une enfant, rassemblant ses affaires dans un coffre à jouets, des crayons de couleur, une poupée aux cheveux longs, et un petit lièvre en peluche.

« Ah, crois-tu ? riposta Eva. Et que sais-tu ? » Elle faillit ajouter un mot, le prononça presque, puis leva les yeux vers Isabel. Sembla soudain voir Isabel différemment, tout en elle : son visage, ses mains recroquevillées sur son nombril. Une émotion traversa le visage d'Eva, une douleur, du désespoir. L'espace d'une seconde, Isabel pensa qu'Eva allait venir vers elle. Elle n'en fit rien, et tout d'un coup, la hargne la quitta. Elle se rassit, tremblante. Elle se couvrit les yeux du dos de la main. Le feu crépitait. Une bûche se brisa et tomba, et la flamme grandit, théâtrale – avant de se calmer.

Isabel dit : « Eva.

— Eva, Eva, soupira Eva. Quoi ? Que veux-tu, que pourrais-tu bien vouloir de moi maintenant, Seigneur, ne t'ai-je pas donné… ne t'ai-je pas…

— Redemande-le-moi. »

Elle hésita. Et dans un souffle : « Quoi ?

— Redemande-le-moi.

— Te demander quoi ?

— Ce que je ferais. Redemande-le-moi. »

Eva avait la bouche entrouverte. Elle n'avait pas bu le vin mais c'était comme si. Son cou rougissait à présent, ses joues ; la chaleur était de retour dans son corps.

Isabel s'avança vers elle. Isabel s'agenouilla. Isabel saisit Eva par les mollets et plaqua le visage contre le bas de la jupe détrempée. Elle voulait rester là. Elle voulait être autorisée à rester là. Elle ignorait combien de temps le moment allait durer. La radio était un murmure flou, le feu une brique qui lui réchauffait le dos, et tout ce qu'elle savait du monde, c'était le contact des jambes d'Eva. Elle s'était assise ainsi étant enfant, sous les tables, les mains sur la tête, comme on leur avait dit de faire quand les bombes tombaient. Elle avait peur à l'époque. Et aujourd'hui aussi.

« Isabel », dit Eva. D'une voix basse, et plus douce. Elle semblait perdue. Elle posa une main froide, tremblante, sur les cheveux d'Isabel, poussa, dit : « Isa. Isabel, viens. Isabel. Lève-toi, non. »

Isabel leva la tête. Elle ne s'écarta pas. Eva hésita, puis lui effleura le visage. La joue. « Quelles idées affreuses tu as, dit-elle. Quelle chose affreuse de me demander de revenir ici. »

Isabel posa le visage dans la paume d'Eva et s'y cacha. « La maison », dit-elle.

La main d'Eva s'immobilisa. Isabel ne la regarda pas. Elle demeura dans sa cachette. « Je m'en suis occupée, dit-elle. Elle va me revenir. C'est fait et je veux… Tu dois vivre ici. Dans ta maison.

— Isabel.

— Elle est à moi. Et à toi. Si tu la veux. »

Eva posa un doigt au coin de l'œil d'Isabel. Elle le laissa là jusqu'à ce qu'Isabel la regarde. La pièce, d'abord, était floue. Eva était floue. Puis Isabel cilla et tout devint net : la moue triste d'Eva, sa façon d'être assise, comme si elle avait mal – une blessure à la taille. Elle tenait le visage d'Isabel comme quelqu'un tiendrait peut-être la gueule d'un animal de compagnie adoré à ses pieds : dans sa paume.

« À toi, répéta Eva.

— Non, corrigea Isabel. Je voulais… simplement… elle pourrait être…

— À moi. Si je la veux. »

Isabel sentit qu'elle n'avait une nouvelle fois pas choisi les bons mots. Qu'elle avait voulu dire une chose et dit l'autre sans comprendre la différence.

« Qu'est-ce que ça signifie ? demanda Eva. À toi ou à moi ? Qu'es-tu en train de dire ?

— Je suis désolée. Je ne...

— Essaies-tu de m'avoir ? » Eva était si proche. Sa voix si faible. « Essaies-tu de me dire que si je veux la maison, je dois te prendre toi, aussi ? »

Isabel fit non de la tête. Se releva sur ses genoux, répéta « Non », le dit encore, « Non, non.

— Alors je peux avoir la maison ? » Elle aussi frissonnait. « Et si je te le demande, tu partiras ? Tu me donneras la maison ?

— Je ne... » Isabel s'accrocha au tissu de la jupe d'Eva. « Je peux seulement... Elle va me revenir, lorsqu'il mourra, c'est tout ce que je peux faire. Je peux... je ne peux pas partir, je n'ai nulle part ailleurs où aller, mais tu peux prendre tout ce que tu veux. Tout. Ou pas, si tu ne le veux pas, ou moi, si tu veux. Le veux-tu ? demanda-t-elle. Me veux-tu ? Veux-tu bien me prendre ? » Elle insista : « Prends-moi, prends-moi. »

Un petit gémissement malheureux s'échappa d'Eva. « Te prendre, répéta-t-elle doucement. Et toi ?

— Je.

— Vas-tu me prendre ? Ou me remettre à la porte ? Je ne peux pas...

— Non, dit Isabel.

— Si.

— Non », répéta Isabel en prenant la main d'Eva et en la pressant... contre sa poitrine, à plat, en la laissant là. Elle voulait dire : *Tout est joué*. Elle voulait faire comprendre, expliquer, qu'il n'y avait plus rien pour elle à présent. Elle ne savait pas comment, alors elle resta ainsi : la main d'Eva plaquée plus fort encore contre elle.

« Est-ce la promesse que tu me fais ? dit Eva. Est-ce la garantie que j'ai ? »

Isabel ferma les yeux pour ne pas voir la suite. Elle s'en sentait incapable.

« Cette chose fugitive ? » Eva parlait du battement sous sa main, du cœur d'Isabel. « Cette chose changeante ?

— Oui.

— Regarde-moi. »

Isabel la regarda. Eva l'embrassa. Des lèvres fermes contre des dents, en colère puis douces. Eva avait le souffle chaud. Elle sanglotait encore. « Je ne partirai jamais », dit-elle. Les mots sonnèrent comme une promesse. « Si tu es à moi alors je suis à toi. Comprends-tu ? Si je reste, si je suis à toi tu dois me garder, et je ne pourrai jamais... »

La chaise racla le sol et Eva, elle aussi, tomba à genoux ; Isabel glissa une main sous ses cheveux et elles se balancèrent ainsi. Isabel parla, des sons étouffés, perdus entre leur bouche, elle prononça le nom d'Eva, demanda à devenir sienne et dit : « Amour, mon amour, mon amour. » Et : « Laisse-moi, dit-elle. Laisse-moi. Mon amour. Laisse-moi essayer. »

Le matin se leva dans l'arpège paisible du rose hivernal. La neige avait fait taire le monde : les deux conifères n'étaient plus qu'une silhouette, le potager plus que le relief d'une clôture. *Je pense à la maison sous la neige*, avait écrit Eva dans son journal. *Le son de la neige qui tombe des branches comme un mot étouffé.* Hmph ! *Le soleil le matin et l'ombre des arbres sur le rideau.*

Isabel connaissait la scène comme si elle était issue d'un rêve ; elle la connaissait pour l'avoir vécue enfant, elle aussi, pour l'avoir vécue tous les hivers qu'elle avait passés dans la maison. Et à présent, elle la connaissait aussi à travers les yeux d'Eva, écho d'une même histoire. Le nouveau ton d'une vieille mélodie.

Debout à la fenêtre, elle regardait dehors. Le contact d'Eva fut léger, tout d'abord, deux doigts dans le creux de ses reins pour la saluer : *Je suis là*, disaient-ils, *ne sursaute pas*, disaient-ils. Isabel ne sursauta pas. Elle avait conscience de la présence d'Eva, conscience qu'elle s'était approchée. Jamais elle ne l'ignorerait. Jamais elle ne quitterait une pièce en y abandonnant une moitié de son être.

Elle tourna la tête de côté et Eva se rapprocha, son corps chaud contre le dos d'Isabel – les mains sur le ventre d'Isabel, douces comme le sommeil. Eva dut se hisser sur la pointe des pieds pour embrasser le contour du visage d'Isabel, à la naissance de son cou. D'où elle était, Isabel ne voyait que le flou de ses cheveux, la pente de son nez, sa joue rebondie. Ça n'était pas assez d'elle. Isabel pivota entre ses bras pour en avoir davantage.

Eva leva le visage. Isabel se pencha vers elle, se pencha vers ce qui lui était offert – un cadeau.

כִּי בֵיתִי בֵּית תְּפִלָּה

יִקָּרֵא לְכָל הָעַמִּים׃

Isaïe, 56 : 7

Remerciements

En 2021, mon grand-père est décédé très soudainement, puis ce fut le tour de ma grand-mère – deux jours plus tard, à l'autre bout du monde –, moins soudainement. Ce fut une semaine de terreur. Dans la voiture, en route pour l'un des enterrements, l'idée de ce livre m'est tombée dessus dans un frisson. Je l'ai vu, je le vois toujours, comme un cadeau d'adieu. Opa, le plus gentil de nous tous. Safta, la plus intelligente. Du plus profond de mon âme, merci à vous.

Merci à la brillante Anna Stein : tu m'as dit que mon livre était rare, ce que j'ai ensuite dit à mon psy, lequel m'a demandé de noter le mot sur un Post-it et de le coller sur mon miroir. J'ai honte, il y est encore, je le lis tous les jours. Merci d'avoir changé ma vie. Merci à mon agente britannique, Karolina Sutton, que j'adore : quel rêve d'avoir été choisie par toi. Merci à Lauren Wein, ma préparatrice de copie américaine : je ne peux imaginer de mains plus bienveillantes et talentueuses que les tiennes. Merci pour absolument tout. Isabel Wall, ma préparatrice de copie britannique, quelle prouesse d'être parvenue à me convaincre que tout allait non seulement bien se passer, mais serait de surcroît fantastique. Si ce n'est pas brillant, ça ! Merci à toute l'équipe de chez Viking et Avid Reader, pour leur foi en moi. Et en particulier à Jofie Ferrari-Adler et Amy Guay. Un grand merci à Jessica Chin et Jane Elias pour leurs corrections. Dieu bénisse les correcteurs et les correctrices, que serions-nous sans vous ? Une grande salve d'applaudissements aussi à l'équipe qui a envoyé ce livre de par le monde et répondu à mon déluge d'e-mails : Claire Nozieres, Zoe Willis, Julie Flanagan, et Will Watkins.

Merci à Uitgeverij Chaos, mon foyer littéraire néerlandais, que j'ai jadis participé à bâtir et où je vais à présent retourner. Merci à Sayonara, que j'ai rencontrée la première fois à dix-neuf ans lors d'une partie de laser-game puis à nouveau, dix ans plus tard, dans une librairie. Cette deuxième fois nous a liées pour la vie. Ma pom-pom girl pour la vie, merci, essaie donc de te débarrasser de moi maintenant. Et Thalia, mon rocher : ce n'est devenu réalité que lorsque je t'ai eue au bout du fil. Tu m'as dit : « C'est dans les tuyaux » et ça ne l'a vraiment été pour moi qu'à partir de ce moment-là. Grâce à toi, les choses ont l'air vraies. Merci à Daniël, Marscha, Frank, Isabel, et Bowi : vous êtes de vrais cadeaux.

Je dois énormément à tous ceux et celles qui ont lu ce livre aux diverses étapes de sa réalisation et qui ont pesé sur le résultat final : Yumi, ma toute première lectrice ; tu étais assise sur ce canapé, et moi sur le sol et je t'ai dit : « Et là, Eva dit : "Tu ne peux pas me la donner, elle n'est pas à toi" » et tu m'as montré ta chair de poule. Je n'oublierai jamais ce moment. Alice Winn, je te suis redevable pour plusieurs vies. Comment t'ai-je trouvée ? Quelles étaient les chances ? Merci pour saint Augustin et les poires. Les gens parlent tout le temps des poires, elles font un tabac. J'essaie de garder mon sang-froid face à ton génie. Mikaella Clements : oh, tu sais pourquoi. Grâce à toi, ce livre a pris vie, merci pour Hendrik et Sebastian, merci pour ton assurance quand je n'en avais pas. Merci, Rebecca Kantor, pour ton grand cœur et ton œil affuté – si seulement nous vivions dans la même ville ! Onjuli Datta, avant tout le monde tu as décrété : « Il est fini, envoie-le », aussi excitant que terrifiant. Je ne suis pas sûre que tu saches à quel point je t'admire, et l'importance que ça a eue pour moi. Merci à Steven et Michelle, pour votre générosité, votre temps et votre expertise. Amarantha, mon amour, ma grande pote, ce merci-là est pour toi. Anna, je te vois encore par la fenêtre de la cuisine, en train de lire au soleil. Estrella, pour Ezra, pour tout ce qui a eu lieu avant. Siobhon : nul ne lit aussi bien que toi. Puis-je te confier à toi en premier tout ce que j'écrirai jamais ? Et Francis, oh Francis : tu as amélioré des choses que j'ignorais devoir améliorer. Emory, aussi, merci pour tout ce que je n'ai pas pu lire dans le tchat de groupe. Et toi, Blue, z"l : je crois que celui-ci t'aurait plus. Judy, z"l : ma bibliothécaire loyale, tu nous manques.

Merci à Simone Atangana Bekono de m'avoir laissée trouver des pépites dans ta tête, pour m'avoir laissée craquer sur ton canapé. Daphne Huisden, la seule à avoir trouvé ce livre hilarant. Marga Minco, z"l, dont la nouvelle « Het Adres » a inspiré la structure de ce roman. Merci à Michal Citroen pour ses recherches fouillées sur la façon dont les Pays-Bas ont traité les Juifs de retour des camps après la guerre (*U wordt door niemand verwacht*). Merci à toutes celles qui m'ont laissée écrire chez elles, qui m'ont nourrie, qui m'ont laissée sangloter à côté d'elles ou dans leurs bras : Silvana, Ankie, Riva. Merci ! Vous avez fait une très bonne action. Kimberly et Laura : vous êtes mes potes, je n'ai rien d'autre à dire, je vous aime à la folie. Vous saviez que j'y arriverais bien avant que je ne le sache moi-même. Merci à tout ceux et celles que j'ai rencontrés cet été-là à Limburg : merci d'avoir fait de la maison d'Isabel un vrai endroit.

Merci à tous mes étudiants, jeunes et vieux : vous m'avez apporté tant de joie. Merci de m'avoir laissée vous parler de livres.

Merci à la *Longleaf Review* qui, en 2020, en mars exactement, au moment où commençait le confinement, a organisé un atelier d'écriture ayant pour thème « le silence ». Il nous avait entre autres été demandé d'« écrire une scène sur un sujet très tabou ». J'ai ouvert un document que j'ai intitulé « frères et sœurs sortent dîner » et écrit la première phrase, « Nul ne savait où Louis avait déniché cette fille », avant de ne plus y penser pendant toute une année. Une bonne façon de se rappeler que peut-être, ces quelques mots qu'on vient de griffonner sur un coin de table deviendront le cœur d'une histoire.

Et bien sûr, ce livre est aussi pour ma famille, que j'aime tant. Les mots me manquent pour vous dire à quel point. Ima, Papa : désolée pour ce jour quand j'avais neuf ans où vous avez essayé de me convaincre de lire et où je vous ai répondu que je ne pouvais pas parce que « les lettres étaient petites et pas intéressantes ». Je n'avais qu'une envie : aller jouer dehors. Mais maintenant, j'ai compris. Je suis honorée de voir à quel point vous croyez en moi. Tamar et Shira : être votre sœur a été le premier truc intéressant de ma vie. Je suis incroyablement fière de vous. Tout ce que ce livre a de sensé à dire sur les fratries et les chiens vient de nous. Merci de ne pas m'avoir parlé du chapitre 10, quel respect !

Et pour finir : merci au train du matin Utrecht-Maastricht pour le calme qui m'a permis d'écrire ; merci au train Utrecht-Berlin pour le chapitre sur le journal intime ; merci à mon propriétaire pour avoir tant tardé à réparer la fuite que des champignons ont poussé sur le rebord de ma fenêtre – une belle source d'inspiration.

NORD COMPO
multimédia

Composition et mise en pages
Nord Compo à Villeneuve-d'Ascq

CET OUVRAGE
A ÉTÉ ACHEVÉ D'IMPRIMER
SUR ROTO-PAGE
PAR L'IMPRIMERIE FLOCH
À MAYENNE EN AOÛT 2025

Les Éditions Flammarion sont investies dans une démarche active pour l'empreinte environnementale de leurs parutions. Ainsi, le livre que vous tenez entre vos mains a été imprimé en France sur des papiers issus de forêts gérées durablement, par un imprimeur engagé dans la protection de l'environnement.

N° d'édition : 623774-0 – N° d'impression : 107526
Dépôt légal : octobre 2025
Imprimé en France